MAXTON HALL

SALVE-SE

II

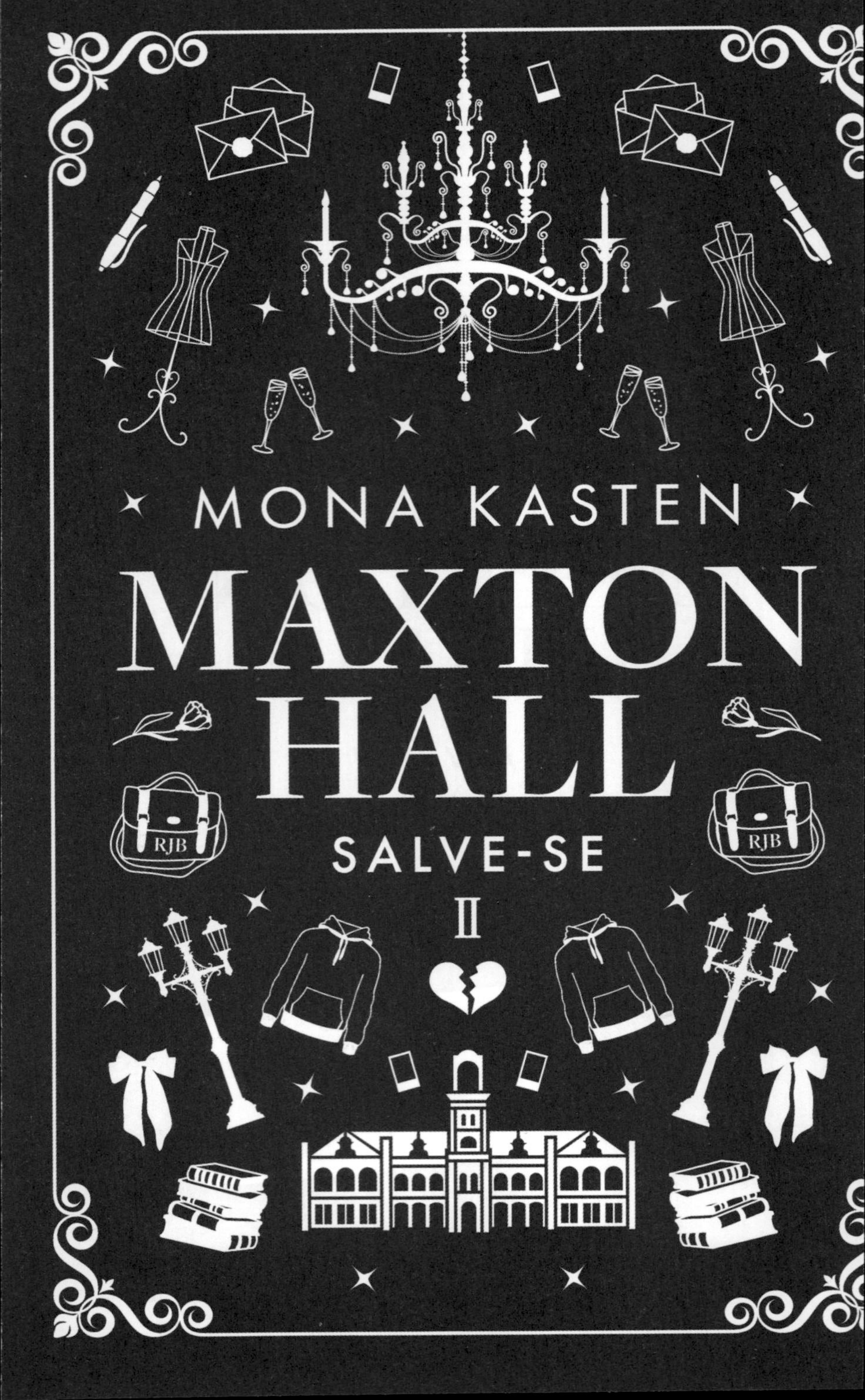
MONA KASTEN
MAXTON
HALL
SALVE-SE
II
RJB
RJB

MONA KASTEN

MAXTON HALL

SALVE-SE

II

Tradução
Karoline Melo

Título original: *Save You*

Editora responsável **Paula Drummond**
Editora de produção **Agatha Machado**
Assistentes editoriais **Giselle Brito e Mariana Gonçalves**
Preparação de texto **Lorrane Fortunato**
Diagramação e adaptação de capa **Carolinne de Oliveira**
Projeto gráfico original **Laboratório Secreto**
Revisão **Carolina Thomé**
Design de capa original **Vivien Summer | www.vivien-summer.de**
Ilustrações de capa **Shutterstock.com | MonikaJ (manequim 1), 35lab (manequim 2), mogilami (moldura), NadzeyaShanchuk (bolsa), merrymuuu (laço), Mari_Bryk (pilha de livros), Oleg7799 (prédio), cindy81lsy (lustre), Overearth (dinheiro e estrelas), Ivy Flats (moletom), Neliakott (caneta), AlissaAlissa (taças), Netkoff (cartas), Buch and Bee (poste), indahp (coração partido), Merfin (flores)**

Texto fixado conforme as regras do Acordo Ortográfico da Língua Portuguesa (Decreto Legislativo nº 54, de 1995)

CIP-BRASIL. CATALOGAÇÃO NA PUBLICAÇÃO
SINDICATO NACIONAL DOS EDITORES DE LIVROS, RJ

K31s

Kasten, Mona
Salve-se / Mona Kasten ; tradução Karoline Melo. - 1. ed. - Rio de Janeiro : Globo Alt, 2025. (Maxton Hall ; 2)

Tradução de: Save you
Sequência de: salve-me
ISBN 978-65-5226-029-1

1. Ficção alemã. I. Melo, Karoline. II. Título. III. Série.

24-95568 CDD: 833
CDU: 82-3(430)

Gabriela Faray Ferreira Lopes - Bibliotecária - CRB-7/6643

1ª edição, 2025 — 2ª reimpressão, 2025

Direitos de edição em língua portuguesa para o Brasil
adquiridos por Editora Globo S.A.
R. Marquês de Pombal, 25
20.230-240 – Rio de Janeiro – RJ – Brasil
www.globolivros.com.br

Para Kim

All the promises that we made,
*It means nothing.**
GERSEY,
It Means Nothing

* N. T.: Em tradução livre, "Todas as promessas que fizemos, / Elas não significaram nada".

1

Lydia

James está bêbado. Ou chapado. Ou os dois ao mesmo tempo.

Ele não está sóbrio há três dias. Não faz nada a não ser dar uma festa interminável em nosso salão, esvaziando uma garrafa de álcool atrás da outra e fingindo que nada aconteceu. Não entendo como consegue. Pelo visto, ele não liga que nossa família esteja se desfazendo de vez.

— Acho que é uma forma de lidar com o luto.

Olho de soslaio para Cyril. Ele é o único que sabe o que aconteceu. Contei para ele na noite em que James se drogou na festa dele e ficou com Elaine na frente de Ruby. Alguém tinha que me ajudar a levar James para casa sem que nem Percy nem nosso pai vissem o estado dele. Como nossas famílias mantém uma relação de amizade bem próxima, Cy e eu nos conhecemos desde pequenos. E embora meu pai tenha me feito prometer que não contaria para ninguém o que aconteceu com minha mãe antes do comunicado oficial da imprensa, sei que posso confiar nele para manter segredo, até mesmo de Wren, Keshav e Alistair.

Não teria sobrevivido a esses últimos dias sem a ajuda dele. Cy convenceu meu pai a deixar James em paz por um tempo e já fez os outros garotos entenderem que não devem fazer perguntas. Eles se seguram, embora eu sinta que está ficando cada vez mais difícil ver James se autodestruir.

Enquanto meu irmão faz de tudo para entorpecer a mente, só consigo pensar em como será minha vida de agora em diante. Minha mãe morreu. A mãe do Graham morreu há sete anos. O bebezinho que está crescendo dentro de mim não terá nenhuma avó.

Sério. É isso o que fica rondando minha cabeça. Em vez de estar de luto, fico pensando no fato de que meu bebê nunca receberá o abraço de uma avó carinhosa. O que está acontecendo comigo?

Mas não dá para evitar. Os pensamentos correm sem controle pela minha mente, um atrás do outro até eu ficar submersa em cenas de terror, e sinto um medo tão terrível do futuro que não consigo me concentrar em mais nada. É como se eu estivesse em estado de choque nos últimos três dias. Pode ser que, quando nosso pai nos contou o que aconteceu, algo em James e em mim tenha se partido de maneira fatídica.

— Não sei como ajudar — sussurro, observando James esvaziar outro copo em um só gole.

Dói em mim ver o quanto ele está sofrendo. Não pode continuar assim para sempre. Em algum momento, terá que enfrentar a realidade. E, na minha opinião, só tem uma pessoa neste mundo que pode ajudá-lo.

Mais uma vez, pego o celular e digito o número de Ruby, mas ela não atende. Queria ficar com raiva dela, mas não consigo. Se eu tivesse visto Graham com outra, também não ia querer saber dele e nem de ninguém próximo a ele.

— Já está ligando pra ela de novo? — pergunta Cy, com um olhar cético.

Quando assinto, ele franze o cenho em desaprovação. A reação dele não me surpreende. Cyril acha que Ruby não é nada mais do que uma aproveitadora de olho na herança de James. Sei que não é verdade, mas quando Cyril forma uma opinião sobre alguém, é difícil convencê-lo do contrário. E, por mais que eu fique triste por isso, não levo a mal, porque é o jeito dele de cuidar dos amigos.

— James não está ouvindo ninguém. Acho que ela conseguiria evitar que ele pirasse de vez. — Minha voz soa estranha em meus próprios ouvidos. Tão fria e distante… No entanto, por dentro me sinto completamente diferente.

A dor quase não me permite ficar de pé. É como se tivessem me amarrado e eu estivesse há dias tentando desfazer os nós. Como se meus pensamentos estivessem girando em um carrossel que nunca para e do qual não consigo sair. Para mim, nada faz sentido, e quanto mais energia gasto para lutar contra este sentimento de desamparo que cresce em mim, mais ele me envolve.

Perdi uma das pessoas mais importantes da minha vida. Não sei como vou superar isso sozinha. Preciso do meu irmão gêmeo. Mas James não faz nada além de fugir e destruir tudo o que cruza seu caminho. A última vez que vi meu pai foi na quarta-feira. Ele está viajando, se reunindo com advogados e assessores para decidir o futuro das Empresas Beaufort. Não tem um minuto livre para cuidar do enterro da minha mãe. Para isso, contratou uma planejadora chamada Julia, que tem entrado e saído de nossa casa nos últimos dias como se fosse da família.

Só de pensar no funeral da minha mãe, meu estômago revira. Fico sem ar, os olhos começam a arder. Eu me viro depressa, mas Cyril percebe.

— Lydia… — sussurra e pega minha mão com gentileza.

Eu me desvencilho e saio da sala sem dizer uma palavra sequer. Não quero que os caras me vejam chorar. Vai chegar uma hora em que não vão conseguir se conter e, apesar das advertências de Cyril, começarão a fazer perguntas. Ninguém é idiota. James nunca agiu dessa forma. Mesmo exagerando de vez em quando, normalmente sabe quais são os próprios limites. Os outros já perceberam que não é esse o caso. O fato de Keshav ter começado a retirar do bar uma garrafa de licor atrás da outra e de Alistair ter "acidentalmente" jogado no vaso sanitário alguns gramas da cocaína de James que tinham sobrado diz por si só.

Mal posso esperar para que todo esse sigilo acabe de uma vez. Em poucos minutos, quinze para ser mais exata, a notícia do falecimento de minha mãe será divulgada, e então não só os garotos vão descobrir, mas o mundo inteiro. Já imagino as manchetes, e os jornalistas na porta de casa e da escola. Fico enjoada e tropeço pelo corredor até chegar na biblioteca.

O brilho fraco das lâmpadas ilumina as estantes numerosas, onde repousam exemplares nobres com capa de couro. Me apoio nas estantes enquanto atravesso o cômodo, os joelhos fracos. Ao fundo, perto da janela, há uma poltrona de veludo bordô. Desde criança, sempre foi meu lugar favorito nesta casa. Era aqui que eu ficava quando queria me isolar dos garotos, do meu pai, das expectativas que o sobrenome Beaufort traz consigo.

A visão deste cantinho de leitura me leva a derramar ainda mais lágrimas. Me sento na poltrona, dobro as pernas e as abraço. Então, afundo o rosto nos joelhos e choro em silêncio.

Tudo ao meu redor parece irreal. Como se fosse um pesadelo do qual poderia despertar se me esforçasse o bastante. Queria voltar para o verão, há um ano e meio, quando minha mãe ainda estava viva e Graham me abraçava sempre que eu estava triste.

Enquanto seco os olhos com uma das mãos, tiro o celular do bolso da calça com a outra. Ao desbloquear a tela, vejo que o rímel manchou as costas da minha mão.

Vou para os contatos. Graham continua salvo nos favoritos, logo depois de James, apesar de fazer meses que não nos falamos. Ele não sabe sobre nosso bebê, e muito menos sobre a morte da minha mãe. Respeitei seu pedido de não entrar mais em contato. Nunca na vida algo foi tão difícil para mim. Por anos, nos falamos quase todos os dias, e assim, de repente, de um dia para o outro, nunca mais. Foi como entrar em um período de abstinência total.

E agora... tenho uma recaída. Digito o número dele automaticamente e prendo a respiração enquanto chama. Depois de um instante, para. Fecho os olhos e tento com todas as minhas forças descobrir se ele atendeu ou não. Neste instante, tenho a sensação de que poderia morrer afogada no desamparo solitário no qual estou há dias.

— Nada de ligações. A gente tinha um acordo — sussurra.

O som da voz dele, suave e áspera, me despedaça. Os soluços sacodem meu corpo todo. Cubro a boca com a mão livre para que Graham não me ouça. Mas já é tarde demais.

— Lydia?

Percebo no tom dele que está assustado, mas não consigo dizer nada, só mexer a cabeça. Respiro rápido demais, descontroladamente.

Graham não desliga. Continua do outro lado da linha, emitindo sons leves e calmantes. Escutá-lo me desestabiliza, mas ao mesmo tempo me faz sentir uma tranquilidade tão grande que aperto mais o celular no ouvido. Acho que sua voz foi um dos motivos por eu ter me apaixonado por ele, muito antes de vê-lo pela primeira vez. Me lembro daquelas ligações que duravam horas, de como minha orelha ficava quente e dolorida, de como acordava e Graham continuava na chamada. A voz dele é suave e calma, profunda e tão penetrante quanto os olhos castanho-dourados.

Sempre me sentia segura com Graham. Por um tempo, foi meu porto seguro. Devo agradecê-lo por ter me ajudado a superar Gregg e seguir em frente.

E mesmo estando aos cacos, aquela sensação de estabilidade luta para emergir outra vez. O som da voz dele me ajuda, de certa forma, a tomar consciência. Não sei quanto tempo se passa, mas minhas lágrimas vão diminuindo aos poucos.

— O que aconteceu? — sussurra.

Não consigo responder. Tudo o que consigo fazer é soltar um gemido impotente.

Ele permanece em silêncio por um minuto. Eu o ouço respirar algumas vezes, como se estivesse prestes a dizer algo, mas se controlasse no último instante. Por fim, fala em voz baixa e com um tom angustiado:

— Tudo o que eu mais quero é sair correndo pra ficar do seu lado.

Fecho os olhos, imaginando-o em sua casa, ao lado da mesa velha de madeira que parece que vai se partir a qualquer momento. Graham diz que é uma *antiguidade*, mas na verdade ele só a pegou do lixo e a pintou.

— Eu sei — murmuro.

— Mas você também sabe que eu não posso, né?

Algo se quebra na sala. Ouço o tilintar do vidro, e logo depois alguém grita. Não sei se de dor ou prazer, mas me endireito na mesma hora. Não posso permitir que James também se machuque fisicamente.

— Desculpa por ter ligado — digo, a voz falhando, e encerro a chamada.

Meu coração dói quando me levanto e saio desse cantinho seguro para ver como está o meu irmão.

Ember

Minha irmã está doente.

Em circunstâncias normais, eu diria que não é algo extraordinário; afinal, estamos em dezembro, e a temperatura lá fora está abaixo de zero, então há gente assoando o nariz e tossindo para todo o lado. Cedo ou tarde, acabamos pegando alguma coisa.

Mas... minha irmã nunca fica doente. Sério, nunca.

Há três dias, quando chegou em casa à noite e se enfiou embaixo das cobertas sem dar um pio, não suspeitei que algo incomum tivesse acontecido. Até porque ela tinha acabado de terminar a maratona de provas e entrevistas para entrar em Oxford, o que sem dúvidas a havia deixado exausta mental e fisicamente. Ainda assim, quando no dia seguinte ela disse que estava resfriada e não iria à escola, achei esquisito. Qualquer um que conhece Ruby sabe perfeitamente que mesmo com febre, ela se arrastaria para a escola por medo de perder algo importante.

Hoje é sábado, e já estou muito preocupada. Ruby mal saiu do quarto. Está deitada na cama lendo um livro após o outro, e agindo como se os olhos estivessem vermelhos devido ao resfriado. Mas a mim ela não engana. Aconteceu alguma coisa, e fico com raiva por ela não me contar.

Agora, observo pela fresta da porta como está brincando com a sopa sem nem experimentar. Não me lembro de algum dia ter a visto assim. Está pálida, com círculos arroxeados sob os olhos que ficam cada dia mais escuros. O cabelo está oleoso, e algumas mechas despenteadas pendem ao lado do rosto. Também está usando o mesmo moletom desde quinta-feira. Normalmente, Ruby é a personificação da ordem. Não só no que diz respeito à sua agenda ou à escola, mas também em relação à aparência. Nem sabia que ela tinha esses trapos.

— Para de ficar me espiando pela porta — diz ela de repente, e me assusto por ter sido pega no flagra.

Finjo que minha intenção sempre foi entrar e atravesso a soleira.

Ruby me olha com as sobrancelhas erguidas. Então, deixa a sopa na cama, em cima da bandeja onde levei a comida para ela. Reprimo um suspiro.

— Se não for comer, eu como — ameaço, apontando para a sopa com o queixo, o que infelizmente não surte o efeito esperado.

Ruby se limita a fazer um gesto vago com as mãos.

— Fica à vontade.

Me deixo cair na beira da cama com um gemido de frustração.

— Nos últimos dias, me esforcei muito pra te deixar em paz, porque percebi que você não está a fim de conversar, mas... estou muito preocupada com você.

Ruby puxa o cobertor até o queixo, de forma que nada além da cabeça fique à mostra. Seu olhar está desfocado e triste, como se o que aconteceu estivesse pesando de uma vez só, com todas as forças. Mas então ela pisca e volta para o mundo real... ou pelo menos finge que sim. Desde quarta-feira, ela está com um olhar estranho. Como se estivesse presente de corpo, mas a mente estivesse em outro lugar.

— Só estou resfriada. Logo passa — responde em uma voz impassível, como aquelas robóticas sem vida que usam nos alto-falantes do metrô ou que respondem quando se liga para o serviço de atendimento ao cliente, como se fosse uma máquina.

Ruby vira o rosto para a parede e se cobre ainda mais com o cobertor, um sinal incontestável de que a conversa terminou. Solto um suspiro e me preparo para me levantar outra vez quando a luz acesa do celular na mesa de cabeceira chama minha atenção. Me inclino de leve para ver a tela.

— A Lin está te ligando — aviso em um sussurro.

— E daí? — A resposta soa abafada.

Com o cenho franzido, observo a chamada ser interrompida, e pouco depois aparecer a notificação de chamadas perdidas. Já chegou a dois dígitos.

— Ela já te ligou mais de dez vezes, Ruby. O que quer que tenha acontecido, você não vai poder fugir pra sempre.

Ela apenas solta um grunhido.

Minha mãe disse para dar um tempo para ela, mas cada dia que passa fica mais difícil ver como Ruby está sofrendo. Não é preciso ser um gênio para somar dois mais dois e chegar à conclusão de que provavelmente James e seus amiguinhos tiveram algo a ver com isso.

No entanto, pensava que o assunto Beaufort já estivesse resolvido. O que será que aconteceu? E quando?

Tentei analisar a situação da mesma forma que Ruby faria se estivesse no meu lugar, fazendo uma lista mental:

- Ruby foi para Oxford fazer as entrevistas.
- Quando voltou, estava tudo bem.
- À tarde, Lydia Beaufort apareceu na nossa porta e Ruby saiu com ela.
- Então, tudo mudou: Ruby se trancou e não conta nada para ninguém.
- Por quê???

Ok. A lista de Ruby provavelmente seria mais bem estruturada, mas pelo menos coloquei os acontecimentos de maneira lógica e sei que, o que quer que tenha acontecido, foi na tarde de quarta-feira.

Mas para onde Lydia levou a minha irmã?

De Ruby, que agora só está com a raiz do cabelo descoberta, volto minha atenção para o celular. Suponho que não sentirá falta dele, tenho quase certeza.

— Se precisar de qualquer coisa, estou aqui do lado — digo, embora saiba que ela não vai recorrer à minha oferta.

Assim, me levanto com um suspiro exagerado e pego o celular dela em um piscar de olhos. Escondo na manga do meu suéter folgado de tricô e vou para o meu quarto na ponta dos pés.

Ao fechar a porta atrás de mim silenciosamente, suspiro de alívio e, no mesmo instante, sinto remorso. Olho para a parede, nervosa, como se Ruby pudesse me ver da cama. Talvez nunca mais fale comigo quando descobrir que invadi a privacidade dela. Porém, minha obrigação de irmã é encontrar uma forma de ajudá-la, certo?

Vou à minha escrivaninha e me sento na cadeira, que range. Depois, pego o celular da manga. Minha irmã não diz nada sobre o que acontece com ela na escola, mas claro que sei com que tipo de gente ela se envolve em Maxton Hall: garotos e garotas cujos pais são aristocratas, atores, políticos e empresários, pessoas tão influentes no nosso país que não é estranho ouvir seus nomes nos jornais. Já faz um tempo que sigo alguns colegas de Ruby no Instagram e me informo dos boatos que circulam a respeito deles. A simples ideia do que aquelas pessoas podem ter feito com a minha irmã embrulha meu estômago.

Hesito por alguns segundos, e em seguida desbloqueio o celular de Ruby e abro o histórico de chamadas. Lin não foi a única a tentar ligar para ela: um número que não está salvo nos contatos aparece várias vezes. Sem pensar muito, ligo para Lin — ela é a única pessoa da escola sinistra de Ruby que pelo menos conheço pessoalmente. Hesitante, levo o aparelho à orelha. Ouço um toque, e ela atende na mesma hora.

— Ruby — diz Lin entre suspiros. — Finalmente. Como você está?

— Lin... sou eu, a Ember — interrompo antes que ela continue falando.

— Ember? O quê...?

— A Ruby não anda muito bem.

Ela fica quieta por um instante. Então, diz devagar:

— Dá pra entender, depois do que aconteceu.

— O que aconteceu? — respondo de maneira automática. — O que foi que rolou, Lin? A Ruby não me conta nada, e eu estou morrendo de preocupação. O Beaufort fez alguma coisa com ela? Se sim, eu vou até aquele imbecil e...

— Ember. — Agora, é ela quem me interrompe. — Do que você está falando?

Franzo a testa.

— Como assim?

— Na quarta-feira, a Ruby me mandou mensagem falando que tinha feito as pazes com o James Beaufort. E hoje fiquei sabendo que a mãe dele faleceu na segunda-feira passada.

2
Ruby

Ember bate na minha porta outra vez.

Queria ter energia para mandá-la embora. Entendo a preocupação, mas não estou em condições de fingir nem de falar com ninguém. Nem mesmo com minha irmã.

— Ruby, a Lin está no telefone.

Com o cenho franzido, afasto o cobertor do rosto e me viro. Ember está à frente da cama, o celular na mão estendida. Aperto os olhos. É o *meu* celular. E o nome de Lin brilha na tela.

— Você pegou meu celular? — pergunto, cansada.

Sinto que a indignação tenta brotar em mim, mas desaparece na mesma velocidade com que surge. Nos últimos dias, meu corpo tem agido como um buraco negro, devorando qualquer emoção antes que tenha a oportunidade de emergir.

Não há nada que me afete de fato, nada que eu tenha vontade de fazer. Levantar da cama é tão cansativo quanto correr uma maratona, e não desço a escada há três dias. Desde que entrei em Maxton Hall, não havia perdido uma aula sequer, mas a ideia de tomar banho, me vestir e passar de seis a dez horas rodeada de gente acaba comigo. Sem contar que não suportaria ver James. Eu provavelmente murcharia feito uma flor. Ou começaria a chorar.

— Fala que eu ligo de volta — murmuro. Minha voz está áspera, porque quase não falei nos últimos dias.

Ember não se move.

— Você devia falar com ela agora.

— Mas eu *não quero* falar com ela agora.

O que eu quero é um pouco de tempo para poder me reerguer. Três dias não são o bastante para encarar Lin e suas perguntas. Na quarta-feira, mandei uma mensagem curta para ela. Lin não sabe exatamente o que aconteceu entre mim e James em Oxford, e não tenho forças para contar agora. Nem o que aconteceu depois. O que eu mais queria fazer é esquecer a semana passada e agir como se nada tivesse mudado. Infelizmente, isso não é possível, porque não consigo nem me levantar da cama.

— Anda, Ruby, por favor — insiste Ember. — Não sei por que você está tão triste, nem por que não me explica nada, mas... a Lin acabou de me contar uma coisa. E acho que vocês realmente precisam conversar.

Lanço um olhar sombrio para Ember, mas vejo em sua expressão determinada que não tenho escolha. Ela não vai sair do meu quarto até eu falar com Lin. Em alguns aspectos, somos muito parecidas, e a teimosia é, sem dúvida, um deles.

Estendo o braço a contragosto e pego o celular.

— Lin?

— Ruby, meu anjo, a gente precisa conversar urgente.

Pelo tom de sua voz, ela sabe o que aconteceu.

Sabe o que James fez.

Sabe que partiu meu coração com as duas mãos, jogou-o no chão e o pisoteou.

E se Lin sabe, tenho certeza de que o resto da escola também.

— Não quero falar sobre o James — aviso, a voz rouca. — Não quero falar sobre ele *nunca mais*, entendeu?

Lin fica quieta por um instante. Então, respira fundo.

— A Ember me contou que na quarta à tarde você saiu com a Lydia.

Não respondo, me limito a segurar a borda do cobertor.

— Foi quando você ficou sabendo?

Deixo escapar uma risada abafada.

— Sabendo o quê? Que ele é um idiota?

Lin solta um suspiro.

— A Lydia não te contou nada mesmo?

— O que ela devia ter me contado? — pergunto, hesitante.

— Ruby… você leu a mensagem que eu te mandei?

Seu tom de voz é tão cauteloso que sinto um calafrio. Engulo em seco.

— Não… Não olho o celular desde quarta-feira.

Lin respira fundo outra vez.

— Então você ainda não sabe.

— O que eu ainda não sei?

— Ruby, você está sentada?

Me ajeito na cama.

Ninguém faz essa pergunta se algo terrível não tiver acontecido. De repente, uma imagem muito mais horrível substitui a de James com Elaine, drogado na piscina. James ferido após um acidente. James no hospital.

— O que aconteceu? — consigo perguntar.

— A Cordelia Beaufort morreu na segunda-feira.

Preciso de alguns segundos para assimilar o que Lin acabou de me dizer.

A Cordelia Beaufort morreu na segunda-feira.

Um silêncio insuportável recai sobre nós.

A mãe de James está morta. Desde segunda.

Me lembro dos nossos beijos ardentes, das mãos dele deslizando incansavelmente pelo meu corpo e da sensação incrível de tê-lo dentro de mim.

Era impossível James ter descoberto naquela tarde, naquela noite. Ele não saberia fingir tão bem. Não, Lydia e ele devem ter descoberto na quarta.

Ouço Lin falar, mas sou incapaz de me concentrar nas palavras dela. Estou ocupada demais me perguntando se, por dois dias, Mortimer Beaufort escondeu dos próprios filhos que a mãe deles havia morrido. E se foi assim, como será que James e Lydia se sentiram quando chegaram em casa e ouviram a notícia?

Me vem à mente os olhos inchados e vermelhos de Lydia parada em frente à minha porta perguntando se James estava aqui. A expressão vazia e impassível de James ao me olhar. E o momento em que pulou na piscina e destruiu tudo o que havia se formado entre nós na noite anterior.

Uma palpitação dolorosa se espalha pelo meu corpo. Tiro o celular do ouvido e coloco no alto-falante. Verifico minhas mensagens. Abro as de um número desconhecido. Três mensagens não lidas.

Ruby. Sinto muito.
Posso te explicar tudo.
Por favor, volta pra casa do Cyril
ou me diz onde você está
pro Percy te buscar.
Nossa mãe morreu. O James
está totalmente descontrolado.
Não sei o que fazer.

— Lin — sussurro. — É verdade?

— É — murmura ela. — A imprensa soltou uma nota hoje, e meia hora depois a notícia já estava em todo lugar.

Mergulhamos novamente no silêncio. Milhares de pensamentos rodopiam pela minha cabeça. Nada mais parece fazer sentido. Nada, exceto esse sentimento que me invade de maneira tão inesperada e intensa que as palavras que falo em seguida surgem por iniciativa própria:

— Preciso ficar com ele.

Pela primeira vez, vejo o muro de pedra cinza que circunda a residência dos Beaufort. Um portão enorme de ferro impede a entrada. Em frente a ele, dezenas de pessoas se empurram com câmeras e microfones em mãos.

— Abutres — diz Lin, parando o carro a poucos metros deles.

Os jornalistas se viram e avançam para cima de nós na mesma hora.

Lin se inclina para a frente e aperta o botão que trava as portas do carro.

— Fala pra Lydia abrir o portão pra gente.

Estou muito grata por ela estar agora ao meu lado e por ser tão racional. Sem hesitar nem por um segundo, ela se ofereceu para me trazer e em menos de meia hora já estava na frente da minha casa. Nesse momento, qualquer dúvida sobre a força da minha amizade com Lin desapareceu.

Tiro o celular da bolsa e ligo para o número que entrou em contato comigo diversas vezes nos últimos dias.

Lydia atende poucos segundos depois.

— Alô? — A voz dela ainda está com aquele tom anasalado de quarta à tarde, quando fomos juntas para a festa de Cyril.

— Estou na frente da sua casa. Pode abrir o portão pra mim? — pergunto enquanto tento cobrir o rosto com um braço.

Não sei se isso produz o efeito desejado. Agora os jornalistas estão bem ao lado do carro de Lin, nos bombardeando com perguntas que não consigo entender.

— Ruby? O quê...?

Alguém começa a bater no vidro da janela. Lin e eu levamos um susto.

— Pode ser o mais rápido possível?

— Espera aí — responde Lydia e desliga.

O portão se abre menos de meio minuto depois, e uma pessoa se aproxima de nós. Quando está a poucos metros de distância, reconheço quem é.

Percy.

Ao ver o motorista, meu coração dispara. De repente, as lembranças daquele dia em Londres que começou bem, mas acabou mal, vêm à tona. E da noite em que James cuidou de mim porque seus amigos tinham sido desagradáveis comigo e me jogado na piscina.

Ele abre caminho entre os jornalistas e gesticula para Lin abaixar a janela.

— Passe pelo portão e vá até a frente da casa, senhorita. Essas pessoas podem ser processadas se entrarem na propriedade. Não vão te seguir.

Lin assente e, depois que Percy consegue fazer com que os repórteres nos deixem passar, conduz o carro pelo vasto terreno. A entrada, em termos de largura e comprimento, lembra uma estrada rural, cercada por uma área verde semelhante a um parque coberto pela geada. Ao longe, vejo uma mansão enorme. É retangular e tem dois andares com vários frontões. O telhado de ardósia cinza de quatro águas é tão lúgubre quanto o resto da fachada, construída em tijolo, mas revestida de granito. Apesar da desolação aparente, à primeira vista já dá para perceber que as pessoas que moram ali são ricas. Acho que combina com Mortimer Beaufort, porque é fria e imponente. Contudo, não consigo imaginar Lydia e James vivendo nela.

Lin passa pelo átrio e para o carro atrás de um esportivo preto que está na lateral da casa, em frente à entrada de uma garagem.

— Quer que eu entre com você? — pergunta ela, e eu assinto.

O ar está frio quando saímos do veículo e corremos em direção à escada frontal. Pouco antes de chegarmos ao primeiro degrau, agarro Lin pelo braço. Minha amiga se vira para mim e me olha com curiosidade.

— Obrigada por me trazer até aqui — digo, nervosa.

Não sei o que me espera nesta casa. Ter Lin ao meu lado afasta alguns dos meus medos e me faz um bem indescritível. Há pouco mais de três meses, isso teria sido impensável: naquela época, havia um limite claro entre minha vida pessoal e a vida na escola, e eu não tinha contado nada da minha vida para Lin. Tudo isso mudou. Principalmente por causa de James.

— Estou aqui sempre que precisar. — Ela pega minha mão e aperta de leve.

— Obrigada — sussurro.

Lin acena com a cabeça, e subimos as escadas. Lydia abre a porta antes que tenhamos a oportunidade de tocar a campainha. Parece tão confusa quanto estava há três dias. E agora sei o motivo.

— Eu sinto muito mesmo, Lydia — digo.

Ela morde o lábio inferior e olha para o chão. Neste momento, não ligo para o fato de não nos conhecermos muito bem ou de não sermos amigas. Subo o último degrau rapidamente e a abraço. Seu corpo começa a tremer quando fecho os braços ao redor dela, e é inevitável me lembrar da última quarta-feira. Se soubesse o que tinha acontecido e o quanto ela estava mal, não a teria deixado sozinha de jeito nenhum.

— Sinto muito — sussurro outra vez.

Lydia crava os dedos nas minhas costas e deixa a cabeça cair sobre meu ombro. Eu a seguro com força e acaricio as costas dela enquanto suas lágrimas encharcam meu suéter. Não consigo imaginar pelo que está passando agora. Se minha mãe morresse... não sei como lidaria.

Nesse meio tempo, Lin fecha a porta da casa em silêncio. Seu olhar encontra o meu quando para a poucos metros de distância de nós. Parece tão desestabilizada quanto eu.

Então, Lydia se afasta de mim. Manchas avermelhadas se espalharam por suas bochechas, e os olhos estão marejados e irritados. Ergo a mão e afasto carinhosamente alguns fios de cabelo molhados do rosto dela.

— Posso te ajudar com alguma coisa? — pergunto com cautela.

Ela nega com a cabeça.

— Só faz com que meu irmão volte a ser ele mesmo. Ele está descontrolado. Eu... — Sua voz está rouca e áspera de tanto chorar, e limpa a garganta para poder continuar falando. — Nunca tinha visto ele assim. Sei que está desmoronando e não sei... simplesmente não sei como ajudar.

Ao ouvir essas palavras, meu coração dispara. O desejo que sinto de ver James e abraçá-lo como fiz com Lydia é avassalador, embora eu tema nosso encontro.

— Cadê ele?

— Cyril e eu o levamos para o quarto dele. Ele já tinha desmaiado.

Estremeço ao ouvir essas palavras.

— Posso te levar lá, se quiser — continua a dizer, apontando com o queixo para a escada que leva ao andar superior.

Me viro para Lin, mas minha amiga faz que não com a cabeça.

— Te espero aqui. Vai você.

— Os garotos estão lá no fundo, na sala, se quiser ficar com eles. Já volto — diz Lydia, apontando com a cabeça para o outro lado do hall de entrada, onde um corredor leva para os fundos da casa. Agora, consigo ouvir a música baixa que parece vir de lá. Lin hesita por um instante, mas logo assente.

Lydia e eu subimos juntas pela ampla escadaria marrom-escura. No percurso, percebo que a casa dos Beaufort é muito mais aconchegante do que parece do lado de fora. O hall de entrada é bem iluminado e agradável. Embora não tenha fotos da família penduradas nas paredes, como em nossa casa, pelo menos não há pinturas a óleo em molduras douradas dos membros da mesma linhagem falecidos há séculos, como na casa dos Vega. As pinturas que se veem aqui são coloridas e impressionistas, e embora não causem qualquer tipo de emoção pessoal específica, dão à casa uma atmosfera sugestiva.

Uma vez que chegamos no andar de cima, entramos em um corredor mais escuro e tão longo que me pergunto o que se esconde atrás de cada porta. E como é possível que apenas uma família more aqui.

— Chegamos — diz Lydia de repente, em voz baixa, parando em frente a uma grande porta. Nós duas olhamos para cima por um momento, e então ela se vira para mim. — Sei que é pedir muito, mas tenho a sensação de que agora é a hora que ele mais precisa de você.

Mal consigo organizar meus pensamentos e emoções. É como se meu corpo soubesse que James está atrás da porta, e isso me atrai como um ímã. Embora eu não saiba como Lydia espera que eu o ajude, quero estar ao lado dele para apoiá-lo.

Lydia toca em meu braço.

— Ruby... Não aconteceu mais nada entre o James e a Elaine, só aquele beijo.

Fico tensa.

— Na mesma hora, o James saiu da piscina e se deitou no sofá. Eu sei que pode ser cruel, mas...

— Lydia... — interrompo.

— Não era ele.

Nego com a cabeça.

— Não foi por isso que eu vim.

Neste momento, não posso pensar nisso. Porque se me permitir pensar em James e Elaine, a raiva e a decepção vão pesar mais, e não sei se serei capaz de cruzar a porta.

— Não consigo falar sobre isso agora.

Por um instante, parece que Lydia está prestes a responder, mas por fim ela se limita a suspirar.

— Só queria que você soubesse.

Em seguida, se vira e faz o caminho de volta pelo longo corredor. Meu olhar a segue até que ela chegue à escada, onde a luz se projeta generosamente em um tapete caro. Quando desaparece por completo de meu campo de visão, me volto para a porta outra vez.

Acho que nunca na vida algo foi tão difícil para mim quanto segurar essa maçaneta. Ao colocar os dedos nela, percebo que está gelada, e meu corpo estremece quando a giro, hesitante, e a porta se abre.

Prendendo a respiração, paro na soleira da porta de James.

É um quarto com pé direito alto e certamente corresponde a toda a área do andar de cima da nossa casa, que é pequena e geminada. À minha direita, há uma mesa e uma cadeira de couro marrom. À esquerda, a parede está coberta de estandes repletas de livros e cadernos, e entre eles, em alguns pontos, esculturas que me lembram das que vi na filial da Beaufort. Além da porta pela qual entrei, há outras duas, uma de cada lado do cômodo. São de madeira maciça, e imagino que uma leve ao banheiro, e a outra, um pouco menor, ao closet de James. No meio do quarto, há um sofá, uma mesa de centro em cima de um tapete persa e uma poltrona.

Cruzo o quarto silenciosamente. Uma cama enorme fica centralizada em frente à porta, do outro lado do cômodo. Dos dois lados da cama, há grandes janelas, mas as cortinas estão quase fechadas por completo, de modo que a luz se projete no chão apenas através de duas frestas.

Logo depois, vejo James.

Ele está na cama, um cobertor cinza-escuro cobrindo boa parte do corpo. Me aproximo com cautela até conseguir distinguir seu rosto.

Perco o fôlego.

Achava que ele estaria dormindo, mas... seus olhos estão abertos. E seu olhar faz um arrepio subir pela minha coluna.

Os olhos de James, que costumam ser tão expressivos, carecem de vida. Seu rosto está completamente lívido.

Dou mais um passo na direção dele. Ele não reage, não dá sinais de ter notado minha presença. As pupilas estão dilatadas de forma pouco natural, e o cheiro de álcool pesa no ar. Na mesma hora, me recordo da tarde de quarta-feira, mas deixo as lembranças de lado. Não vim aqui para pensar na dor que estou sentindo. Vim porque James perdeu a mãe. Ninguém deveria suportar isso sozinho. Muito menos alguém que, apesar de tudo, é tão importante para mim.

Sem perder mais tempo, acabo com o resto da distância que nos separa e me sento com cuidado na beira da cama.

— Oi, James — sussurro.

Ele estremece como se tivesse sofrido uma queda dolorosa em um sonho. Em seguida, vira um pouco a cabeça para mim. Dá para ver olheiras escuras sob seus olhos, e o cabelo cai desgrenhado na testa. Os lábios estão ressecados e, em alguns lugares, rachados. Parece que só está ingerindo álcool há dias.

Quando beijou Elaine, desejei tudo de pior para ele, simples assim. Desejei que alguém o machucasse tanto quanto ele me machucou. Queria vingar meu coração ferido. Mas vê-lo agora, tão abatido, não me traz a satisfação que eu esperava. Muito pelo contrário. Sinto como se a dor dele chegasse até mim e me arrastasse até o fundo do poço. Fico arrasada pelo desespero, porque não sei o que fazer. Todas as palavras que me vêm à mente neste momento parecem não significar nada.

Ergo a mão cuidadosamente e afasto com gentileza as mechas loiro-acobreadas da testa dele. Deslizo os dedos pela bochecha, de maneira suave, e coloco a palma da mão em seu rosto gelado. Tenho a sensação de estar tocando algo extremamente frágil.

Reúno todas as minhas forças, me inclino e coloco os lábios em sua testa.

James prende a respiração.

Por um instante, permanecemos nesta posição, como se estivéssemos congelados; nenhum de nós ousa se mover.

Então, volto a me endireitar e afasto a mão.

Um segundo depois, James me agarra pelos quadris. Afunda os dedos na minha pele e se lança sobre mim. Esse gesto repentino me pega tanto de surpresa que fico paralisada. James envolve os braços ao meu redor e enterra o rosto na curva do meu pescoço. Todo o seu corpo é sacudido por soluços profundos.

Eu o abraço com força. Não posso dizer nada agora. Não consigo sentir seu luto e não quero fingir o contrário.

Em um momento como esse, o que posso fazer é prestar meu apoio. Posso acariciar as costas dele e compartilhar seu choro. Posso sentir com ele e fazê-lo entender que não terá que passar por isso sozinho, independentemente do que aconteceu entre nós dois.

E enquanto James chora em meus braços, percebo que analisei a situação de uma maneira completamente equivocada.

Achei que, depois do que ele fez comigo, conseguiria apagá-lo de minha vida em um piscar de olhos. Esperava me distanciar dele o mais rápido possível. Mas agora, ao ver que sua dor também me faz sofrer, sei que não será tão fácil assim.

3
James

As paredes estão girando. Não consigo diferenciar o teto do chão, só consigo sentir que as mãos de Ruby estão aqui, e elas me trazem um pouco mais para a realidade. Ela está sentada na minha cama, com as costas apoiadas na cabeceira e metade do meu corpo descansa sobre ela. O braço dela me envolve com firmeza, enquanto acaricia minha cabeça com a mão. Me concentro apenas no calor de seu corpo, na respiração regulada e em seu toque.

Não faço a menor ideia de quantos dias se passaram. Enquanto tento me lembrar, tudo se transforma em uma neblina densa e cinzenta, e apenas dois pensamentos chamam minha atenção.

Primeiro: minha mãe morreu.

Segundo: beijei outra garota na frente de Ruby.

Não importa quanto álcool eu beba, nunca conseguirei me esquecer da expressão de Ruby naquele momento. Ela parecia tão incrédula e magoada... como se eu tivesse destruído seu mundo inteiro.

Enterro o rosto no colo de Ruby. Primeiro, porque temo que ela se levante e vá embora a qualquer momento. Segundo, pelo medo de as lágrimas voltarem. Contudo, nenhuma das duas coisas acontece. Ruby fica, e eu claramente não tenho mais líquido no meu corpo do qual possa abdicar.

Sinto como se não houvesse nada dentro de mim. Talvez minha alma tenha morrido com minha mãe. Se não, como poderia ter feito algo assim com Ruby?

Como foi que eu *pude* fazer algo assim com Ruby?

O que tem de errado comigo?

Que caralhos tem de errado comigo?

— James, você tem que respirar — murmura Ruby de repente.

Ao ouvir a voz dela, percebo que é verdade, parei de respirar. E não sei por quanto tempo.

Inspiro fundo e expiro devagar. Não é tão difícil.

— Qual o meu problema? — Sussurrar essas palavras me desgastam tanto que depois tenho a sensação de tê-las gritado.

A mão de Ruby para.

— Você está de luto — responde, também em voz baixa.

— Mas por quê?

Há pouco, tinha me esquecido de respirar; agora, minha respiração acelera. Me sento abruptamente. Meu peito dói, assim como minhas extremidades, como se eu tivesse praticado algum esporte. Entretanto, tudo o que fiz nos últimos dias foi reprimir tudo o que aconteceu.

— Por que o quê? — O olhar dela é caloroso, e me pergunto como consegue me encarar desse jeito.

— Por que estou triste. Eu nem amava minha mãe tanto assim.

Quando termino de pronunciar essas palavras, fico quieto. Sério que eu acabei de falar isso?

Ruby agarra minha mão e a segura com força.

— Você perdeu sua mãe. É normal ficar arrasado quando alguém que é tão importante pra gente morre.

Ela não parece tão confiante e convencida como de costume. Acho que ela mesma não sabe como se portar em uma situação dessas. Mas o fato de, apesar de tudo, estar aqui, tentando me apoiar, é como um sonho para mim.

Talvez seja mesmo.

— O que aconteceu? — sussurra ela de repente, levantando minha mão direita com cuidado.

Sigo seu olhar. Os nós dos meus dedos ainda estão ensanguentados onde a pele rasgou, e o resto está cheio de manchas vermelhas e roxas.

Talvez não seja um sonho. E se for, é um muito realista.

— Bati no meu pai. — As palavras emergem de meus lábios sem que eu pense nelas antes. Não sinto nada quando as pronuncio.

Essa é outra coisa que há de errado comigo. Afinal, qualquer pessoa mais ou menos normal sabe que nunca deve levantar a mão para os próprios pais. Mas na hora em que meu pai nos falou que nossa mãe tinha morrido, com aquele tom tão frio e indiferente, não consegui aguentar.

Ruby leva minha mão aos lábios, pressionando-os no dorso. Meu coração começa a bater mais rápido, e um tremor percorre todo meu corpo. O toque dela me acalma, embora sua ternura me destrua. Tudo me parece falso e autêntico ao mesmo tempo.

Meus pais me ensinaram desde pequeno que não deveria revelar minhas emoções. Caso contrário, os outros poderiam me conhecer e descobrir meus pontos fracos. Quando demonstramos nossas fraquezas, podem nos atacar, e isso é algo que o gestor de uma grande empresa não pode se permitir. Mas não me prepararam para uma situação como essa. O que fazer quando se perde a mãe aos dezoito anos? Para isso, só encontrei uma solução: tentar esquecer a verdade com álcool e drogas e agir como se nada tivesse acontecido.

Contudo, agora que Ruby está ao meu lado, não tenho certeza de que devo continuar me comportando assim. Lanço um olhar para seu rosto, passando pelo cabelo meio bagunçado até chegar ao pescoço. Me lembro perfeitamente da sensação de encostar os lábios naquela pele macia. Como foi maravilhoso abraçá-la. Estar dentro dela.

Agora, ela parece tão triste quanto eu. Não sei se apenas por causa da minha mãe ou por todo o mal que a causei.

Mas de uma coisa eu sei: Ruby não merecia que eu me comportasse dessa forma. Sempre fez com que eu sentisse capaz de conseguir qualquer coisa. E não importa o que tenha acontecido... eu nunca deveria ter deixado Elaine me beijar para provar a mim mesmo e a todo mundo que sou um babaca insensível que ignora tudo, até a morte da mãe. Afastar Ruby desse modo foi covardia. E o pior erro que cometi na vida.

— Me desculpa — digo com a voz rouca. Minha garganta está dormente, e preciso fazer muito esforço para falar. — Sinto muito pelo que eu fiz.

Todo o corpo de Ruby se retesa. Alguns segundos se passam, e ela permanece imóvel. Acho que até prendeu a respiração.

— Ruby...

Ela faz que não.

— Não. Não estou aqui pra isso.

— Eu sei que cometi um erro.

— James, para — sussurra ela com veemência.

— Sei que você não tem motivo nenhum pra me perdoar. Mas eu...

A mão de Ruby está trêmula quando solta a minha. Então, ela se levanta da cama. Primeiro, alisa o suéter e depois arruma a franja para baixo. É como se quisesse recompor a aparência externa bem-cuidada, que por dois anos me passou despercebida. Mas coisas demais já aconteceram entre nós. Nada poderia fazer com que ela voltasse a ser invisível aos meus olhos.

— Agora não dá, James — murmura. — Sinto muito.

Depois, atravessa meu quarto. Ela nem sequer se vira ou olha para mim quando sai do cômodo, fechando a porta silenciosamente atrás de si.

Aperto os dentes quando meus olhos voltam a arder e meus ombros começam a tremer.

***

Não sei quanto tempo fiquei na minha cama encarando a parede, mas em dado momento me levanto com esforço e saio dela. Lá fora, já escureceu há muito tempo, e me pergunto se os caras ainda estão aqui. Pouco antes de entrar no salão, ouço-os falar em voz baixa. A porta está entreaberta, e coloco a mão na maçaneta.

— Isso não é normal — murmura Alistair. — Se ele continuar assim, vai acabar em coma alcoólico. Não sei por que ele não fala com a gente.

— Eu, na situação dele, também não teria vontade de falar — diz Keshav. Fico surpreso que justo ele esteja falando isso.

— Mas você conhece os seus limites. No caso do James, eu já não tenho mais certeza.

— Provavelmente a gente não devia ter deixado ir tão longe — intervém Wren. — A verdade é que, até ontem, eu achava que ele só queria comemorar a visita à Oxford.

Eles ficam alguns segundos em silêncio, mas logo Wren continua:

— Se ele não quiser falar, a gente vai ter que aceitar.

Alistair bufa.

— E ficar assistindo enquanto ele se destrói? Nem a pau.

— Pode tirar o álcool e as drogas — diz Wren —, mas a mãe dele morreu. E enquanto ele não aceitar isso, não podemos fazer nada, por mais que a gente não goste.

Um calafrio percorre minha coluna. Todo mundo já sabe. A ideia de ter que ver os rostos compassivos revira meu estômago. Odeio isso. Mas se a visita de Ruby me ensinou alguma coisa é que chegou a hora de encarar os fatos.

Então, estalo o pescoço, endireito os ombros e entro no salão. Alistair está prestes a responder, mas fecha a boca rapidamente quando me vê. Vou direto ao carrinho de bebidas e pego uma garrafa de uísque. Sóbrio, não vou suportar o que estou para fazer. Encho um copo e viro em um só gole. Em seguida, coloco-o de volta e me viro na direção dos caras. Todos estão aqui, menos Cyril. Alistair esvazia o último gole do líquido em seu copo, mantendo o olhar baixo. Kesh fixa os olhos escuros com expectativa em mim, assim como Wren. Embora já saibam, sinto que é importante dizer em voz alta as seguintes palavras:

— Minha mãe morreu.

É a primeira vez que as pronuncio.

E dói em mim mais do que eu esperava. Nem mesmo o álcool consegue fazer algo para impedir. Evitei falar com eles exatamente por isso. Falar faz com que doa ainda mais. Baixo o olhar para os sapatos para não ter que ver as reações. Nunca me senti tão vulnerável quanto agora.

De repente, ouço passos se aproximando. Quando olho para cima, me deparo com Wren bem à minha frente. Ele coloca os braços ao meu redor e me abraça com força.

Cansado, apoio a testa no ombro dele. Meus braços pesam como se fossem feitos de chumbo e sou incapaz de retribuir o abraço. Mesmo assim, Wren não me solta. Pouco depois, Kesh e Alistair também se aproximam e colocam as mãos nos meus ombros.

Neste momento, palavras são desnecessárias, especialmente porque o nó na garganta me impediria de emitir qualquer som. Levo um tempo para me recompor. Em certo momento, Wren me leva até o sofá enquanto Alistair me oferece, em silêncio, um copo de água.

— Que merda — comenta Alistair, se sentando ao meu lado. — Fico muito triste com isso, James.

Não consigo olhar para ele e nem falar qualquer coisa, apenas me limito a assentir.

— O que aconteceu? — pergunta Kesh algum tempo depois.

Hesitante, tomo um gole. A água gelada, para minha surpresa, me faz bem.

— Ela teve... teve um derrame enquanto estávamos em Oxford.

Silêncio. Parece que prenderam a respiração. Já sabiam que minha mãe havia morrido, mas está claro que essa informação é nova para eles.

— Meu pai contou quando nós voltamos. Não queria que nossas entrevistas dessem errado.

Ao me lembrar da conversa com meu pai, um arrepio percorre meu corpo. Olho para minha mão machucada, cerro o punho e abro novamente.

Wren coloca uma mão no meu ombro.

— A gente achou que tinha acontecido algo de ruim mesmo — murmura. — Nunca tinha te visto assim. Mas a Lydia não contou nada, e você estava quase inacessível...

Keshav limpa a garganta.

— Hoje à tarde, a Beaufort divulgou um comunicado à imprensa. Foi quando a gente descobriu.

Engulo em seco.

— Eu só não queria pensar. Em nada.

— Tudo bem, James — diz Wren, baixinho.

— E tinha medo de dizer, porque aí se tornaria verdade.

Por fim, ergo o olhar e vejo os rostos emocionados de meus amigos. Os olhos de Keshav brilham de maneira suspeita, enquanto as bochechas de Alistair estão pálidas. Eu nem lembrava que os meninos conheciam minha mãe desde pequenos, nem imaginava que a notícia da morte dela provavelmente também os afetaria. Entendo, de repente, como minha reação foi egoísta. Não ignorei apenas a realidade e magoei Ruby, mas com as minhas atitudes, também afastei meus amigos e Lydia de mim.

— Você vai conseguir passar por isso. *Vai conseguir* — afirma Wren.

Sigo seu olhar e encontro Cyril e Lydia de pé, na soleira da porta. As bochechas e os olhos da minha irmã estão vermelhos. Tenho certeza de que estou com o mesmo aspecto que ela.

— Independentemente do que você está sentido agora, você não está sozinho. Estamos com você, beleza? — declara Wren, apertando meu ombro.

Seus olhos castanhos mostram seriedade e determinação.

— Beleza — digo, embora não tenha ideia de se devo acreditar.

4

Lydia

Percy aparece no corredor quando estou vestindo o colar de pérolas da minha mãe.

— Está pronta, senhorita? — pergunta, parando a alguns passos de distância. — O sr. Beaufort e seu irmão já estão esperando no carro.

Não respondo. Em vez disso, fecho o colar e verifico uma última vez se o coque está bem preso. Então, abaixo as mãos devagar.

Olho minha imagem no espelho. A planejadora funerária que meu pai contratou não apenas organizou tudo, mas também se preocupou em conseguir uma estilista para vestir meu pai, James e eu hoje. "Um rímel à prova d'água vai te ajudar a passar pelo dia, querida", sussurrou a jovem.

Por um breve momento, considerei a ideia de passar as duas mãos pelos olhos, ainda úmidos pela maquiagem, para destruir o trabalho dela, mas fui interrompida pelo olhar severo do meu pai. Só por causa dele, agora meu aspecto está apresentável. Ainda mais do que apresentável. Estou com mais maquiagem no rosto do que nas sessões de fotos que fizemos para uma coleção da Beaufort. A sombra e o delineador discreto foram aplicados cuidadosamente, três camadas de rímel à prova d'água grudaram nos meus cílios, e meu rosto está bem contornado. Assim, minhas maçãs do rosto estão um pouco mais destacadas do que nos últimos tempos.

Meu pai franziu o cenho, surpreso, quando a estilista comentou como meu rosto estava arredondado. Consigo esconder a gravidez por mais um ou dois meses, mas só.

Quando imagino a reação da minha família, sinto como se alguém estivesse me estrangulando. Mas não deveria pensar nisso. Não hoje.

— Não — respondo para Percy depois de um longo momento, mas dou meia-volta e sigo a passos rápidos até a saída.

Ele me acompanha em silêncio. Ao passarmos pelo cabideiro, ele se prepara para me ajudar a vestir o casaco, mas me afasto. Percy me olha com tanta pena agora que não consigo suportar, então eu mesma passo os braços pelas mangas e vou embora. Todo o átrio de nossa casa está coberto de geada, que brilha sob o sol. Desço os degraus da escada de entrada com cuidado e sigo em direção à limusine preta que está estacionada ali na frente. Percy abre a porta para mim, e agradeço antes de entrar e me sentar ao lado de James no banco de trás.

No carro, o clima é de completo luto. Nem James nem meu pai, que está no banco da frente, prestam atenção em mim. Estou usando um vestido tubinho preto, com mangas compridas e babados, e eles vestem ternos pretos que foram feitos exclusivamente para esta ocasião. A cor escura do tecido acentua ainda mais a palidez do meu irmão. Embora a estilista tenha se esforçado para dar um pouco de vida ao rosto dele, não teve muito êxito. No caso do nosso pai, por outro lado, a maquiagem fez milagres: suas olheiras não estão mais perceptíveis.

Balanço a cabeça enquanto os observo. Minha família é uma verdadeira pilha de escombros.

No trajeto até o cemitério, é como se eu estivesse embriagada. Tento imitar meu pai e meu irmão e me transportar mentalmente para outro lugar, mas a partir do momento em que freamos e Percy xinga baixinho, isso se torna impossível.

A entrada do cemitério está lotada de jornalistas.

Olho de soslaio para James, mas não vejo uma mínima expressão no rosto dele enquanto coloca os óculos escuros e espera que a porta do carro seja aberta. Engulo em seco e aperto o casaco em volta do corpo. Em seguida, também coloco meus óculos escuros. A presença dos jornalistas insistentes me deixa verdadeiramente desconfortável. Tento inspirar fundo pelo nariz e expirar pela boca.

Dois homens do serviço de segurança contratado por Julia nos ajudam a sair do carro. Meus joelhos fraquejam e tremulam, e quando vamos para a capela, sinto como se estivesse em estado de choque. Os jornalistas e os paparazzi gritam lá de trás, mas não entendo uma palavra sequer do que estão dizendo para além dos nossos nomes. Ignoro-os e avanço a passos rápidos, com as costas retesadas. Ao chegar na capela, os funcionários do cemitério abrem as portas para que possamos entrar sem ter que ficar esperando.

A primeira coisa que vejo é o caixão, colocado em frente ao altar. É preto, e na superfície superior, polida e envernizada, se reflete a luz das lâmpadas penduradas no teto alto da capela.

A segunda coisa é a mulher que está diante do caixão. O cabelo dela é tão ruivo quanto o da minha mãe, mas cai sobre os ombros em ondulações suaves. Ela também veste um casaco preto que chega até os joelhos.

— Tia Ophelia? — digo com a voz rouca, e dou um passo na direção dela.

Ela se vira. Ophelia é cinco anos mais nova que minha mãe, e embora os traços dela sejam mais suaves e a expressão não seja tão séria, dá para ver de cara que são irmãs.

— Lydia. — Em seus olhos, reconheço a mesma tristeza profunda que sinto há dias.

Quero ir até ela e abraçá-la, mas antes que eu dê um único passo à frente, meu pai agarra meu braço. Seu olhar é frio, e ele observa primeiro tia Ophelia e depois a mim. Faz que não com a cabeça, um gesto quase imperceptível. Um sentimento doloroso se espalha pelo meu corpo. Este é o funeral da minha mãe. Talvez elas não tivessem a melhor das relações, mas eram irmãs. E tenho certeza de que minha mãe gostaria que ficássemos com ela hoje.

Sem considerar meus sentimentos e ignorando minha resistência, meu pai coloca o braço em volta dos meus ombros. Não sinto como um gesto carinhoso, mas sim controlador. Enquanto me encaminha até a fileira de assentos reservados, me volto para Ophelia, que desaparece no mar de pessoas vestidas de preto.

A procissão fúnebre é acompanhada por uma dezena de agentes de segurança que avançam conosco e garantem que nenhum jornalista se aproxime demais. Embora a maioria tenha noção o bastante para ficar fora do caminho, alguns colocam as câmeras tão perto de nosso rosto que se estendêssemos a mão, as alcançaríamos.

Depois de um tempo, olho para James, que está andando ao meu lado e olhando resignado para as costas do nosso pai. O rosto dele parece esculpido em pedra, duro e impassível, e queria poder ver seus olhos. Assim, saberia como está. Me pergunto se ele cheirou ou bebeu antes de virmos para cá. Nos últimos dias, mais precisamente desde a tarde em que Ruby foi até nossa casa, ele se retraiu completamente, sem falar comigo nem com os meninos. Não posso culpá-lo. Em muitos aspectos, somos iguais. Eu também queria algo que me ajudasse a enfrentar esses dias eternos e horríveis.

Me desconectei do discurso fúnebre, que parecia não acabar nunca. Se tivesse ouvido tudo o que o pastor disse sobre minha mãe, talvez eu tivesse desmaiado. Portanto, construí um muro invisível entre mim e minhas emoções, me concentrando nisso para não chorar alto. Fico pensando em como meu pai reagiria se me visse aos prantos.

Tento reerguer esse muro quando paramos em frente ao túmulo da minha mãe. Olho para o buraco escuro cavado no chão e afasto diligentemente todas as emoções de mim. Por um momento, acho que funciona. O pastor volta a falar, mas não presto atenção e nem penso em nada.

Mas quando o caixão desce pelo buraco, sinto de repente que o ar não chega aos pulmões. Tenho a sensação de que algo imenso e sombrio está se apoderando de mim e apertando minha garganta. Todos os pensamentos que tentei reprimir na última hora estão lutando para vir à superfície da minha consciência.

O corpo sem vida da minha mãe está naquele caixão.

Nunca mais vou vê-la.

Ela está morta.

Me sinto mal. Arquejo suavemente, cobrindo a boca com a mão, e me afasto para um canto.

— Lydia? — Ouço a voz de James ao longe.

Só consigo balançar a cabeça de um lado para o outro. Tento me lembrar do que nosso pai nos avisou antes do funeral: "Cuidem da postura, tirem os óculos escuros por no máximo meio minuto, não chorem". Não queria acrescentar mais drama do que o necessário à cerimônia diante da imprensa.

Gasto minhas últimas energias para me controlar. Tento não pensar em minha mãe. No fato de que nunca mais poderei pedir os conselhos dela. De que ela nunca mais vai levar chá no meu quarto quando eu estiver passado tempo demais sentada à mesa, estudando para a escola. De que nunca mais vai me abraçar de novo. De que nunca vai poder conhecer seu neto. De que estou completamente sozinha e que também tenho medo de perder James e meu pai, porque nossa família se desintegra um pouco mais a cada dia.

Um soluço leve escapa da minha garganta. Aperto meus lábios com força para não emitir mais nenhum som.

— Lydia — repete James, agora com mais intensidade.

Ele se aproxima de mim, de modo que nossos braços se tocam pelo tecido grosso de nossos casacos. Aos poucos, levanto os olhos. James tirou os óculos de sol e está me observando com um olhar sombrio. Descubro algo que tenho procurado desesperadamente na última semana nos olhos dele, algo que me faz lembrar de que é meu irmão e que sempre estará ao meu lado.

James leva a mão ao meu rosto, hesitante. A mão dele está fria, mas é bom senti-lo acariciar minha bochecha com o polegar.

— Nosso pai que se foda — sussurra ele. — Se quiser chorar, chora. Tá bom?

Essa familiaridade nos olhos e a sinceridade nas palavras fazem com que o muro desmorone no mesmo instante. Permito que os sentimentos se tornem um ciclone, porque James está aqui para me apoiar. Coloca um braço em volta do meu ombro e me aperta contra si. Escondo o rosto no peito dele. É como estar em casa, e o peso que sinto no peito se alivia um pouco. Enquanto minhas lágrimas caem incessantemente em seu casaco, observamos juntos o caixão descer cada vez mais, até chegar ao fundo.

5
Ruby

Na quarta-feira, volto para a escola. Faltei por mais de uma semana e agora percebo as consequências. Embora no fim de semana Lin tenha me passado suas anotações, sinto dificuldade para acompanhar as aulas. Sou chamada duas vezes para responder perguntas na aula de História, mas não consigo dar uma resposta razoável. No entanto, enquanto encaro minha agenda bagunçada, o sr. Sutton nem parece reparar. Parece que ele está fora de si, pensando em outras coisas. Me pergunto se pensa em Lydia com a mesma frequência que penso em James.

Depois de sobreviver à manhã, estou um caco. Adoraria ir para a biblioteca dar uma olhada nas anotações das próximas aulas, mas meu estômago está protestando demais para eu não ir comer.

No caminho do refeitório, Lin me pega pelo braço.

— Tudo bem? — pergunta, me olhando de soslaio.

— Nunca mais vou faltar, nem um dia sequer — resmungo enquanto caminhamos juntas até o refeitório. — Não fazer nem ideia do que o professor está perguntando é a pior sensação do mundo.

Lin bate de leve no meu braço.

— Mas você foi bem. No máximo semana que vem já volta ao ritmo.

— Ainda bem — respondo ao passo que viramos no corredor. — Apesar de tudo...

Deixo a frase pairando no ar.

Estamos na sala principal de Maxton Hall. À minha direita está a escada que leva ao porão.

A escada em que James me beijou pela primeira vez.

A lembrança de como colocou a mão ao redor da minha nuca e pressionou os lábios contra os meus me invadem sem aviso prévio. Em minha mente, tudo se projeta como se fosse um filme: a boca dele deslizando na minha, as mãos me segurando, os gestos confiantes dele que fizeram meus joelhos bambearem. Mas de repente meu rosto começa a mudar, se transformando até ficar totalmente diferente. James não está mais me abraçando, mas sim Elaine, e a beija apaixonadamente.

Sinto uma pontada de dor no estômago, e preciso me esforçar bastante para não me contorcer.

Então, alguém empurra meu ombro e sou tragada de volta para Maxton Hall. Em vez do beijo, vejo a escada vazia que leva ao porão e pessoas indo para o refeitório. A dor no meu estômago diminui.

Respiro fundo. Este dia na escola está sendo uma montanha-russa de emoções. Sempre que tudo corre bem e eu chego lá em cima, penso que tudo está normal e que vou superar; mas assim que vejo algo que me faz lembrar de James, desço às profundezas em um turbilhão de sofrimento.

— Ruby? — diz Lin ao meu lado. A julgar pelo rosto dela, está preocupada, e não é a primeira vez nos últimos minutos. — Tá tudo bem?

Esboço um sorriso forçado e assinto.

Lin franze o cenho, mas não insiste. Em vez disso, continua com o trabalho que tem feito a manhã inteira: me distrair. Enquanto me leva à entrada do refeitório, fala sobre os volumes do último mangá de Tsugumi Ohba e Takeshi Obata que devorou. Ela se mostra tão fascinada que pego minha agenda e anoto o nome na minha lista de leituras.

Assim que terminamos de comer, levamos as bandejas até o balcão de coleta. Uma garota que desconheço está parada na parede próxima de nós. Está falando com um garoto, mas se cala ao me ver. Arregala os olhos e o cutuca de lado, não de maneira muito discreta. Tento ignorar os dois.

— Você não é a menina que jogaram na piscina na festa do Cyril Vega? — pergunta, dando um passo em minha direção.

As palavras dela me fazem estremecer. Para mim, aquela maldita piscina só está ligada a algumas lembranças ruins que eu gostaria de tirar do cérebro com uma lobotomia.

Não respondo, apenas espero que a esteira continue a correr para deixar minha bandeja e dar o fora daqui.

— O James Beaufort te carregou pra fora. Tem boatos de que você é a namorada secreta dele. É verdade? — continua ela.

Tenho a sensação de que as paredes do refeitório estão encolhendo, se aproximando devagar até mim. Não tenho dúvida de que, a qualquer momento, vão me esmagar.

— Se fosse a namorada dele, estaria no funeral — ressalta o menino, alto o suficiente para que eu ouça.

— Sim, por isso eu disse *secreta*. Na melhor das hipóteses, é só mais uma pra conta. Você sabe que ele passa o rodo.

Então um estrondo ecoa.

Deixei a bandeja cair no chão.

Pedaços de vidro e cerâmica preenchem o espaço ao redor dos meus pés. Olho para algumas ervilhas rolando no chão; não consigo me mover para pegá-las. Meu corpo está paralisado.

— Para de falar merda. — Uma voz grossa ressoa ao meu lado.

Em seguida, um braço passa pelos meus ombros e me leva para fora do refeitório. Às minhas costas, ouço Lin, distante, dizendo algo, mas o dono da voz grossa continua dando passos sem cessar e me leva para longe do refeitório, parando quando chegamos na escada. É aí que seu braço cai dos meus ombros e a pessoa se coloca diante de mim. Olho para cima, passando pela calça bege e o casaco azul-escuro até chegar... ao rosto de Keshav Patel.

Preciso apertar os olhos várias vezes até compreender que é realmente ele quem está na minha frente. O cabelo preto está preso em um rabo de cavalo baixo, e ele afasta uma mecha solta do rosto. Depois, vira os olhos castanho-escuros, quase pretos, para mim.

— Você está bem? — pergunta, baixinho.

Acho que dá para contar nos dedos de uma mão quantas vezes ouvi Keshav falar. Dos amigos de James, ele é o mais quieto. Embora eu conheça Alistair, Cyril e Wren, ele é um mistério para mim.

— Estou — digo, a voz rouca, e em seguida limpo a garganta.

Olho ao redor e percebo onde estamos. Meu verdadeiro primeiro encontro com James foi aqui: embaixo dessa escada, escondidos de olhares curiosos. Foi aqui que ele tentou me subornar, e eu joguei a droga do dinheiro na cara dele. Fico me perguntando se tudo nessa maldita escola vai me fazer lembrar de James.

— Que bom — diz Keshav.

No momento seguinte, dá meia-volta, enfia as mãos nos bolsos e vai embora.

Eu o observo até ele desaparecer do meu campo de vista. Não leva nem meio minuto para Lin sair do refeitório e me procurar com uma expressão sombria no rosto.

— Estou aqui, Lin — aviso, saindo debaixo da escada.

— Falei um monte pra eles — grunhe ela, se aproximando de mim. — Babacas. O que o Keshav tem a ver com isso?

Com o cenho franzido, olho na direção em que ele seguiu e desapareceu.

— Não faço a menor ideia.

Nesta tarde, a primeira tarefa da comissão de eventos consiste em embalar os presentes do amigo secreto. Os alunos tiveram as duas últimas semanas para deixar presentes que, conforme a tradição, serão distribuídos por todas as salas no último dia de aula antes do recesso de fim de ano.

Geralmente, adoro colocar laços e fitas em cartas e doces, e colocá-los nos sacos do Papai Noel que nossos carteiros — alunos de outros anos — entregam de uma sala para outra. Mas desta vez, apesar das músicas de Natal para dar o clima, meu ânimo está baixo.

Isso provavelmente se deve ao grande número de cartas endereçadas aos Beaufort e ao fato de não sabermos o que fazer com elas. James e Lydia ainda não voltaram para a escola, então não estão aqui para recebê-las, e duvido que gostariam que mandássemos para a casa deles. Se pudesse, eu simplesmente perguntaria se vão querer as cartas ou não. Como não é uma opção, a equipe inteira concordou, por unanimidade, guardá-las. Afinal, não sabemos o que há nelas e nem se alguém teve o desprazer de fazer piadas de mau gosto.

Passo o resto da reunião olhando para a cadeira vazia em que James costumava se sentar enquanto cumpria sua punição conosco. Pelo visto, a partir de agora, tudo vai me fazer lembrar dele, sendo que eu queria mesmo era esquecê-lo junto com tudo o que vivemos juntos. Sempre que penso nele, é como se alguém estivesse enfiando uma mão dentro do meu peito, agarrando meu coração e o apertando.

Estou com tanto ódio dele...

Como pôde fazer isso comigo?

Como?

Enquanto a mísera ideia de permitir que alguém tenha comigo o mesmo grau de intimidade que ele me gera desconforto, James não hesitou nem um segundo antes de beijar outra.

E o pior é que agora não tenho apenas raiva ao pensar em James: tenho também pena e empatia. Ele perdeu a mãe, e sempre que uma ira incontrolável se apodera de mim por causa dele, me sinto mal. Embora eu esteja ciente de que, na verdade, não tenho motivo nenhum para ficar assim.

É injusto e cansativo, e mais tarde, quando chego em casa, estou totalmente exausta pela guerra que todos esses sentimentos opostos estão travando dentro de mim. O dia na escola tirou toda minha energia, e não sou capaz de me comportar como uma garota feliz na frente da minha família. Desde que minha mãe ficou sabendo da morte de Cordelia Beaufort, tem me tratado como se eu fosse de porcelana. Não contei para ela o que aconteceu entre mim e James, mas, como todas as mães, ela tem esse instinto que lhe diz certas coisas. Por exemplo, que a filha está com o coração partido.

Mais à noite, fico contente por poder enfim ir para a cama. Contudo, por mais exausta que esteja, passo uma hora andando de um lado para o outro. Não há nada mais que eu possa fazer, nada que consiga afastar as memórias que tenho de James. Coloco um braço sobre o rosto e fecho os olhos. Invoco a escuridão, mas tudo o que vejo é o rosto dele. O esboço de um sorriso brincalhão, o brilho em seus olhos, a linda curva dos lábios.

Solto um palavrão, jogo o cobertor para o lado e me levanto. Está tão frio que fico arrepiada quando vou até a mesa e pego meu notebook. Volto para a cama e me cubro toda com o cobertor. Com o travesseiro dobrado nas costas, ligo o notebook e abro o navegador.

Inserir essas letras no campo de pesquisa é, para mim, quase como fazer algo proibido.

J-a-m-e-s-B-e-a-u-f-o-r-t.

Enter.

Em meio segundo, 1.930.760 resultados aparecem.

Nossa!

Logo abaixo do campo de busca, há imagens. Fotos de James com roupas Beaufort feitas sob medida, e James jogando golfe com o pai e os amigos. Nessas fotos ele parece bem arrumado e chique, como se o mundo estivesse aos seus pés.

Mas quando vejo todos os resultados de imagens, também descubro outras facetas menos perfeitas dele. Há uma série de fotos borradas, feitas com celular, de uma versão mais jovem de James; ele está inclinado sobre uma mesa e há uma linha de pó branco. Fotos dele entrando e saindo de clubes, com os braços ao redor de mulheres certamente mais velhas do que ele, nas quais ele parece desorientado e bêbado. A diferença entre esse James e aquele fantasiado com os pais e Lydia em uma festa de gala não poderia ser maior.

Volto aos resultados normais da pesquisa. Logo abaixo da fileira de imagens, tem inúmeras artigos e notícias, a maioria sobre a morte repentina de Cordelia Beaufort. Não quero ler. Não me interessam, e os noticiários já disseram muito a respeito. Continuo rolando a tela até aparecer a conta de James no Instagram. Abro a página sem pensar.

Seu perfil é uma mistura colorida de diversas fotos. Há livros, a fachada espelhada de um arranha-céu, os detalhes de uma parede com revestimento de estuque, bancos, degraus irregulares, seus pés em sapatos de couro sobre uma plataforma, uma janela por onde o sol da manhã brilha... Se de vez em quando não aparecesse uma foto dele com os amigos ou com Lydia, jamais pensaria que esse era o perfil de James.

Nas fotos com os garotos, James mostra aquele sorriso que sempre me deixa louca, um sorriso tão incrivelmente arrogante e, ao mesmo tempo, tão natural e atraente que dá um frio na barriga.

Uma foto me chama a atenção. Nela, aparecem James e Lydia, e os dois estão rindo. Uma imagem estranha. Não me lembro de algum dia ter visto Lydia sorrir. No caso do James, porém, basta olhar para a foto para ouvir aquele som familiar. O frio na barriga se transforma em um aperto de nostalgia. Sinto falta da risada dele. Do jeito de ser, da voz, das nossas conversas... sinto falta de absolutamente tudo.

Sem enrolar mais, salvo a imagem na minha área de trabalho. Sei que é loucura, mas nem ligo. Em todas as áreas da minha vida, sempre ajo de maneira racional e ponderada. Pela primeira vez, estou me permitindo ser guiada pelos sentimentos.

As fotos mais recentes do perfil de James estão cheias de mensagens de condolências. Leio os comentários por cima e engulo em seco. Algumas não são nem indelicadas, são simplesmente cruéis. Será que James lê tudo? Se sim, o que será que ele sente? Não consigo imaginar como deve ser para ele, porque já é horrível para mim.

Fico impressionada por um comentário em específico, de um mau gosto difícil de superar.

xnzlg: quem quiser fotos do funeral dos beaufort, dá uma olhada no meu perfil

Meu dedo paira no touchpad, e minhas bochechas queimam de raiva. Clico no perfil para abrir e congelo.

O *feed* inteiro do Instagram de xnzlg está com fotos de James e Lydia, os dois vestidos de preto no cemitério. Estão apoiados um no outro, se dando suporte. James está com o braço ao redor de Lydia, muito próximo a ela, o queixo apoiado na cabeça da irmã.

Lágrimas inundam meus olhos.

Como alguém pode fazer algo assim? Como é possível alguém fotografar um momento tão horrível na vida de uma família, que por si só já está desfeita, só para postar na internet? Ninguém tem o direito de invadir a privacidade de outra pessoa desse jeito.

Seco os olhos com uma das mãos. Tento me orientar na página de xnzlg e denuncio o perfil. Logo depois, marco os comentários nas fotos de James como *spam* até desaparecerem.

É a única coisa que posso fazer neste instante, mas não é o suficiente. As fotos transbordaram os sentimentos que vim acumulando ao longo da última semana, e agora mal sou capaz de controlá-los. A dor que sinto por James e Lydia é avassaladora.

Fecho o notebook e o coloco na capa almofadada. Em seguida, pego o celular e vou para a aba de mensagens. Decido escrever para Lydia.

Não sei se nesse tempo que passou ela já contou à família sobre a gravidez, mas, de qualquer forma, quero que saiba que nada mudou e que, apesar de tudo, estou disponível se precisar de mim. Digito:

Lydia, minha oferta continua de pé.
Se quiser conversar, me chama.

Após hesitar por alguns segundos, envio a mensagem. Então, fico olhando para o celular na minha mão. Sei que a decisão sensata seria deixar para lá, mas não consigo evitar. Abro a conversa entre mim e James sem pensar duas vezes.

Parece mentira o fato de a primeira mensagem que ele me enviou ter sido há pouco mais de três meses. Sinto como se anos tivessem se passado desde a noite em que James me convidou para visitar a Beaufort. Me lembro de quando tínhamos acabado de provar as roupas vitorianas e os pais dele apareceram de surpresa. A primeira coisa que pensei ao ver Cordelia Beaufort foi: *Quero ser como ela*.

Fiquei impressionada pelo modo como sua personalidade tomou conta do espaço sem que ela precisasse dizer nada. Apesar da expressão severa e da presença de Mortimer Beaufort, não havia dúvida de qual dos dois tinha a última palavra na Beaufort. Embora nunca a tenha conhecido de verdade, lamento a morte da mãe de James.

E sofro com James. Quando estava com ele, me disse que não amava muito a mãe, mas sei que não é verdade. Ele a amava, ficou claro para mim quando soluçou em meus braços.

Olho para o armário. Sem hesitar, vou até ele e abro a porta. Me agacho. Lá embaixo, na última gaveta, escondido atrás de uma bolsa esportiva velha, está o moletom de James. Aquele com o qual ele me cobriu depois da festa de Cyril. Pego-o com cuidado e enterro meu rosto nele. Quase não está mais com o cheiro do sabão em pó de James, mas ainda assim o tecido macio desperta lembranças guardadas em mim. Fecho a porta do armário e volto para a cama. Visto o moletom e cubro os dedos com as mangas.

Não entendo como é possível que a raiva que sinto por ele esteja me consumindo, e que, ao mesmo tempo, esteja sofrendo tanto por ele. Em alguns momentos, tenho a sensação de que não vou conseguir suportar nem por mais um segundo sequer.

Como agora.

Indecisa, pego o celular. Giro-o nas mãos. Quero mandar uma mensagem para James, mas também não quero. Quero consolá-lo, mas também quero gritar. Abraçá-lo, mas também socar a cara dele.

Por fim, digito uma mensagem curta.

Pensando em você.

Contemplo as palavras e respiro fundo. Clico em *enviar* e deixo o aparelho de lado. Fixo o olhar no despertador que está sobre a mesa de cabeceira. Já passou da meia-noite, contudo ainda estou totalmente desperta. Mesmo que eu apague a luz, tenho certeza de que não vou conseguir dormir.

Levo a mochila para a cama e pego minhas anotações desta manhã. Bem quando me deito no travesseiro e começo a ler, o celular vibra. Abro as mensagens, prendendo a respiração.

Estou com saudade.

Sinto um arrepio. Não sei o que eu esperava. Mas, em todos os casos, não era uma resposta dessas. Enquanto continuo olhando as três palavras, chega uma nova mensagem.

Quero te ver.

As palavras ficam borradas diante dos meus olhos, e mesmo que eu esteja coberta e usando o moletom grosso de James, sinto frio. No meu interior, sentimentos opostos entram em conflito: nostalgia por James, aquela ira avassaladora que sinto dele e, ao mesmo tempo, aquela tristeza, como se eu também tivesse perdido alguém.

Adoraria escrever que sinto exatamente a mesma coisa. Que também estou com saudade e que não gostaria de nada mais do que ir até a casa dele e ficar ao seu lado.

Contudo, as coisas não podem ser assim. Lá no fundo, sinto que não estou pronta para isso. Não depois do que aconteceu. Não depois do que ele fez comigo. Isso simplesmente me machuca demais.

Preciso fazer um esforço gigantesco para digitar a seguinte resposta:

Não dá.

6

Ruby

O Natal é minha época favorita.

Adoro todas as decorações chamativas que transformam o mundo em um País das Maravilhas. Adoro as comidas deliciosas, as músicas, comprar ou fazer presentes à mão para minha família e embrulhá-los com carinho. Em geral, o período que antecede Natal tem um quê de sobrenatural, como se o Papai Noel, Jack Frost ou quem quer que seja tivesse espalhado pó de pirlimpimpim na Terra.

Mas este ano, está tudo diferente.

Na verdade, não. As coisas continuam iguais. Eu que estou diferente.

Não me divirto nem um pouquinho com os preparativos, porque tudo o que consigo fazer é pensar em James. Tento me distrair e não lembrar dele, mas não dá certo. Tudo o que aconteceu no último trimestre passa na minha cabeça repetidamente, como um filme triste, até que decido sair para dar uma caminhada e acalmar a mente.

Tem dias em que não quero me levantar da cama e gostaria de viajar no tempo. Voltar a viver em um mundo onde ninguém de Maxton Hall conheça meu nome, principalmente James. Às vezes, vou para a cama à noite e olho a foto em que ele está rindo ou o convite para a festa de Dia das Bruxas em que estamos juntos. Me lembro da sensação de seus dedos em minha mão. Dos beijos. De sua voz fraca sussurrando meu nome.

O recesso me vem em boa hora. Pelo menos tenho a chance de ficar distante de tudo relacionado a Maxton Hall. Porque, embora James não volte para a escola até o próximo trimestre, em cada corredor que cruzo e em cada sala que entro, a sensação de pânico me invade ao pensar que poderia encontrá-lo. E eu não seria capaz de lidar com isso. Ainda não.

Por sorte, minha família consegue facilmente me distrair. Minha mãe e meu pai discutem na cozinha e me chamam pelo menos uma vez por dia para decidir se os biscoitos que minha mãe fez ficam melhores com ou sem o tempero exótico que meu pai acrescentou. Nos últimos anos, eu ficava do lado da minha mãe na maioria das vezes, mas descobri, para a minha surpresa, que desta vez também estou gostando das criações do meu pai.

No restante do tempo, Ember me dá todo tipo de tarefa para fazer. Devo ter tirado umas duas mil fotos para o blog dela, mas tenho certeza de que metade das imagens ficaram ruins porque meus dedos estavam tremendo demais por conta do frio. Além disso, este ano, foi ela quem pensou nos presentes para a família, o que costuma ser minha atividade favorita antes do Natal. As ideias dela foram ótimas: para nossos avós, fizemos um calendário com fotos da família; para a mãe, uma cesta de produtos de beleza; para o pai, Ember encontrou nos classificados um porta-temperos dos anos 1960, que além de bonito está bem conservado, e depois de algumas negociações, o dono nos vendeu por apenas dez libras.

— Você não hesita na hora de barganhar — observa Ember enquanto estamos dando uma limpada na nossa pequena garagem. Franzindo o nariz, ela limpa a teia de aranha no fundo das prateleiras. — Talvez você devesse mudar de carreira.

Estou colocando os jornais no chão para começarmos a pintar o porta-temperos e forço um sorriso.

Uma ruguinha pensativa se forma entre as sobrancelhas dela ao me observar.

— Você não vai mesmo falar comigo?

— Sobre o quê? — respondo, baixinho.

Ela solta uma risadinha irônica.

— Sobre por que você está agindo feito um robô? Sobre o que está te deixando triste?

Estremeço ao ouvir essas palavras. Até agora, Ember não havia falado nada sobre meu comportamento, agindo como se fosse normal eu me trancar no quarto e só sair de lá em caso de extrema necessidade, sem falar nada com ninguém. Não tinha me pressionado e nem perguntado nada, algo pelo que sou eternamente grata.

Mas, pelo visto, o período de tolerância já passou.

Ela não sabe o que aconteceu entre mim e James em Oxford, nem que depois ele beijou Elaine. Tive a impressão de que deveria primeiro assimilar o assunto eu mesma antes de falar sobre isso com alguém. Já foi desgastante demais para mim suportar os últimos dias na escola. Mas Ember não é apenas minha irmã, é minha melhor amiga. Posso confiar nela. Talvez tenha chegado a hora de parar de carregar esse fardo sozinha.

Respiro fundo.

— Eu transei com o James.

Na verdade, essa não era a primeira coisa que eu queria dizer, mas agora já foi.

Ember deixa o espanador cair.

— Você o quê?

Sem olhar para ela, começo a tirar as máscaras da embalagem e a prepará-las. Pego os elásticos que prendem atrás das orelhas.

— E um dia depois ele estava pegando outra menina — acrescento com a voz falha.

Estou encarando as tiras brancas das máscaras quando Ember se aproxima e se ajoelha ao meu lado, em cima do jornal.

— Ruby — diz em voz baixa.

Com cuidado, ela coloca uma das mãos nas minhas costas, e sinto minha última barreira desmoronar.

Ember e eu nem sempre fomos próximas uma da outra. Fortalecemos nossos vínculos depois do acidente que nosso pai teve, nos apoiando quando as coisas não estavam boas para o lado dele e ele estava ressentido com o mundo inteiro. Apesar de entendermos a dor que ele sentia, não foi um período fácil para nós. Só conseguimos passar por isso juntas.

Desde então, criamos uma conexão que nunca vou sentir com outra pessoa, e quando ela aperta meu ombro, as palavras simplesmente fluem de dentro de mim. Conto tudo para ela: sobre a festa de Dia das Bruxas; o pai de James e as expectativas depositadas no filho, que tanto o fazem sofrer; sobre a tarde em que Lydia chegou aqui em casa e nós fomos juntas para a festa de Cyril; James cheirando uma fileira de cocaína e pulando na piscina. E conto sobre Elaine Ellington.

Enquanto falo tudo para Ember, dá para ver todos os tipos de emoções aparecendo no rosto dela: tristeza, indignação, incredulidade, animação e, por fim, uma raiva tenebrosa. Quando termino, por um minuto, ela apenas me encara com os olhos bem arregalados, depois me abraça e me segura com força nos braços sem dizer uma palavra sequer. Pela primeira vez em dias, não sinto vontade de chorar. Em vez disso, um calor se espalha em meu peito, cobrindo meus sentimentos impetuosos, agora mais calmos.

— Sendo bem sincera, não sei o que fazer agora — murmuro no ombro de Ember. — Por um lado, o que ele está passando é horrível. Mas não quero mais olhar pra cara dele. Não depois de tudo o que ele fez. Eu adoraria ficar na frente dele e dizer poucas e boas, mas não posso porque sei que ele está passando por um momento difícil.

Ember se afasta de mim e respira fundo. Tira uma mecha de cabelo da minha bochecha e o coloca atrás da orelha. Então, acaricia minha cabeça com a mão, suave e calorosamente.

— Sinto muito, Ruby.

Engulo em seco e reúno toda a coragem que me resta para dizer as próximas palavras:

— Odeio ele por causa disso.

Os olhos verdes de Ember estão cheios de pena e carinho.

— Eu também.

— Ao mesmo tempo, me pergunto se eu deveria mesmo odiar.

Minha irmã balança a cabeça, franzindo o cenho.

— Você tem todo o direito de se sentir assim, Ruby. Você age como se existissem regras estabelecidas pra situações desse tipo, mas não tem. E isso é o que você está sentindo agora.

Indecisa, solto um grunhido.

— E tudo bem ter dias em que você tem vontade de socar a cara dele, mesmo que ele esteja passando por um momento ruim — continua Ember, com insistência. — Seus sentimentos não podem depender dos dele só porque ele está em uma situação difícil. James agiu como um idiota, e acho que você pode dizer isso pra ele tranquilamente. Mais do que isso: você pode gritar aos quatro ventos.

Preciso de alguns segundos para digerir as palavras de Ember.

— É que eu tenho a sensação — começo a dizer, devagar — de que independentemente do que eu sinta, não faz diferença. Dói de qualquer forma, seja pela mãe dele ou por ele ter me traído. Por isso eu estou tentando…

— … não sentir absolutamente nada — conclui minha irmã.

Assinto.

— Não parece muito saudável, Ruby.

Fico olhando para as mãos enquanto caímos em silêncio.

Algum tempo depois, Ember solta um suspiro.

— Não acredito que ele fez isso. Sei da fama dele, mas… — Ela nega com a cabeça.

— Eu achava mesmo que tinha entrado em uma realidade paralela. Ele parecia, tipo… uma pessoa completamente diferente.

— Deve ter sido horrível.

— E também não entendo por que ele não veio até mim. Poderia ter falado sobre qualquer coisa comigo. A gente poderia... — Encolho os ombros, abatida.

Não faço a menor ideia do que a gente poderia ter feito se James tivesse vindo até mim. De qualquer forma, isso não teria acontecido. Disso eu tenho certeza.

— Acho que conversar não era exatamente o que ele queria fazer naquela noite — aponta Ember, hesitante. — Pra mim, parece que estava, na verdade, tentando destruir ainda mais a vida dele sem levar em conta as perdas.

Inspiro, trêmula.

— De qualquer forma, entendo você estar se sentindo assim. É normal. E também odeio ele por ter feito isso com você.

Minha irmã volta a colocar o braço ao meu redor e, desta vez, eu a aperto com a mesma força contra mim.

— Obrigada, Ember — sussurro.

Um bom tempo depois, ela me afasta e sorri carinhosamente.

— Vamos começar? — Aponta com a cabeça para o porta-temperos.

Assinto, contente por não ter que continuar falando dos meus sentimentos. Colocamos as máscaras e procuramos a música certa. Ember escolhe o álbum de Michael Bublé e começamos a pintar o porta-temperos juntas.

— Aliás, eu já estou com mais de seiscentos seguidores — anuncia minha irmã em certo momento.

Solto um gritinho de alegria e insinuo uma reverência.

— Você é incrível.

— Estou pensando em mandar currículo para algumas empresas de confecção de roupas de Londres para trabalhar nas férias de verão. — Ember não olha para mim, se concentrando no canto superior da prateleira, que já está pintada.

A máscara me impede de ver seu rosto direito, mas tenho quase certeza de que está corando.

— Quer que eu te ajude com a inscrição?

Ember para e olha para mim.

— Você acha uma boa ideia?

Assinto, animada.

— Você sempre soube que queria fazer algo relacionado à moda. Eu diria que, quanto mais cedo você começar, melhor.

Ela continua pintando em silêncio.

Observo-a, pensativa.

— O que foi? — pergunto.

Ember hesita mais um momento.

— Se eu pudesse escolher, faria o estágio em uma empresa que fosse socialmente responsável, respeitosa com o meio-ambiente e que, ao mesmo tempo, fizesse tamanhos grandes e estilosos — explica. — Mas é algo muito difícil encontrar algo que atenda a todos os critérios. Então, independentemente de qualquer coisa, vou ter que me inscrever em todas as empresas que oferecem estágios. Mas fico me perguntando qual o sentido de trabalhar para uma empresa que nem faz roupas do meu tamanho, sabe?

Faço que sim.

— Sei, mas também é importante adquirir prática profissional. E pelo menos você vai poder observar tudo e pensar em como faria diferente.

— Mesmo assim, me dá até dor de barriga — diz com um suspiro. — Não paro de me perguntar se talvez meus instintos estejam me sabotando.

— Talvez seja só nervosismo. Pensa que tem muita gente seguindo você. Seu blog tem vários leitores. Todos acreditam em você e na sua visão de futuro.

— Obrigada por dizer isso, é bem legal.

— Não estou dizendo pra soar legal, estou falando sério. Acho mesmo que em algum momento você vai criar seu próprio império da moda e abrir caminhos com ele.

Ember sorri de orelha a orelha, resplandecente — apesar da máscara, vejo o brilho refletido nos olhos dela.

— Podemos aproveitar as férias para fazer uma lista das empresas que você deveria levar em conta, o que acha? — insisto, deslizando o pincel pelo interior da prateleira de temperos.

— É uma ótima ideia. Já comecei a pesquisar porque queria escrever um guia de moda sustentável para pessoas *Plus Size*.

Estou prestes a dizer para ela que nosso acordo continua de pé quando ouço chamarem na porta lateral da garagem:

— Ruby?

Ember e eu congelamos no lugar. Minha mãe não pode ver o que estamos fazendo. Ela não consegue guardar segredo, muito menos quando se trata de um presente para nosso pai. Comprovamos isso mais de uma vez nos últimos anos.

— Nem pensa em vir aqui! — grita Ember, horrorizada, se apressando para ficar na frente do porta-temperos para que nossa mãe não o veja caso enfie a cabeça pela fresta da porta.

— Fica tranquila porque eu nem queria. — Ouvimos a resposta abafada. — Ruby, visita pra você.

Ember e eu trocamos um olhar confuso.

— Será que é a Lin? — pergunta ela.

Faço que não.

— Ela vai passar o Natal na China com a mãe, vão visitar uns parentes.

Os olhos de Ember se arregalam.

— Você acha que pode ser...? — Ela não pronuncia o nome dele, mas meu coração pula uma batida.

— Quem é, mãe? — pergunto, levantando a voz.

— Pode fazer o favor de sair? Não estou a fim de ficar falando com você atrás da porta.

Reviro os olhos e tiro um dos elásticos da máscara de trás da orelha, de modo que ela caia para o lado, e me sinto como um médico fazendo uma pausa no meio de uma cirurgia importante. Abro a porta de leve e saio. Minha mãe olha para a máscara com as sobrancelhas levantadas, e percebo que fica na ponta dos pés para dar uma espiada. Fecho a porta atrás de mim o mais rápido possível.

— Quem é? — murmuro.

Num piscar de olhos, minha mãe fica séria.

— A menina dos Beaufort.

Meu estômago revira. É como se a tarde em que Lydia veio ver se James estava aqui estivesse acontecendo outra vez. Não pode ser que algo ruim tenha acontecido novamente.

De novo não. Por favor, de novo não.

— Cadê ela? — pergunto.

Minha mãe aponta com a cabeça em direção ao corredor.

— Na sala. Seu pai e eu estamos na cozinha, caso precise de nós.

Assinto e tiro a máscara por completo. A passos cautelosos, sigo pelo corredor até a sala de estar. Desta vez, me armo com as sábias palavras de Ember, ainda frescas em minha memória.

Lydia está sentada em nosso velho sofá florido, as mãos cruzadas no colo e o olhar fixo na mesa de centro. Ela usa uma blusa larga de chiffon e saia plissada preta. O cabelo está preso no rabo de cavalo de costume. Não há nem um fio de suas mechas onduladas fora do lugar. Como sempre, Lydia transmite a sensação de que tudo nela está em perfeita ordem.

Contudo, o olhar apático indica o contrário.

— Oi — digo em voz baixa para não assustá-la.

Lydia levanta a cabeça e me vê na soleira da porta. Abre um sorriso cansado.

— Oi, Ruby.

Por alguns momentos, não tenho certeza do que fazer, mas decido me aproximar dela e me sentar ao seu lado no sofá. Reprimo o impulso de jogar conversa fora, perguntando como ela está e se está tudo bem. Em vez disso, espero.

Pouco depois, ela engole em seco.

— Você tinha dito que eu podia falar com você se precisasse.

A princípio, eu a encaro, perplexa, mas logo assinto rapidamente.

— É claro. Pode falar.

Olha para a porta como se estivesse insegura, esperando encontrar alguém. Provavelmente, deve estar com medo de que meus pais ou Ember entrem ou escutem nossa conversa. Me aproximo um pouco mais dela.

— É sobre o quê? — pergunto, baixinho.

Lydia solta um suspiro alto. Então, endireita as costas.

— Amanhã eu tenho uma consulta na ginecologista e preciso de alguém para me acompanhar.

Demoro alguns segundos para compreender o que disse.

— Quer que eu vá com você? — pergunto, atordoada.

Ela respira fundo, aperta os olhos com força e, por fim, assente.

— Você é a única que sabe.

— Aconteceu alguma coisa? Você está sentindo dor ou algo do tipo?

Ela nega com a cabeça.

— Não, é só um exame de rotina. Mas eu não quero... ir sozinha.

Penso no esforço que deve ter feito para vir até aqui me dizer isso. Até agora, não tinha percebido o quanto Lydia deve se sentir sozinha. Sou a única pessoa a quem ela pode pedir para ir com ela ao médico, o que, é claro, a deixa com certo medo e inquietude.

Só tenho uma resposta para a pergunta, e falo como se fosse a coisa mais natural do mundo.

— Claro, te acompanho, sim.

Se fosse definir o consultório em uma palavra, seria: esterilizado. As paredes são brancas, e há apenas um quadro como decoração. Atrás da mesa, do lado esquerdo da sala, há uma janela ampla com as persianas fechadas. À direita, no canto, foi colocada uma cortina azul-clara, e talvez Lydia tenha que tirar a roupa atrás dela daqui a pouco.

Nos sentamos nas duas cadeiras em frente à mesa e observamos a dra. Hearst, que digita no computador em uma velocidade supersônica.

A princípio, vir aqui com Lydia é um pouco estranho. Mas depois, quando a auxiliar da médica pede para ela urinar em um frasco, entendemos que a fase da vergonha já está superada.

Agora, Lydia passa os dedos no cachecol xadrez, ainda olhando de soslaio para a porta. Talvez, imagine a possibilidade de se levantar num salto e fugir daqui. Quando seu olhar encontra o meu, sorrio de maneira otimista, ou pelo menos é isso o que tento fazer. Não sei qual exatamente é a minha missão aqui, então faço o que, em uma situação dessas, gostaria que fizessem comigo. Pelo visto, funciona, porque Lydia relaxa um pouco.

Depois que a dra. Hearst termina de digitar no computador, entrelaça as mãos sobre a mesa e se inclina levemente. O rosto dela é gentil, apesar do coque severo no qual prendeu o cabelo escuro. Ela tem várias rugas nos cantos da boca, olhos castanhos calorosos e uma voz agradável e serena.

— Como você está, srta. Beaufort? — pergunta.

Olho para Lydia, que, por sua vez, se vira para a médica.

De repente, solta um som histérico que deveria ser uma risada, mas rapidamente se controla e limpa a garganta, como se nada tivesse acontecido.

— Eu diria que muito bem.

A médica assente, compreensiva.

— Na última consulta, você disse que estava com náuseas. Como está agora?

— Melhor. Já faz uma semana que não vomito. Mas, às vezes, sinto muita dor quando me levanto depois de ficar um bom tempo sentada. É normal?

A dra. Hearst sorri.

— Não é motivo de preocupação. Os ligamentos dilatam bastante para abrir espaço para o bebê. Posso te prescrever magnésio para a dor.

— Certo, perfeito — responde Lydia, aliviada.

Depois da conversa, a doutora gesticula para ela ir atrás da cortina tirar a roupa. Fico sentada na cadeira e observo a pintura pendurada atrás da mesa durante o exame. Tento em vão adivinhar o que todas essas formas e cores representam. É um acúmulo arbitrário de amarelo, vermelho e azul, e provavelmente um dos quadros mais estranhos que já vi na vida. Me pergunto se quem pintou foi uma criança.

— Está tudo no lugar. — Ouço a dra. Hearst dizer. — O orifício cervical está bem fechado, e desde que você não sinta cólicas e que não haja sangue, está tudo certo.

Lydia murmura algo que não entendo e depois se veste. Solto um suspiro de alívio. Já passamos da pior parte.

— Pode se aproximar, srta. Bell.

Enquanto me junto a elas, Lydia se deita na maca ao lado da cadeira ginecológica e puxa a blusa para cima. Seus dedos descansam na barriga nua e noto a gravidez já visível.

Respondo ao sorriso nervoso de Lydia me sentando em uma cadeira ao seu lado. A médica empurra em nossa direção um aparelho com rodas que suspeito servir para fazer o ultrassom.

— Então, quer ver seu bebê, srta. Beaufort?

Lydia balança a cabeça, visivelmente nervosa, e me aproximo um pouco mais dela.

A médica espalha um gel transparente pela barriga de Lydia e coloca o aparelho da ultrassonografia sobre ela. Encaro a tela como se estivesse enfeitiçada, embora a princípio não consiga distinguir nada naquele monte de borrões em preto e branco. Mas a médica desliza o aparelho sobre a pele de Lydia de maneira confiante, e em certo momento a imagem muda. Fica cada vez mais nítida, e então...

Perco o fôlego. Ao meu lado, Lydia solta um gritinho fraco.

Tenho quase certeza de que, à direita, dá para ver a cabeça.

— Aí está — anuncia a médica, apontando para a imagem com um dedo.

Conforme move o aparelho, o feto fica cada vez mais aparente. Agora, dá até para distinguir os bracinhos e perninhas. É tão, tão incrível... e de longe a coisa mais fascinante que já vi na vida.

— Uau — sussurro, e a médica me mostra um sorriso.

Me viro para Lydia. Seus olhos estão arregalados enquanto encara a tela, incrédula.

— Só um momento — diz a dra. Hearst de repente, se inclinando um pouco mais para perto da tela.

Por um instante, os borrões em preto e branco reaparecem, e então a segunda bolinha surge outra vez.

— Está tudo bem? — pergunta Lydia, incerta.

Coloco a mão sobre o ombro dela. A hesitação da médica também me deixa alarmada. A criança se mexeu, vi isso claramente. Ela não pode nos dar más notícias... não agora. Lydia não suportaria.

— Srta. Beaufort, posso continuar a apresentação? — Os olhos da dra. Hearst brilham. — Esse é o bebê número dois! — Ela aponta para um ponto na tela. — Está escondido um pouco atrás do irmão, por isso não dá para ver muito bem.

Lydia prende a respiração. Encara o monitor, consternada, quando a dra. Hearst dá zoom na segunda bolinha e a imagem aumenta de tamanho. Embora eu não esteja vendo nada, sei que está falando a verdade.

Gêmeos.

Lydia não está esperando um bebê, mas sim dois.

Não consigo nem imaginar o que está passando pela cabeça dela. Dou uns tapinhas de leve em seu ombro, um pouco sem jeito, e tento desesperadamente pensar em algo para dizer quando, de repente, Lydia joga a cabeça para trás e começa a rir.

A médica e eu trocamos um olhar indicando que não podemos julgá-la por essa reação. A notícia deve ter sido chocante para Lydia. Depois de tudo o que teve que passar nas últimas semanas, eu não ficaria surpresa se ela perdesse o controle em algum momento.

— Que doideira — diz entre suspiros algum tempo depois, voltando a cabeça para mim. — É que... eu nem sei o que dizer.

A médica aperta alguns botões do aparelho e sorri, primeiro para Lydia e depois para mim.

— São gêmeos bivitelinos. Estão bem desenvolvidos, tudo parece ótimo. Tem gêmeos na sua família, srta. Beaufort?

Lydia nega e assente ao mesmo tempo, ainda olhando para a tela.

— Ela mesma tem um irmão gêmeo — intervenho baixinho, tentando tirar a imagem de James de minha mente.

Não tenho tempo para pensar nele agora.

— Não precisa ficar com medo — diz a médica, tentando tranquilizá-la, mas tenho a impressão de que nenhuma das palavras surtem o menor efeito. — Vamos te acompanhar um pouco mais, e aconselho que você faça um exame de glicose para prevenir diabetes gestacional. Para isso, é só marcar uma consulta... — Ela continua falando sobre alimentação e sobre as próximas consultas, porém tenho certeza de que Lydia não está escutando.

Encaro seu rosto pálido. Ela precisa urgentemente de algo que a tranquilize. E tenho uma vaga ideia do que posso fazer para conseguir isso.

7

Ruby

Olhando de fora, a *Smith's Bakery* não parece grande coisa. A padaria fica no térreo de uma casa geminada, entre meu brechó preferido e um serviço de delivery que está fechado sempre que eu passo na frente. A fachada da padaria é repintada todos os anos, mas, por causa do clima inglês, a tinta descasca algumas semanas depois, e parece que o estabelecimento não passa por manutenção há anos. O nome da padaria, em letra cursiva num tom de dourado esverdeado, pende sobre a grande janela, através da qual dá para ver as iguarias preparadas todos os dias. Desde pães brancos artesanais a *scones* e pães franceses, passando por pudins de Bakewell e até tortas, tudo o que bem desejar.

— Sempre que eu estou pra baixo, venho aqui — digo para Lydia, que olha com ceticismo para a entrada da padaria.

Subo os degraus na frente dela e mantenho a porta aberta para ela passar. Antes de entrar, o ar agradável de uma fornada chega até nós, o aroma do pão recém-assado e de canela sobe pelo meu nariz.

— É meu aroma preferido — confesso para Lydia. — Se tivesse um perfume com fragrância de pão quentinho e canela, eu compraria todo o estoque e me banharia nele até não sentir o cheiro de mais nada além disso.

Os cantos dos lábios de Lydia se curvam quase de maneira imperceptível. Embora discreta, pelo menos é uma reação, a primeira desde que saímos do consultório da dra. Hearst.

Phil, o colega da minha mãe, está atendendo um cliente quando chegamos ao balcão. Na parede atrás dele, há uma série de prateleiras de madeira nas quais estão empilhados pães e mais pães. No balcão, há cestinhas com pedaços de pão com manteiga para os clientes experimentarem. Pego dois ao passar e, enquanto coloco um na boca, entrego o outro para Lydia.

— Experimenta — digo com a boca cheia. — O pão daqui é uma delícia, sério mesmo.

Lydia segue minhas instruções.

A padaria é pequena e apertada. Na verdade, não é um espaço adequado para tomar um café de maneira confortável, mas ainda assim há duas mesas em que podemos nos sentar. Uma fica ao lado da porta da cozinha, onde a massa é preparada, e o outro, tão perto do balcão que os clientes precisam se espremer com força contra ela quando o local está meio cheio.

Aponto para o banquinho e para a velha mesa de madeira no fundo do lugar. Enquanto Lydia desliza no banco, dá uma olhada na padaria. Parece não saber o que pensar a respeito. O olhar quase cético me lembra da mãe dela e a maneira como me analisou quando nos vimos pela primeira vez.

Afasto a memória da mente.

— Já sabe o que vai querer? — pergunto.

Lydia desvia o olhar de mim e observa os diferentes bolos com a cabeça inclinada para o lado.

— O pudim de Bakewell é meu favorito.

— Vou querer um desse, então.

Assinto e mostro um sorriso. Vou até o balcão justamente quando minha mãe está saindo da cozinha. Ela fica feliz ao me ver e limpa as mãos no avental que usa por cima da camisa listrada com o nome da padaria.

— Oi, mãe. Eu vim com a Lydia — digo apressadamente, apontando com o polegar por cima do ombro, na direção da nossa mesa. — Ela teve um dia difícil, aí pensei que um pudim de Bakewell e um chocolate quente poderiam ajudar — sussurro, com a esperança de que Lydia não me ouça.

— Ninguém resiste a um pudim de Bakewell e um chocolate quente — responde minha mãe, me lançando um olhar cúmplice.

— Obrigada, mãe.

Volto para perto de Lydia e me sento em uma cadeira bamba à sua frente. Ela está com o queixo apoiado na mão.

— Há quanto tempo sua mãe trabalha aqui?

— Desde que eu me entendo por gente. Ela começou logo depois de sair da escola.

Lydia sorri de leve.

— Devia ser legal quando você era criança.

— A gente vivia cercadas por biscoitos — afirmo, mexendo as sobrancelhas.

O sorriso de Lydia se alarga um pouco mais.

— Já sabe o que você quer fazer no futuro? — pergunto um tempo depois.

Então, seu olhar fica sombrio.

— O que você quer que eu faça?

— Lydia, não é porque você vai ter um filho que todos os seus planos para o futuro foram por água abaixo.

Ela abaixa o olhar e passa o dedo pelas irregularidades da mesa.

— Dois — murmura um tempinho depois.

— O quê? — respondo, sem entender.

— Meus planos não foram por água abaixo porque vou ter dois filhos. No plural. — O sorriso dela aparece novamente, menor, mas não consigo evitar sorrir também.

Não sei o que vai acontecer, mas agora nós duas começamos a rir, primeiro de maneira tímida, depois mais alto. Lydia cobre a boca com a mão, como se ela mesma não conseguisse entender o que está fazendo. Isso transforma sua risada em um ronco meio abafado, e voltamos a rir ainda mais, sem conseguirmos nos controlar.

Bem nesta hora, minha mãe chega com a bandeja e nos serve, as xícaras fumegantes e dois pratos com o doce.

— O que é tão engraçado? — ela quer saber.

Lydia franze os lábios e fecha os olhos, até recuperar o controle de si mesma. Então, olha para minha mãe e diz, em uma voz perfeitamente calma:

— A Ruby e eu estamos rindo dos caprichos da vida, sra. Bell. — Ela se inclina para a frente e coloca o nariz em cima da caneca fumegante. — Nossa, isso parece estar uma delícia.

Minha mãe franze o cenho, perplexa. Então, ergue a mão e acaricia o braço de Lydia. Sabe que ela perdeu a mãe recentemente e, do jeito que ela é, queria poder fazer mais do que trazer um chocolate quente e um doce.

— Aproveite.

Lydia fica observando enquanto minha mãe volta ao balcão para atender novos clientes. Em seguida, solta um suspiro, se aproxima um pouco mais da caneca de chocolate quente e a envolve com as duas mãos.

— Sempre quis ser estilista na Beaufort — responde, enfim, minha pergunta.

— Você pode...

Apesar de tudo, estou prestes a completar, mas um olhar de Lydia é o bastante para me fazer ficar quieta.

Ela pega a colher e mexe a bebida por alguns segundos.

— Antes, eu não conseguia imaginar nada mais lindo do que levar minha criatividade para a Beaufort, mas minha mãe e meu pai achavam que minhas ideias eram modernas demais, não eram tradicionais o bastante — continua. — Sempre discuti com eles, porque queria desempenhar algo mais importante do que a função que haviam planejado para mim. Ao contrário do meu irmão, eu gostaria mesmo de assumir a empresa. Mas eles sempre só consideraram James pra isso. Isso foi decidido desde o nosso nascimento. Não importa se é o que queremos ou não.

Ela tira a colher da caneca e a leva até a boca. Solta um suspiro satisfeito.

— É um saco que tenham colocado essa pressão em cima de vocês. E que ela ainda exista. Parece ser bem difícil — murmuro antes de me voltar para meu próprio chocolate.

Fico feliz pela bebida estar quente, porque pouco a pouco meus dedos vão descongelando.

Lydia parece tão triste e sem esperanças que me dá vontade de abraçá-la.

— Quando você olha para a nossa família do lado de fora, parece que minha mãe e meu pai nos amam acima de tudo e só querem o melhor para nós. Queriam. Enfim. — Ela pigarreia. — Não posso reclamar de ter crescido desse jeito. Não seria justo. Não sei o quanto o James te contou, mas... algumas coisas deram errado e não dá pra consertar.

Inevitavelmente, me pergunto se está falando do pai. E se ele só bate em James quando está puto com alguma coisa ou se também agride Lydia. Se for este o caso, fico ainda mais preocupada.

— Ele só me contou algumas coisas — respondo de maneira evasiva.

Embora eu saiba que Lydia o conhece melhor do que qualquer outra pessoa no mundo, não quero falar o que ele me contou. Mesmo depois de tudo o que aconteceu, não poderia traí-lo desse jeito.

— Ele está melhor, aliás. Depois do enterro, parou de beber. Agora ele está treinando feito louco.

Me lembro do olhar vazio dele. Das lágrimas. Da forma como se agarrou a mim. Dos hematomas e das escoriações na mão.

— E seu pai e ele, estão como? — pergunto cuidadosamente.

— Você soube da briga?

Faço que sim.

— Meu pai finge que não aconteceu nada. Ele praticamente nunca está em casa, e quando está, só chama o James no escritório dele quando quer passar um treinamento para as reuniões do conselho administrativo da Beaufort.

Por um lado, fico feliz pela relação de James e do pai não ter piorado; mas, por outro, sei o que James sente em relação à empresa e o fardo que trabalhar na Beaufort deve representar para ele. O fato de tudo isso estar acontecendo antes do esperado me faz sentir pena dele.

— Talvez você consiga superar o que houve, Ruby.

Encaro os olhos azul-turquesa de Lydia. Reparo que são exatamente iguais aos de James.

Balanço a cabeça, cansada.

— Duvido. Sendo bem sincera, também não estou a fim.

É a primeira vez que digo isso em voz alta, mas é verdade. Não acho que essa situação entre mim e James possa ser resolvida em algum momento. E nem quero. Muito menos quando penso como isso poderia colocar meu futuro em risco. É como se uma sombra se projetasse sobre meus sonhos só porque eu os confiei a James e logo depois ele me traiu.

— Você poderia tentar — sugere Lydia, a voz doce, mas balanço a cabeça outra vez.

— Entendo que a notícia da morte da mãe de vocês tenha desestabilizado ele, mas... — Encolho os ombros, impotente. — Isso não muda nada. Eu o odeio por tudo o que ele fez.

— Mas você apareceu quando ele precisou. Isso significa alguma coisa, não?

Mexo o chocolate e inspiro fundo.

— Ainda sinto alguma coisa por ele, é verdade. Mas, ao mesmo tempo, nunca fiquei com tanta raiva de alguém. E acho que esse sentimento não vai desaparecer de uma hora pra outra.

Ficamos quietas. O barulho do forno me parece mais estridente do que estava há alguns minutos, assim como o sininho da porta, que anuncia a entrada e saída dos clientes.

— Eu devia ter ido ao médico sozinha? — pergunta Lydia de repente.

Ergo a cabeça de uma vez.

— Não!

As bochechas de Lydia coram, e de repente ela parece quase intimidada. Me pergunto o que deve estar passando na cabeça dela neste momento.

— Se eu soubesse como você está, não teria aceitado sua oferta. Eu...

— Lydia — eu a interrompo de maneira gentil e seguro a mão dela em cima da mesa. Seus olhos se arregalam, e ela encara nossos dedos entrelaçados. — Eu falei sério. Quero te apoiar. Nossa amizade não tem nada a ver com o James. Tá bom?

Ela me olha outra vez, e acho que vejo um brilho revelador em seus olhos. Lydia não responde minhas palavras, mas aperta minha mão de leve. E isso é mais do que o suficiente.

8
James

Há mais de uma hora, sons agressivos da guitarra do *Rage Against The Machine* ressoam em meus ouvidos, e sinto como se todo meu corpo estivesse em chamas. Mas não é o suficiente.

Me posiciono em frente à polia e agarro a barra curta presa na parte superior. Junto os cotovelos ao corpo, levanto os antebraços e puxo a barra para baixo, uma vez seguida da outra. O suor escorre da minha testa até a camisa, e os músculos do meu braço tremem, mas não ligo. Continuo. Vai chegar um momento em que ficarei tão esgotado que só vou conseguir ouvir um zumbido forte e sem sentido na cabeça, e os pensamentos sobre a Beaufort, minha mãe ou Ruby vão ter se silenciado. Depois de fazer todos os exercícios de braço, me sento no banco da máquina. Seguro a barra e a empurro para a frente, devagar. Quando meu braço volta, sinto o impacto da força nos músculos do peitoral.

Até agora, não tinha percebido que a porta da sala de academia tinha sido aberta e que Lydia estava à minha frente, de braços cruzados. Ela diz alguma coisa olhando para mim, mas não consigo ouvir por conta dos estrondos nos meus ouvidos. Continuo o exercício, inabalável. Ela se inclina para mim, então não tenho mais escolha a não ser olhar para ela. Suavemente, os lábios dela formam uma palavra que não preciso ouvir para entender.

Idiota.

Me pergunto o que foi que fiz desta vez. Desde o enterro, mal saí de casa e não bebi uma gota de álcool. Ficar sóbrio tem sido muito difícil para mim, ainda mais nos momentos em que fico preso nos pensamentos negativos. Mas estou aguentando; também por Lydia, que me lembrou, quando estava tremendo no funeral de nossa mãe, que é meu dever como irmão cuidar dela. Então, não consigo entender por que ela está parada na minha frente, com as bochechas avermelhadas e a expressão severa. Mas devo admitir que observá-la abrir e fechar a boca com a música tocando alto nos meus ouvidos forma uma imagem muito engraçada dela. Parece quase um *lip sync*.

De repente, Lydia dá um passo à frente e tira um fone do meu ouvido.

— James!

— Que é? — pergunto, tirando o outro.

O silêncio repentino me parece ameaçador. Ultimamente, tenho preciso me cercar de barulho para não pensar.

— Quero falar com você sobre a Ruby.

Tiro as mãos das barras e pego uma toalha. Seco o rosto e a esfrego no pescoço, onde o suor ficou armazenado. Evito olhar para Lydia.

— Não sei o que…?

— James.

Sinto que estou usando uma gravata muito apertada que está me estrangulando. Pigarreio.

— Não estou a fim de falar dela.

Lydia me observa, negando com a cabeça. Os cantos dos lábios se curvam para baixo, e volta a cruzar os braços sobre o peito. Neste instante, ela me lembra tanto da nossa mãe que preciso desviar o olhar. Abaixo a toalha e limpo as mãos nela, embora já estejam secas.

— Queria muito ajudar vocês… Vocês dois.

Ao escutar isso, solto uma risada amarga.

— Não existe *nós dois*, Lydia. E nunca existiu. Eu estraguei tudo.

— Se você explicar… — ela começa, mas a interrompo.

— Ela não quer ouvir minhas explicações. E eu também não posso culpar ela por isso.

Lydia suspira.

— Apesar de tudo, acho que você ainda tem uma chance. Queria que você tentasse, em vez de se trancar aqui, sentindo pena de si mesmo.

Me lembro da mensagem de Ruby.

Não dá.

Claro que não dá. Beijei outra garota, e isso é imperdoável. Perdi Ruby para sempre. E o fato de Lydia estar aqui agora, tentando me convencer do contrário, acaba comigo. Queria me desconectar da realidade e pensar em outras coisas, mas não consigo. A raiva volta a me invadir, de forma densa e inabalável. Raiva pela morte da minha mãe, raiva do meu pai, raiva de mim mesmo e do mundo inteiro.

— O que você tem a ver com isso? — pergunto.

Meus dedos se contorcem no tecido felpudo da toalha.

— Eu me importo com vocês. Não quero ver os dois sofrendo, caramba. É tão difícil assim de entender?

— A Ruby não quer voltar comigo, e eu não tenho intenção nenhuma de jogar ela contra a parede. Você também não deveria.

Me levanto e me preparo para ir até as esteiras, que ficam em frente à grande janela panorâmica, de onde vemos os fundos do nosso terreno. Mas não chego muito longe; Lydia me agarra pelo cotovelo. Dou meia-volta e lanço um olhar furioso para ela.

— Não olha pra mim desse jeito. Está na hora de você voltar a ser você mesmo — resmunga. Então, enfia o dedo indicador no meu peito. — Você não pode afastar tudo e todos de você.

— Não te afastei de mim — murmuro entredentes.

— James…

Tento colocar a máscara de inacessibilidade que sempre foi meu segundo rosto na escola e nos eventos públicos com a minha família. Mas quem está à minha frente é Lydia. Nunca tive que esconder nada dela, e por isso não consigo mudar de expressão. Jogo a toalha de lado, frustrado.

— O que você quer que eu diga, Lydia? — pergunto, já sem forças.

— Que vamos passar por isso juntos. — Ela engole em seco, acariciando meu braço de leve. — Mas se você não for capaz de ser sincero comigo e continuar se fechando, não vai funcionar.

Bufo com desdém.

— Como se você me contasse tudo. Como se *você* fosse a mais aberta de nós dois. Sempre tive que arrancar as coisas de você à força. Fiquei sabendo do seu relacionamento com o Sutton porque você foi pega no flagra. — Afasto a mão dela e a encaro com frieza. — Só porque a mamãe morreu não quer dizer que precisa ser nós dois contra o resto do mundo. Não tenta transformar a gente em algo que nunca fomos, Lydia.

Ela estremece e cambaleia para trás. Sem lançar um último olhar sequer para ela, me viro e coloco os fones enquanto caminho. Se minha irmã fala mais alguma coisa, eu não ouço. O *riff* estridente da guitarra abafa qualquer realidade desagradável do meu mundo.

9

Ruby

Mesmo sem notícias há semanas, a lembrança de James está tão vívida em mim, que parece que tudo ter acontecido ontem. Durmo mal. Excluo as fotos dele do meu notebook só para recuperá-las no dia seguinte e passar os dedos na tela sobre a boca sorridente de James, como se fosse uma psicopata. Ao mesmo tempo, me sinto uma mentirosa, porque disse para Lydia que não quero mais vê-lo, mas está claro que meu corpo tem outra opinião.

Sinto saudade de James.

É um absurdo.

É um absurdo e é loucura.

E poderia me socar por causa disso. Cacete, ele partiu meu coração. Definitivamente, eu não deveria sentir saudade de alguém que fez isso comigo.

O Natal chega e passa, e pela primeira vez na vida, não aproveito a data. Os filmes que vemos são sem graça, e as músicas que escutamos soam todas iguais. Embora eu saiba que minha mãe e meu pai se esforçaram muito na cozinha, para mim, a comida não tem gosto de nada. E para piorar a situação, meus pais não param de perguntar por que ando tão abatida e se tem algo a ver com o menino que me deu de aniversário aquela bolsa linda. Chega uma hora que não aguento mais e me tranco no quarto, sozinha.

Na véspera do Ano-Novo, decido que não posso mais ficar assim, nem por mais um segundo. Estou farta de me sentir desse jeito. Sempre fui uma pessoa positiva, que se alegra com novos começos. Me recuso a deixar James tirar isso de mim.

Portanto, entro debaixo do chuveiro sem pensar duas vezes, coloco minha roupa favorita — uma saia xadrez justa e uma blusa creme larga —, pego minha agenda nova e desço, decidida a conversar com Ember e com meus pais sobre minhas resoluções de ano-novo.

Mas quando entro na sala, paro de me mover, atônita.

— O que vocês estão fazendo aqui? — pergunto, surpresa.

Assustada, Ember corre até mim, assim como Lin, que estava colocando guarda-chuvinhas coloridos nos copos. Lydia também para na hora o que está fazendo, e a serpentina que estava na mão dela se desenrola sozinha, agora livre. Observamos enquanto cai até o chão, em um amontoado pequeno e triste.

Então, minha irmã fica na minha frente.

— Não acredito que você decidiu sair justo agora do seu casulo — diz, chateada. — Decorei a hora exata em que você sai do quarto, e logo hoje, quando estou planejando uma festa surpresa das garotas, você decide descer antes. Nossa, que... Caramba, Ruby!

Olho para as três, uma de cada vez. E, devagar, um sorriso surge em meus lábios.

— Vamos comemorar o Ano-Novo juntas? — pergunto com cautela.

Lin sorri de volta para mim.

— Esse era o plano.

Assim que assimilo a informação, dou um abraço forte em Ember.

— Obrigada — murmuro no ombro dela. — Acho que é exatamente isso que preciso agora.

E o fato de ela saber disso me mostra mais uma vez que ela me conhece melhor do que qualquer um.

— Achei que isso pudesse te animar — sussurra minha irmã, acariciando minhas costas.

Assinto. Pela primeira vez desde o que aconteceu com James, fico alegre de verdade.

— Obrigada — digo também para Lin e Lydia, e as aperto contra mim, uma depois da outra. — Estou muito feliz.

Depois, ajudo a distribuir o resto das serpentinas e a espalhar os confetes dourados-avermelhados. Ember conecta o celular a duas caixas de som antiquíssimas que compramos em uma feirinha, e enquanto procura uma playlist apropriada, me conta qual o plano para a noite. Fica claro que ela se esforçou e planejou os mínimos detalhes, por isso tenho vontade de me jogar nos braços dela mais uma vez. Mas me contenho e, em vez disso, escuto-a atentamente do sofá.

— Primeiro, pensei que podíamos escrever em um papel os acontecimentos mais incríveis do ano e compartilharmos. Depois, a gente decide um filme pra ver e come essa montanha de pipoca.

Ela aponta com a cabeça para uma tigela enorme na mesa de centro. Nosso pai só usa aquela vasilha para colocar a salada em camadas que prepara em grandes reuniões de família. Agora, ela está transbordando de pipoca, o cheiro doce e amanteigado preenchendo a sala inteira. Fico com água na boca.

— Depois, vamos para o prato principal — continua Ember. — O papai fez uma quiche pra gente. Tem sobremesa também, e depois chegamos ao que eu considero a parte favorita da Ruby.

Lin segura uma bolsa meio transparente onde consigo ver alguns cadernos e marcadores.

Nem tenho que pensar muito.

— Vamos escrever nossas resoluções para o ano que vem — afirmo.

Ember assente, sorrindo.

— E quando der meia-noite, se a gente não estiver em coma de tanto comer doce, podemos sair pra dançar.

— Vai ser um ou outro, isso é certeza — diz Lydia, pegando um punhado de pipoca. Ela enfia na boca, e um sorriso leve aparece em seus lábios. — Não é um bom plano, Ruby?

— Bom? É o melhor que ouvi em muito tempo. Obrigada, gente.

Dessa forma, nos acomodamos ao redor da mesa de centro. Lin trouxe folhas grandes que sempre usamos para anotar ideias para o comitê de eventos e que ela roubou da escola. Estendemos os papéis diante de nós enquanto as músicas de Keaton Henson tocam ao fundo.

— Ok — começa Ember. — Um ponto alto deste ano pra mim foi ter trabalhado no blog e conseguido tantos seguidores. — Ela escreve isso em sua folha.

— Bom, um dos meus melhores momentos foi quando a galeria da minha mãe finalmente saiu do vermelho. Agora, estamos indo bem, e espero que continuemos assim no ano que vem — diz Lin, que não olha para nós, e sim para a caneta que está em sua mão.

Estou surpresa por ela ter compartilhado algo tão pessoal com a gente.

Lydia e ela não se conhecem muito bem, e eu entenderia se a situação fosse desconfortável para elas. Contudo, não parece ser o caso, o que me deixa muito contente.

— Eu fui uma vez na galeria de vocês — admite Lydia de repente. — Com a minha mãe.

Lin olha para ela, surpresa.

— Sério?

Lydia faz que sim.

— É linda e tem muito estilo. Espero que no ano que vem fique tudo ainda melhor. Sei como pode ser difícil começar do zero.

As duas trocam um sorriso, e logo Lydia limpa a garganta.

— Em janeiro, eu fiz uma viagem rápida com a minha mãe aos Alpes. Nós ficamos em um spa e aproveitamos bastante…

só nós duas. Era uma coisa que a gente não fazia há séculos. Acho que é minha lembrança mais bonita do ano.

— Parece incrível mesmo — comento, baixinho, colocando a mão no joelho dela.

Não sei o que dizer, mas quero mostrar que aprecio sua franqueza.

— E você, Ruby? — pergunta Lin.

Por um instante, minha cabeça fica completamente vazia e não sei o que escrever na minha folha. Mas me lembro de cada um dos meses do ano e confirmo que tudo foi muito legal. Embora o que James fez tenha me deixado triste, muitas coisas aconteceram desde setembro, e sou muito grata por elas.

Me tornei diretora do comitê de eventos, tirei notas ótimas na escola e me chamaram para Oxford. Conheci Lin melhor, estou mais próxima de Ember e até fiz uma nova amiga. E, pela primeira vez na vida, me apaixonei.

Mesmo que a relação entre mim e James tenha terminado mal... quando penso no que compartilhamos, nas conversas por telefone e em nossas memórias juntos, não me arrependo de nada. Muito pelo contrário: essa experiência também está entre os grandes momentos do meu ano. Mesmo que agora tudo já tenha acabado.

Engulo em seco e olho para o papel em branco que está à minha frente, em cima da mesa.

— Não sei por onde começar. Mas acho que visitar Oxford foi a melhor coisa. Sonhei tanto tempo em ir pra lá que, mesmo tendo sido só uma vez, ter ido com a minha família... e ficado lá... Vou me lembrar disso pra sempre — digo, emocionada, e esboço um sorriso forçado.

— Parecia um conto de fadas — acrescenta Ember.

Assinto, então desenho uma bolinha e escrevo: *Excursão em Oxford*.

Logo o gelo parece ter sido quebrado. Contamos umas para as outras os acontecimentos insignificantes e esquisitos que lembramos de ter vivido este ano. Por exemplo, Lin ganhou um buquê de flores em um supermercado porque foi a cliente número mil, e uma senhorinha deu para Lydia uma libra para comprar um doce.

Em certo momento, percebo que o clima não está mais pesado como no começo. Em vez disso, estamos rindo juntas, e sinto que nós quatro poderíamos passar uma eternidade assim. Por volta das oito, meu pai e minha mãe se despedem de nós para ir à casa de alguns amigos. Vejo como ficam aliviados ao ver que eu finalmente saí do quarto para comemorar esta noite e que estou junto com minhas amigas.

Em seguida, vemos o filme *Como Ser Solteira*. Ember queria assistir desde o Natal porque acha a Rebel Wilson maravilhosa, e quando, duas horas depois, os créditos começaram a rolar, entendo o motivo. Até Lydia riu em algumas cenas, embora parecesse que nem ela conseguia acreditar que estava se divertindo.

Antes que os créditos terminassem, atacamos a quiche do meu pai.

— Você tem sorte, Ruby. — Lin segura uma garfada de quiche em frente ao rosto e olha para mim com atenção. — Sua mãe trabalha em uma padaria, e seu pai é cozinheiro. Se fosse eu, estaria no paraíso. Sinto falta da nossa cozinheira.

— Vocês tinham cozinheira? — pergunta Ember, arregalando os olhos.

— É, a gente tinha — diz Lin, encolhendo os ombros como se fosse a coisa mais normal do mundo. — Mas depois tudo mudou lá em casa e eu tive que aprender o básico. As artes culinárias da minha mãe também estavam meio enferrujadas, mas ela me ensinou muitas receitas chinesas maravilhosas que aprendeu com a avó dela. Agora, a gente se diverte bastante cozinhando juntas.

Dou uma mordida na quiche e deixo derreter na língua.

— A única coisa que sei fazer são ovos mexidos — admite Lydia, pensativa. — Deve ter sido uma mudança e tanto pra você.

Por uns segundos, Lin parece surpresa pelas palavras de Lydia, mas depois abre um sorrisinho.

— Aprendi a não olhar para trás, só para a frente. — Ela repousa o garfo no prato vazio e usa os dedos para pegar as últimas migalhas restantes. Então, pega uma das sacolas e se levanta. — E é isso o que a gente devia fazer agora. Já são quase dez horas.

— Ah, que lindos — digo quando Lin começa a distribuir os caderninhos entre nós quatro. Eles são elegantes, com capa preta e detalhes finos em dourado, páginas de um tom creme e duas fitas para marcar as páginas. Do jeito que eu mais gosto.

— Essa vai ser a primeira vez que faço uma agenda — comenta Lydia, olhando para o próprio caderno e depois para nós, um tanto desorientada. — O que eu devo fazer?

Ember empilha nossos pratos vazios e os empurra para o lado. Depois, coloca o celular no meio da mesa para todas conseguirem ver a tela.

— É bem fácil — afirma. — Todo ano, na véspera de ano-novo, escrevemos nossas resoluções. — Ela abre o caderno e aponta para a primeira página. — E para isso, a primeira coisa que a gente precisa colocar é o título.

Procuramos fontes de que gostamos na internet e tentamos copiá-las ou ter uma ideia do que fazer a partir delas. Na maior parte do tempo, trabalhamos em silêncio, os únicos sons que se podem ouvir são o deslizar das canetas no papel e a música de fundo.

Mas de repente, enquanto trabalho nos últimos detalhes do meu título e circulo o número do próximo ano, fico triste. No próximo ano, nesta época, tudo será diferente.

Dentro de sete meses (eu espero), terei em mãos um diploma do Colégio Maxton Hall. E, depois disso, estudarei (eu espero) em Oxford. Terei novos professores e novos colegas. Um quarto em uma residência estudantil, um novo ambiente e novos amigos.

Uma vida nova e emocionante.

Uma vida sem James Beaufort.

A ideia surge de repente, e me dói mais do que eu imaginava, mas faço de tudo para afastá-la. Pego uma caneta e começo a escrever:

Resoluções:

- Me formar na escola.
- Entrar em Oxford.
- Manter um contato próximo com minha mãe, meu pai e Ember.
- Fazer pelo menos uma amizade nova.
- Não me preocupar com o que as outras pessoas vão achar de mim.

Mas, à medida que escrevo um tópico atrás do outro, percebo que isso não está certo. Esta lista não é sincera o bastante, e, se eu for pensar direito, sei o motivo.

Neste ano, me apaixonei pela primeira vez e meu coração foi partido da forma mais infeliz possível. Algo assim não se resolve tão facilmente. Ainda vou precisar de muito tempo para assimilar tudo. E as tristezas amorosas não desaparecem só porque um novo ano está prestes a começar.

Até agora, eu não queria mais encontrar James. Tinha a esperança de que eu fosse esquecê-lo. Mas percebo que não consigo escrever minhas resoluções enquanto o assunto não estiver esclarecido. Há coisas demais que quero dizer para ele. E acho que, enquanto eu não fizer isso, não poderei começar o próximo ano. Não poderei começar se James continuar ocupando um lugar tão grande em meus pensamentos, em meu coração e em minha vida.

— Ruby? — A voz de Lin ressoa em meus ouvidos à distância.

Olho para ela e tomo uma decisão.

Mas antes de colocá-la em prática, vou comemorar o Ano-Novo com minhas amigas.

James

Em casa, o Réveillon costuma ser um rito de passagem. Nos últimos anos, alugávamos uma casa de campo à beira de um lago ou dávamos uma festa em Londres, em um lugar reservado com meses de antecedência. Bebíamos até o sol nascer e nos esquecíamos de tudo ao nosso redor.

Este ano, estou passando o Ano-Novo em casa.

Onde meu pai está? Não faço ideia. Nossos funcionários têm uma festa hoje à tarde, e Lydia foi para a casa de alguma amiga. Não me disse quem. Desde que brigamos há alguns dias, ela tem me ignorado, só fala comigo se é obrigada.

Wren tentou várias vezes me convencer a sair também, passar a virada com ele e os outros garotos, mas não consegui me animar. Só de me imaginar sentado em um clube de Londres, com uma taça de champanhe na mão e a música martelando nos meus ouvidos, os pelos da minha nuca se arrepiam. Não posso continuar agindo como antigamente. Não desde que minha vida deu uma guinada de 180 graus nos três últimos meses. Não quando, por dentro, estou totalmente diferente de como era.

Passo a noite na frente do notebook, vendo documentários sobre animais selvagens na savana do Quênia, e comendo batata frita e kebab na caixa de papelão da lanchonete. Às vezes, consigo me distrair por cinco minutos. Mas, na maior parte do tempo, penso em Ruby.

Nas últimas semanas, percebi como é frustrante não ter muitas recordações com ela guardadas. Não há fotos de nós dois, nada que possa evocar tudo o que vivemos. A única coisa é a bolsa que dei no aniversário dela. Continua ao lado da minha mesa, zombando de mim a cada dia que passa. Perdi as contas de quantas vezes a peguei e vasculhei para ver se Ruby havia esquecido algo lá dentro. Um bilhete ou um objeto que indicasse que ela realmente usou e ficou feliz por tê-la.

Tenho a sensação de que minhas memórias estão começando a esvanecer. O toque da pele de Ruby na minha, nossas conversas, a risada dela. Essas lembranças se tornam cada vez mais confusas e inacessíveis, inclusive a do dia em que ela veio para cá me consolar. A única coisa de que continuo me lembrando claramente é o rosto dela ao me ver com Elaine. Jamais me esquecerei disso. E também não me esquecerei do que, mesmo sob efeito de álcool e drogas, sua expressão causou em mim. Naquele momento e em todos os dias que se seguiram.

Na verdade, o plano era começar o novo ano dormindo, mas já passou da uma da manhã e estou mais desperto a cada minuto. Sem pensar duas vezes, decido ir para a academia. Uma hora na esteira pode cansar não apenas meu corpo, mas também acalmar minha mente de uma vez por todas.

Visto um conjunto esportivo e os tênis de corrida, e pego o iPhone, que desde a tarde está jogado na minha mesa, sem eu prestar atenção nele. Os fones de ouvido ainda estão conectados e, como sempre, preciso desembaraçar os fios antes. Bem quando vou colocá-los, ouço alguém vindo pelo corredor.

Lydia deve ter chegado em casa.

Abro a porta para desejar feliz Ano-Novo para ela e fico paralisado.

Minha irmã não está sozinha no corredor.

Esfrego os olhos porque acho que estou sonhando... mas não. Quando volto a baixar a mão, ainda vejo duas pessoas.

Ruby está ali.

Debaixo do braço, ela carrega alguma coisa azul-escura. Não preciso pensar muito para saber o que é. Meu moletom. Aquele que ela vestiu depois da festa do Cyril. Aquele que não fez falta no meu guarda-roupa porque eu gostava de saber que estava com ela.

Ruby fala em voz baixa com a minha irmã, e ela assente. Lydia me olha por um instante, mas depois desvia o olhar e vai para seu quarto. Bom saber que assustei tanto minha irmã a ponto de ela nem conseguir me desejar um feliz Ano-Novo.

— Podemos conversar? — pergunta Ruby.

Estou consternado. Já faz tanto tempo que não a vejo nem ouço sua voz... e agora ela está a três metros de mim. Meu coração acelera pela proximidade. Adoraria acabar com a distância que nos separa e segurá-la nos braços. Mas me limito a assentir, dou meia-volta e entro no quarto. Ruby me segue, hesitante. Acendo a luz e solto um suspiro. Este cômodo já viu dias melhores: no meio do chão está a calça xadrez do pijama que acabei de tirar; há revistas espalhadas por todos os cantos; a cama está desarrumada; e deve estar com cheiro de comida pré-cozida e gordurosa.

Além disso, a bolsa da Ruby está completamente à mostra em cima da mesa.

Ruby olha ao redor e parece indecisa. Por fim, se senta no menor sofá, com o moletom no colo.

Por que o quarto ficou tão quente do nada? Acho que preciso urgentemente de um copo de água.

— Quer beber alguma coisa? — pergunto.

— Não, valeu.

Me sirvo um pouco de água, mas quando vou pegar o copo, percebo que minha mão está tremendo. Então o coloco sobre a mesa e olho para Ruby.

Ela não diz nada.

— Sua noite foi legal? — deixo escapar alguns minutos depois, tentando desesperadamente quebrar o silêncio entre nós.

Ruby ergue as sobrancelhas.

— Foi — responde, por fim.

E não diz mais nada.

Nunca foi tão difícil escolher as palavras certas quanto neste momento. É como se eu tivesse me esquecido de como se constrói frases sensatas. Depois de tanto pensar em tudo que gostaria de falar para ela, agora na minha cabeça há apenas um espaço vazio, que fica cada vez maior conforme continuamos sentados um de frente para o outro, calados. A única coisa que consigo fazer é olhar para Ruby. O desejo de me sentar ao lado dela é avassalador, mas luto contra ele e movo minha cadeira de escritório para mais perto do sofá, de modo que fico de frente para ela, para que possamos nos ver.

— A gente escreveu nossas resoluções pra esse ano — diz Ruby em certo momento.

Espero que continue falando.

— Ao fazer isso, percebi que tem muitas coisas não resolvidas entre nós dois. E desse jeito eu não consigo começar o ano-novo me sentindo bem.

Meus batimentos aceleram. Não estava pronto para isso. Tenho que limpar a garganta.

— Está bem.

Ruby olha para o moletom sobre seu colo. Acaricia o tecido com a mão, num gesto distraído. Então, pega a blusa e a coloca em cima da mesa redonda que há entre nós.

Olha para cima, e nossos olhares se encontram. Reconheço todas as emoções que se refletem ali: tristeza, dor, e um pingo de raiva que surge sempre que me vê.

— Eu estou tão decepcionada com você, James — murmura de repente.

Meu peito aperta de dor.

— Eu sei — sussurro.

Balanço a cabeça.

— Não, você não sabe como é. Você partiu a porra do meu coração. E eu te *odeio* por isso.

— Eu sei — repito, a voz baixa.

Ruby respira fundo.

— Mas eu também te amo, e isso dificulta ainda mais as coisas.

— Eu...

Depois de alguns segundos, percebo o que acabou de dizer. Fico olhando para ela, sem palavras.

Mas Ruby continua falando como se não tivesse dito nada demais.

— Acho que nosso lance nunca teria funcionado. Foi bom, apesar de temos passado muito pouco tempo juntos, mas agora eu preciso...

— Você me ama? — murmuro.

Ruby estremece. Então, se levanta.

— Isso não muda nada. O jeito como você me tratou... Você beijou outra pessoa um dia depois de a gente dormir junto.

— Me desculpa, Ruby — insisto, mas sei que palavras não são suficientes.

— E também não muda minha meta de começar o ano sem você — continua ela.

A dor que essa frase me causa me faz perder o fôlego. Conheço Ruby. Quando estabelece uma meta, vai até o fim e não permite que nada nem ninguém a desvie de seu objetivo. Ela veio para colocar um ponto final em tudo.

— Isso nunca mais vai voltar a acontecer... Eu nunca mais vou fazer algo do tipo — digo entre soluços.

— Espero que cumpra sua promessa com a sua próxima namorada.

Percebo o pânico se apoderando de mim.

— Não vai ter outra, cacete!

Ela balança a cabeça.

— De qualquer forma, nunca teria dado certo, James. Vamos ser sinceros.

— Por que você está falando isso? — Minha voz treme de desespero. — É claro que daria.

Ruby se levanta e alisa a saia xadrez várias vezes.

— Preciso voltar pra casa, meus pais estão me esperando. — Ela vai em direção à porta, e saber que não posso segurá-la quase me mata.

Olho para ela, incapaz de me mover. Este momento parece uma despedida definitiva, e não estou preparado.

— Preciso deixar claro que acabamos. Você entende? — pergunta, e com a mão na maçaneta da porta, me lança um olhar por cima do ombro.

Assinto, embora todo meu corpo grite o contrário.

— Sim, entendo.

Ruby já me deu tantas chances... Sei que não tenho direito de pedir mais uma.

— Eu te... Eu te desejo um feliz ano novo, James. — Os olhos de Ruby mostram a mesma dor que paralisa meu corpo.

— Ruby, por favor... — consigo dizer.

Mas ela abre a porta e sai.

10

Lydia

Na primeira segunda-feira após o recesso de fim de ano, James e eu temos que voltar para a escola. Nosso pai disse que, depois de quase um mês, chegou a hora de voltar ao normal. Mas nossa situação em casa não tem nada de normal. Sem nossa mãe, que funcionava como um elo entre nós todos, os jantares são uma tortura completa. Além disso, o clima entre mim e James continua tenso. Quase não nos falamos e, na maior parte do tempo, tentamos evitar contato. Mesmo que eu me sinta melhor na companhia dele do que na de qualquer outra pessoa.

Agora, estamos olhando pela janela do carro, em silêncio, enquanto Percy nos leva para a escola. Voltar para lá parece uma perda de tempo colossal. Já sei que não vou para nenhuma faculdade, mesmo que passe nas provas finais. Qual o sentido, então?

Depois que Percy para em frente à entrada de Maxton Hall, abaixa a divisória e se vira para nos encarar.

— Estão bem?

Assinto, sem pronunciar uma palavra, e tento sorrir. Me pergunto às vezes se ainda pareço a mesma de antes. Antes de tudo isso acontecer.

— Se acontecer qualquer coisa — diz Percy, a voz grave e tranquila —, estou à disposição. E se aparecerem jornalistas, falem com o diretor. Ele está atento e vai garantir que não sejam perturbados.

Suas orientações soam quase como as tivesse decorado.

Há algum tempo, suspeito de que Percy não lidou com a morte da nossa mãe tão facilmente quanto faz parecer. Até porque ele a conhecia há mais de vinte anos. Raramente ele faz alguma piada ou brincadeira agora, e às vezes, quando não se sente observado, parece tão triste e perdido que meu coração até dói.

— Entendido — digo, fazendo um gesto de saudação com dois dedos no canto da testa.

Percy me mostra pelo menos um sorriso cansado antes de se voltar para James.

— Cuide da sua irmã, sr. Beaufort.

James pisca e dá uma olhada ao redor. O rosto dele congela no mesmo instante, percebendo que já estamos em frente à escola. Sem dizer nada, pega a bolsa e abre a porta. Lanço um olhar complacente a Percy antes de sair do carro e ir atrás de James. Ele está quase na metade do estacionamento quando o alcanço. Cyril, Alistair, Kesh e Wren o esperam nos degraus da entrada principal.

— Beaufort! — Wren estende o punho e abre um sorriso largo. — Já era hora de você aparecer por aqui.

James ergue um canto da boca de leve e bate o punho contra o de Wren.

— Não é a mesma coisa sem você — acrescenta Kesh, segurando o rosto de James com as duas mãos. Ele lhe dá um tapinha amigável nas bochechas.

Enquanto isso, Cyril se aproxima de mim e me abraça.

— Lydia — murmura em meu cabelo.

Engulo em seco. O cheiro dele me é tão familiar que gostaria de passar o resto do dia assim com ele. Mas como não é uma opção, me afasto com cuidado.

— Bom dia — digo, cansada.

Os olhos azul-claros de Cyril me analisam de maneira inquisitiva. Em seguida, coloca o braço em volta dos meus ombros e subimos a escada junto com os demais, atravessando as enormes portas duplas de Maxton Hall.

Nossos amigos fizeram uma estranha formação ao nosso redor, certamente para nos proteger das perguntas de nossos colegas, mas não é necessário. Ninguém vai falar com a gente. James me lança um olhar por cima do ombro, e reagimos exatamente da mesma forma. Nos erguemos e avançamos pelos corredores da escola, como sempre fizemos.

A assembleia se arrasta como de costume, e em certo momento meu pescoço dói pelo esforço de ficar olhando para a frente o tempo todo. Estamos sentados na última fileira, e não passa um minuto sem que alguém se vire para nos encarar e comece a sussurrar com alguém ao lado. Ignoro todo mundo. Só quando Lexington encerra a reunião e saímos do Boyd Hall é que posso respirar aliviada.

— Ficou sabendo? — pergunta Alistair quando subimos a escada do prédio principal. — O George bateu o carro um dia depois do aniversário dele de dezoito anos.

— Que George? — pergunto.

— Evans — respondem Wren e Alistair em uníssono. — Sabe, o capitão do time de futebol.

— Ah, ele se machucou?

— Só um arranhão na testa — explica Alistair. — O que aquele imbecil não tem de inteligência, tem de sorte.

— Ah, e a Jessalyn deu pro Henry na festa do Cyril. E parece que ele dormiu no meio — continua informando Wren.

— O sexo não deve ter sido lá grande coisa — opina James, secamente.

Todos olham para ele, surpresos. Acabou de falar como sempre, entediado, com um toque de arrogância na voz. Quase como o antigo James.

— Bom, pra ser sincero — Cyril quebra o silêncio —, quase dormi uma vez também.

— Cyril. — Faço um gesto de desaprovação. Já fui para a cama com ele mais de uma vez, mas prefiro não pensar a respeito. — Eu não precisava saber disso.

— Por você estar bêbado demais, eu espero — diz James.

Cyril abre um sorrisinho.

— Não só por isso.

— Pessoal, a gente está na escola. Será que dá pra conversar sobre um assunto mais adequado a lugares públicos? — sugiro.

Alistair se vira para mim com as sobrancelhas erguidas. Afasta os cachos dourados da testa e dá alguns passos para trás.

— Lydia Beaufort, adequada a lugares públicos? Mas você é pior do que todos nós juntos.

— Bom, eu não diria que ela é pior do que o James — reflete Kesh em voz alta.

— Ou eu. — Wren move as sobrancelhas para cima e para baixo.

— Vocês dividem o segundo lugar. — Alistair o cutuca de lado, e Wren dá risada.

Balanço a cabeça, sorrindo. Adoro vê-los se comportando com naturalidade. Isso quase me dá a sensação de que nada mudou. Além do mais, distrai meus pensamentos, e é justamente disso que estou precisando. Às segundas-feiras, minha primeira aula deste trimestre é com Graham, e pensar em como será o reencontro me deixa nervosa. Desde a conversa horrorosa por telefone que tivemos logo após a morte da minha mãe, não voltei a falar com ele.

Esperava que, com o passar do tempo, fosse parar de sentir tanta saudade dele, mas acontece o contrário. Dói mais a cada dia, e meu único consolo nas últimas semanas foi não precisar vê-lo. Mas agora essa pausa acabou.

Antes de nos despedirmos na frente da sala de aula, James me observa com atenção. Continua sendo difícil entender o que está pensando, mas não deixo de perceber a centelha de preocupação nos olhos dele. Apesar de não nos falarmos há dias, ele sabe o quanto temo ver Graham outra vez.

— Pode ir — digo, a voz fraca.

James fica me encarando por mais um tempo e depois assente.

— Me chama se precisar de alguma coisa — murmura Cyril, voltando a me abraçar. — A gente se vê no almoço.

Fecho os olhos e me permito, por alguns segundos, aproveitar a sensação de ser abraçada e de não estar sozinha. Em seguida, ele se afasta e dá um passo para o lado.

E então vejo Graham.

Está logo atrás dos meninos, que estão bloqueando o caminho para a sala de aula. O cabelo dele está um pouco ondulado e ligeiramente maior do que eu me lembrava. Usa uma camisa xadrez debaixo do cardigã e carrega um monte de papéis nas mãos. Olha pelo espaço deixado pelas cabeças de Cyril e James, e seus olhos — daquele tom castanho-dourado que me fascinava — repousam em mim.

Um arrepio percorre meu corpo inteiro. O momento parece ter congelado, e não ouso me mexer por medo de perder o controle. Mas de repente Graham desvia o olhar de mim para Cyril. Eu nunca tinha visto essa expressão no rosto dele antes. Uma mescla de alívio e frieza que não entendo e não consigo discernir.

— Vamos — diz James, observando Graham e eu.

Ele aponta com o queixo para o corredor em que ele e os garotos têm aula daqui a pouco. Eles erguem as mãos em uma despedida e vão embora.

Agora, estou sozinha com Graham no corredor. Ele mexe nas folhas que está segurando como se quisesse organizá-las, embora a pilha não pudesse estar mais alinhada. Nossos olhos se encontram novamente.

— Lydia... — diz com a voz rouca, parecendo tão triste que meu coração se aperta.

Balanço a cabeça.

— Não.

Depois, dou meia-volta, entro na sala e me sento. Nos noventa minutos seguintes, encaro a textura da mesa de madeira para evitar olhar para a frente.

James

O dia na escola é interminável. Se não tivesse que ficar de olho em Lydia, teria ido embora há um bom tempo. A aula avança a passos de tartaruga, e não estou nem aí para o que a professora na minha frente explica. Durante os intervalos, meus colegas me dão suas condolências, um por um, e embora com certeza tenham boas intenções, chega uma hora em que fico farto e digo ao coitado do Roger Cree para calar a boca e me deixar em paz. Aí se espalha a notícia de que é melhor não se aproximar muito de mim.

Mas o ponto mais baixo do dia acontece ainda no primeiro período, quando encontro com Ruby no corredor. Nós dois paramos, um de cada lado, e nos encaramos.

Eu te odeio por isso. Mas eu também te amo, e isso dificulta ainda mais as coisas. Me lembro mais uma vez das palavras dela.

Ela é a primeira a desviar o olhar. Sem dizer uma palavra sequer, passa por mim e desaparece na sala de aula. Não durou mais do que dez segundos, mas para mim pareceu uma eternidade.

Desse momento em diante, só consigo pensar em Ruby e no que ela me falou no Ano-Novo.

Ela me ama.

Puta merda, ela me *ama*.

É como se tivesse uma ferida aberta em meu peito que não cicatriza, simples assim. Quero respeitar a decisão dela, mas vê-la e saber que a perdi me destrói.

Quando as aulas terminam, saio da escola o mais rápido possível. Corro pelo estacionamento com as mãos no bolso, olhando apenas para a frente.

Percy abre a porta do carro para mim, e murmuro um "obrigado" ao entrar.

Lydia já está lá, e sua aparência reflete o que eu sinto.

Caio para trás, fecho os olhos e apoio a cabeça no encosto.

— Foi exaustivo, né? — Ouço Lydia dizer baixinho.

Odeio essa cautela na voz dela. Como se tivesse medo de conversar. Sei que a culpa é minha, mas ao mesmo tempo percebo como é errado minha própria irmã temer falar comigo. Lanço um olhar para o frigobar. Faz muito tempo que não bebo, mas bem agora, depois deste dia horrível, sinto vontade de ficar fora de mim, não importa como.

Sem responder Lydia, me inclino para a frente e abro a porta. Mas antes de alcançar a garrafa de vidro com o líquido marrom, Lydia agarra meu punho.

— Você não vai se embriagar só porque teve um dia de merda — diz, se esforçando para soar calma.

Ela tem razão, sei disso. Apesar de tudo, eu a ignoro e tento me livrar da mão dela, ao mesmo tempo com delicadeza e determinação, embora seja em vão. Ela me agarra com força. Solto seu braço com um empurrão. Lydia avança e deixa a bolsa cair.

— Babaca — resmunga, começando no mesmo instante a juntar suas coisas, que se espalharam pelo chão do carro.

Me abaixo com um suspiro e a ajudo.

— Foi mal. Não era minha intenção.

Enquanto Lydia, inquieta e com os lábios apertados, reúne suas coisas, apanho algumas canetas e as estendo para ela. Lydia as agarra sem olhar para mim. Depois, recolho sua agenda, alguns absorventes e um frasco de plástico branco e redondo que parece de chiclete. A tampa se abriu, e estou fechando novamente quando meu olhar recai sobre o que está escrito.

Vitaminas pré-natais: DHA, *ômega-3, colina e vitamina D. Sabor limão, framboesa e laranja.*

Bem ao lado da inscrição, está a silhueta de uma mulher com as mãos ao redor da barriga arredondada.

Sinto como se Percy tivesse passado por um buraco na rua, mas nem saímos do estacionamento ainda. O sangue esquenta meus ouvidos.

— O que é isso? — pergunto, quase sem voz, e olho para minha irmã, para o frasco e de volta para minha irmã.

A cor desaparece das bochechas de Lydia, que me observa com os olhos arregalados.

— O que é isso, Lydia? — insisto, agora em um tom mais autoritário.

— Eu... — Lydia apenas balança a cabeça.

Leio o rótulo novamente, e então outra vez. Entendo as palavras, mas não o que significam. Volto a olhar para Lydia e abro a boca para repetir a mesma pergunta, até que...

— Não são minhas — diz ela.

Expiro bruscamente.

— Então são de quem?

Ela aperta os lábios até ficarem brancos. Balança a cabeça; o choque em sua expressão é imensurável. Não quero pressioná-la demais, mas ela precisa saber que pode confiar em mim.

— Não importa o que aconteceu, você sabe que pode me contar tudo, Lydia. Estou do seu lado — digo veementemente.

Seus olhos se enchem de lágrimas. Ela cobre o rosto com as mãos e começa a chorar. Sei a verdade sem que Lydia precise confessar. Sinto emergir, do fundo do meu ser, o choque, o medo e o pânico, tudo ao mesmo tempo, mas os contenho e inspiro fundo.

Então, me aproximo de Lydia.

— São suas, né? — murmuro.

Os ombros dela tremem tanto que mal consigo entender seu "sim" murmurado. E então faço o que me parece mais sensato em uma situação como essas: eu a abraço e a seguro firme contra mim.

11

James

Lydia está sentada na cama, brincando com o travesseiro em seu colo. Tento pela enésima vez olhar, o mais discretamente possível, para a barriga dela. Depois de andar de um lado para o outro no quarto por meia hora, tentando acalmar meus batimentos, me sento em uma das poltronas.

Tento escolher as palavras certas, mas os pensamentos se amontoam em minha cabeça e não consigo pronunciar uma frase sequer.

Como isso aconteceu?

Como é que a gente vai cuidar de uma criança?

Como a gente vai evitar que nosso pai descubra?

Dá pra estudar em Oxford tendo um filho?

— Não queria que você descobrisse assim.

Levanto o olhar. É evidente que Lydia está tensa. As bochechas dela estão rosadas, e as costas, retas como uma tábua.

— Eu... não sei o que dizer.

Me sinto tão idiota... E, ao mesmo tempo, percebo o quanto tenho sido egoísta nas últimas semanas. Lamentei meu próprio destino, minha perda, minha consciência pesada, meu coração partido. Tudo isso enquanto minha irmã sabia que estava grávida e achava que não podia contar comigo. É claro que tem coisas que não precisamos dizer um para o outro, mas não algo desse tipo. Não algo tão desproporcionalmente grande e que muda sua vida inteira.

— Você não tem que dizer nada — sussurra Lydia.

Faço que não com a cabeça.

— Eu sinto mui…

— Não — interrompe ela. — Não quero sua pena, James. A sua, não.

Enfio os dedos nos braços da poltrona para não me levantar imediatamente e voltar a perambular pelo quarto. O tecido range sob meus dedos implacáveis.

O abismo que se abriu entre mim e Lydia quando disse todas aquelas coisas imperdoáveis para ela parece intransponível. Estou inseguro, e não sei o que posso ou não perguntar para ela. Isso sem contar o fato de que sou completamente ignorante quando se trata de gravidez.

Fecho os olhos e esfrego o rosto com as mãos. Sinto meus membros pesarem, como se nas últimas horas eu tivesse envelhecido e, em vez de dezoito, tivesse oitenta anos.

Limpo a garganta.

— Como você soube?

Lydia olha para mim, surpresa. Ela hesita por alguns momentos, mas logo começa a explicar:

— Eu não costumo ter… bom… uma menstruação regular, por isso não suspeitei de nada quando atrasou. Mas depois de um tempo, passei a desconfiar porque estava me sentindo estranha. No geral. — Ela encolhe os ombros. — Então, comprei um teste de gravidez. A gente estava em Londres. Fiz no banheiro de um restaurante e quase desmaiei quando deu positivo.

Olho para ela e balanço a cabeça.

— Quando foi isso?

— Em novembro.

Engulo em seco. Há dois meses. Lydia ficou guardando esse segredo por dois meses, possivelmente com muito medo e acreditando que estava sozinha. Se a notícia já me deixou perturbado, como será que ela se sentiu nas últimas semanas? Sem contar todo o resto que aconteceu.

De repente, tudo o que quero é acabar com a distância entre nós.

— Não consigo imaginar como deve ter sido para você.

— Eu nunca... nunca me senti tão sozinha. Nem mesmo depois do que aconteceu com o Gregg. Nunca passou pela minha cabeça que pudesse ser pior com o Graham.

— Ele sabe? — pergunto com cautela.

— Não.

Lydia claramente está se esforçando para não desmoronar, mas percebo como está abatida. Imagino que nos últimos meses concentrou todas as suas energias nisso, em não se desesperar, se esforçando para guardar o segredo e não mostrar os verdadeiros sentimentos para ninguém. Me odeio por deixá-la lidando com isso sozinha. Em vez de apoiá-la, só pensei em mim mesmo.

Isso muda agora. Não faço ideia do que Lydia terá que lidar nos próximos meses, mas vou garantir que ela não fará isso sozinha.

Respiro fundo e me levanto.

Quando me sento junto a ela na cama, deixo tudo de lado: a pena, a dor, a raiva que senti. Seguro a mão dela com gentileza.

— Você não está sozinha — asseguro.

Lydia engole em seco.

— Você só está falando da boca pra fora. E da próxima vez que ficar de saco cheio de mim ou do mundo, vai voltar a dizer coisas horríveis.

As lágrimas escorrem pelo rosto dela, e seu corpo treme enquanto luta para reprimir um soluço. Vê-la assim acaba comigo.

— Estou falando sério, Lydia. Vou ficar do seu lado. — Respiro fundo. — Não sou mais a pessoa que me tornei depois que o nosso pai contou pra gente o que aconteceu. Não quero ser. É que foi... foi demais pra mim. Eu não fui tão forte como devia ter sido e sinto muito por isso.

— Você está apertando minha mão — murmura Lydia.

Por um instante, fico sem jeito. Mas quando sigo o olhar de Lydia, caio na real e solto sua mão no mesmo instante.

— Desculpa por isso também. — Mostro um sorriso arrependido.

— Ah, James. — De repente, Lydia se inclina e apoia a cabeça no meu ombro. Solto um suspiro aliviado. — Você me machucou muito com o que me disse.

Faço um carinho suave na nuca dela.

Costumávamos ficar juntos assim no meu quarto. Quando tínhamos cinco anos, Lydia ia dormir na minha cama em noites de trovoadas; aos dez, quando nosso pai gritava com a gente por não tirarmos notas boas, era a mesma coisa; e mesmo aos quinze, depois de Gregg, em algumas noites ela batia na minha porta e, sem dizer nem uma palavra sequer, também se deitava ao meu lado. Eu sempre acariciava a cabeça dela e garantia que tudo ficaria bem, embora eu mesmo não estivesse convencido disso.

Me pergunto se ela também se lembra desses momentos ou se é uma parte do nosso passado que deixou para trás. Nós, os Beaufort, somos ótimos em reprimir nosso passado.

— O que eu falei era mentira. Você é a pessoa mais importante da minha vida.

Lydia congela e, a cada segundo que passa sem ela dizer nada, mais vulnerável me sinto. Procuro desesperadamente algo para acrescentar e aliviar a tensão, mas não encontro nada. Então, sem pensar duas vezes, decido fazer algumas perguntas que já estavam na minha mente há algum tempo.

— Você foi ao médico? Não sei como funciona tudo isso. Está tudo bem? E pra que essas vitaminas? Isso quer dizer que você está com alguma carência ou algo do tipo?

Percebo que, aos poucos, o corpo de minha irmã vai se tornando menos rígido. Ela respira fundo e volta a cabeça em minha direção, me lançando um olhar de soslaio. No momento em que um leve sorriso começa a se espalhar no rosto dela, sei que conseguimos: cruzamos o abismo e nos reencontramos.

— Me deram a vitamina logo na primeira consulta, acho que dão pra todas as gestantes no começo. E na última, estava tudo certo. — Ela hesita. — Teve só uma surpresinha.

Levanto uma sobrancelha.

— Mais uma?

— São gêmeos.

Fico olhando para ela sem acreditar.

— Você tá de brincadeira.

Ela balança a cabeça e pega o celular. Abre a galeria e me mostra uma imagem com a silhueta iluminada de um corpinho. Então, passa para a próxima imagem. Na verdade, é igual a anterior, mas logo ao lado dá primeira silhueta dá para ver uma segunda.

Algo revira em meu estômago, e de repente me sinto muito estranho. Ao mesmo tempo, solto uma risada incrédula.

— É loucura demais pra ser verdade.

Lydia abre um sorriso.

— Também comecei a rir no começo, porque não conseguia acreditar. Bom, quer dizer... comecei a rir e a chorar ao mesmo tempo. A Ruby deve ter achado que eu estava tendo um colapso.

Ao ouvir o nome de Ruby, me endireito no mesmo instante.

— A Ruby foi com você no médico?

Lydia evita meu olhar, encarando o celular em suas mãos.

— Foi. Já faz tempo que ela sabe.

Coço o queixo com a mão. De repente, sinto minha garganta seca.

— Pedi pra ela não contar pra ninguém. Por favor, não fica bravo com ela.

Não posso fazer nada além de assentir. Então, caio para trás na cama e cruzo os braços em cima do rosto.

Ruby já sabia.

Ruby apoiou minha irmã. Depois de tudo o que eu fiz, ela não abandonou Lydia. Ao contrário de mim.

Não consigo respirar.

— James? — sussurra Lydia.

Meus braços estão trêmulos, mas não consigo tirá-los do rosto. Fico com tanta vergonha… de tudo. Todos os erros que cometi como namorado e como irmão caíram sobre mim como uma pedra de dez mil toneladas, um peso que não consigo suportar.

Minha irmã afasta meus braços e me observa com preocupação. Ela está com uma expressão compreensiva. Então, ela se deita ao meu lado, e ficamos olhando para o lustre pendurado no meio do teto do quarto dela.

— Lydia — murmuro, quebrando o silêncio. — Eu estraguei tudo.

Lydia

Nunca tinha visto meu irmão assim.

Embora soubesse que o lance com Ruby o havia afetado, não fazia ideia de que estava sofrendo tanto.

Agora que tirou a máscara, reconheço a vergonha em seu olhar, mas também a tristeza profunda e a dor que o término com Ruby causou nele. É a primeira vez que me mostra abertamente como está.

Sinto uma vontade intensa de poder fazer algo por eles. É evidente que os dois ainda se amam e que esta situação faz ambos sofrerem.

— Por que você ainda não fez nada pra mostrar para ela como você está mal? — pergunto depois de um tempo, com cautela.

James vira a cabeça para mim.

— Já tentei me desculpar — responde, com a voz abafada. — Ela disse que não dá para me perdoar.

Ficamos em silêncio por um instante.

— Eu entendo o lado dela — admito, e James dá uma leve estremecida. — Mas, ao mesmo tempo… sei lá. Seria bom se vocês dois conseguissem superar isso…

— A Ruby não quer, e eu preciso respeitar a vontade dela. — Ele parece tão conformado ao dizer isso que tenho vontade de sacudi-lo.

— Desde quando você dá o braço a torcer tão fácil assim?

James bufa.

— Que foi?

— Eu não "dei o braço a torcer". Penso nela sem parar e tenho certeza de que, puta merda, eu nunca mais vou amar ninguém na vida. Mas se ela não me ama, então...

Pego um dos cadernos de desenho da mesa de cabeceira e bato em James com ele.

Meu irmão se senta abruptamente.

— Ai! Precisa disso?

Eu faço o mesmo e ignoro os pontinhos pretos que aparecem em minha vista.

— Você tem que fazer com que ela veja isso também, James! Mostra o quanto ela é importante pra você e como está arrependido.

— Você não viu como ela olhou pra mim no Réveillon. Nem sabe o que ela disse... — Ele balança a cabeça. — A Ruby está totalmente decidida a começar esse ano sem mim. Então não posso deixar que ela fique sobrecarregada de novo com os meus sentimentos. Segundo ela, a gente não tem nada em comum e nunca teria dado certo.

— Você não precisa assediar a Ruby, confessando seu amor insistentemente. Mas até que ela saiba o quanto você se arrepende do que fez, não vai conseguir te perdoar.

Vejo as peças começarem a se encaixar na mente dele e acrescento mais algumas:

— Você tem que demonstrar. Não com palavras, mas com gestos. Se ela disse que vocês não têm nada a ver, prove o contrário.

Ele engole com dificuldade e respira fundo. Está lutando consigo mesmo, dá para ver em sua expressão.

Me lembro de quando estávamos voltando de Oxford. Na manhã antes de tudo mudar. Como James parecia feliz. Estava irradiando uma paz interior que eu nunca havia visto nele. Como se fosse a primeira vez que estava em harmonia consigo mesmo, como se aquele peso invisível que sempre carrega tivesse desaparecido. Quero que ele volte a se sentir daquele jeito.

Apesar de tudo, tem uma coisa que ele precisa saber.

— James — digo e espero pacientemente até que ele me olhe. — Se você beijar outra pessoa que não seja a Ruby, eu mesma vou cortar a sua língua fora.

Ele pisca forte, surpreso. Então, balança a cabeça devagar.

— Não sei como não percebi antes que você passa muito tempo com a Ruby.

Por um momento, fico tentada a sorrir, mas me contenho.

— Estou falando sério. Eu queria mesmo que vocês dois resolvessem isso.

James expira, emitindo um som alto.

— Também queria. Mais do que qualquer outra coisa.

— Então luta por ela, porra.

Por um bom tempo, ele fica calado, em silêncio, com um olhar vazio para o teto do quarto. Queria poder ler a mente dele e saber no que estava pensando.

— Vou lutar — diz em voz baixa.

Coloco uma mão no ombro dele e aperto de leve.

— Ótimo.

Um canto da boca dele se levanta de leve. É um gesto tão singelo que qualquer outra pessoa provavelmente não perceberia.

— Mas primeiro eu preciso de um plano.

12

Ruby

— Será que o Beaufort chorou? — É a primeira coisa que ouço na quarta-feira à tarde, quando entro na sala de estudos da biblioteca.

A reunião do comitê de eventos começa em meia hora, e quero aproveitar o tempo pra pegar emprestado um livro que está há meses na minha lista de leituras para Oxford. Mas me arrependo de ter tomado essa decisão quando ouço uma risada alta.

— Bom, se ele quiser, pode chorar a vontade nos meus braços.

Fico na ponta dos pés para espiar através da estante, sobre uma fileira de livros. Vejo duas meninas sentadas em uma das mesas de estudos, com as cabeças próximas por trás de um livro. Obviamente, não estão estudando. Nem se esforçam para falar em voz baixa.

— Pelo visto, ele é super aberto a qualquer uma que quiser oferecer um ombro amigo. — A primeira garota dá um sorrisinho malicioso.

— Agora que ele herdou as ações da empresa, é ainda melhor. — A outra suspira. — Talvez eu tente a sorte.

A raiva me invade. Além de estarmos em uma biblioteca e do nojo que sinto pela maneira desrespeitosa que estão falando de James, fico possessa por não ter um lugar nesta escola em que eu não ouça seu nome.

No caminho para a biblioteca, passei por três grupinhos que estavam falando dele, e o mesmo aconteceu a semana toda.

Sem dúvida, outras fofocas poderiam muito bem cair no gosto dos meus colegas da mesma maneira. Pegaram Alistair no banheiro masculino transando com um garoto... e o cara nem sequer frequenta nossa escola. E Jessalyn está, de fato, namorando o cara que dormiu em cima dela na primeira noite que passaram juntos. Ainda não sei se devo acreditar nesta última, ainda mais quando vejo o sorriso resplandecente que ela tem exibido no rosto desde então. Também andam dizendo que, depois que a mãe morreu, Lydia se jogou nos braços de Cyril e que há mais do que amizade rolando entre eles. Levando em conta o fato de que Lydia anda mais ocupada com outros assuntos, eu duvido muito. No entanto, quando o boato se espalha na aula de biologia, me volto para Cyril e vejo que está com os braços cruzados atrás da cabeça e um sorriso de satisfação estampado no rosto, então em dado momento não sei bem no que acreditar.

Mas é de James que as pessoas mais falam. O tempo todo e em todo lugar.

Você viu as fotos do James Beaufort?

Coitadinho...

Ainda tem alguma coisa rolando entre ele e aquela tal de Ruby?

A todo momento, sinto um nó na garganta e uma pontada no coração. Me pergunto como vou esquecê-lo se o nome dele está na boca de todos e não consigo me livrar disso nem na biblioteca.

Pego um livro da estante e saio em direção à área de estudos.

As meninas se assustam ao perceber que não estão sozinhas. Conforme me aproximo delas, considero dizer alguma coisa, mas não vou gastar energia com isso. Lanço um olhar de desprezo para elas e sigo em direção à sala do comitê.

Assim que chego, entro o mais depressa possível e apoio as costas na porta. Fecho os olhos, deixo a cabeça cair para trás e tento inspirar e expirar tranquilamente por alguns segundos.

— E aí?

Abro os olhos.

James está sentado do outro lado da sala. Na cadeira que sempre ocupava no trimestre passado, quando o diretor Lexington o obrigou a participar do comitê de eventos.

Ele parece diferente. Está com uma olheira profunda, e consigo distinguir uma leve sombra em seu queixo, sinal de que não se barbeou. O cabelo está mais bagunçado do que de costume, provavelmente por estar sem corte.

Me pergunto se ele me vê de uma forma diferente também.

Os segundos se passam, e nenhum de nós se move. Não sei como me comportar diante dele. Durante as aulas e nos corredores, me limitei a ignorá-lo, mas agora somos os únicos nesta sala.

— O que você está fazendo aqui?

Minha voz sai rouca. E, apesar disso, não quero dar a impressão de que ele ainda exerce alguma influência sobre mim. Muito pelo contrário: quero que pense que nem ligo para o fato de estarmos no mesmo ambiente.

— Lendo. — Ergue um livro... não, um mangá. Leio o título com a testa franzida, embora já conheça a imagem da capa.

James está lendo *Death Note*. O terceiro volume.

Uma vez, contei para ele que era minha série favorita.

Encaro-o, desconcertada.

— A reunião do comitê vai começar em breve, então se você puder procurar um lugar melhor pra ler... — Me afasto da porta e vou para o meu lugar como se não estivesse sentindo meu coração pulsar nos ouvidos.

Tiro as coisas da mochila devagar e as coloca em cima da mesa; vou até a lousa e escrevo a data no canto superior direito. Queria ter outra coisa para fazer, mas tanto o notebook quanto as anotações das pautas do dia estão na bolsa de Lin. Portanto, me sento e finjo ler concentrada alguma coisa da minha agenda.

Pelo canto do olho, vejo que James deixou o mangá na mesa diante dele. Seus movimentos são lentos. Quase como se estivesse com medo de me assustar. Sinto seu olhar em mim e no mesmo instante prendo a respiração.

— Quero voltar a participar das reuniões do comitê esse trimestre.

Congelo no lugar. Sem tirar os olhos da minha agenda, pergunto:

— O quê?

— Se você e a Lin concordarem, vou pedir a autorização do Lexington — continua a dizer.

Olho para cima sem acreditar.

— Você não está falando sério.

James olha para mim com muita calma. Agora, sei o que me parece diferente nele. Embora pareça cansado, em seus olhos não há mais aquela falta de esperança que notei no Ano-Novo. Há uma serenidade que me desestabiliza. Se ele está mal, consigo me manter forte. Mas sua calma me deixa nervosa. Será que isso significa que "nos complementamos"? Ou nos desequilibramos?

— Aproveitei muito meu tempo aqui, mesmo tendo relutado no começo. Quero continuar me envolvendo nas tarefas.

Não consigo parar de encará-lo.

— Não é possível.

— Você mesma disse que eu era bom em organização e que sentiria minha falta na equipe. Além disso, os horários de treino mudaram. O lacrosse e as reuniões do comitê só vão ser na mesma hora uma vez por semana. O treinador Freeman não liga.

Pego a mochila do chão e começo a procurar algo dentro dela só para tirar os olhos de James. Não faço ideia do que isso tudo significa.

Não sou idiota. O James não está aqui porque redescobriu seu amor pelos eventos da Maxton Hall. Com certeza é por minha causa. Mas tem razão em uma coisa: quando penso no último trimestre e em como se envolveu na festa de Dia das Bruxas, preciso admitir que a presença dele definitivamente não prejudicou a equipe. Pelo contrário, a festa foi um sucesso graças as ideias e aos esforços de James.

Se eu rejeitá-lo agora, terei que lidar com a minha decisão durante o resto do curso, ainda mais quando precisarmos de alguém para nos dar uma mão ou de uma mente criativa. Como líder da equipe, tenho uma missão clara — e também teria que justificar para Lexington por que não aceitei James.

— Vamos ter que fazer uma votação — digo, por fim.

— Tudo bem.

Engulo em seco. Por mais que James volte a colaborar com o grupo, isso não significa que nossa conversa no Ano-Novo não foi um ultimato. Separar a vida pessoal da vida escolar sempre foi minha especialidade. E por mais que nos últimos meses algumas fronteiras tenham sido ultrapassadas, isso não voltará a acontecer no futuro.

— E eu vou votar contra — digo, olhando fixamente para James.

Ele apoia os braços na mesa e me encara com determinação.

— Eu sei.

Não se passaram nem cinco minutos e todos já votaram para que James, como antigo membro da equipe, volte a integrar o comitê de eventos. Enquanto isso, fico sentada na frente, as bochechas coradas, tentando fazer com que ninguém perceba o quanto me afeta a ideia de que, a partir de agora, terei que ficar na mesma sala que ele três vezes por semana.

Lin distribui as pautas e começa a falar sobre o primeiro tópico sem rodeios.

— Alguém pode resumir para o Beaufort quais preparativos fizemos para o baile beneficente? — pergunta ela ao grupo.

Deslizo o olhar para a equipe. Normalmente, estas reuniões são rotineiras para mim, mas as coisas mudaram. A simples presença de James é o bastante para me desconcentrar e desencadear uma avalanche de memórias que fazem um arrepio correr pelo meu corpo. Me lembro da sensação das mãos dele em minhas pernas, em minha barriga e em meus seios. A maneira como sussurrou meu nome. Sua boca e o roçar dos lábios dele nos meus e em minha pele.

Sinto meu rosto esquentar outra vez e tento conter os pensamentos. Aqui não é lugar para isso. Por anos, dominei a arte de separar a vida privada da escolar. Chegou a hora de voltar a colocar isso em prática.

— O baile beneficente vai ser em fevereiro — responde Jessalyn. — Na reunião de pais, foi decidido que este ano os lucros serão doados para o Centro Comunitário de Pemwick. Querem expandir a oferta de psicanálise, e para isso falta uma quantia significativa.

— Como em todos os anos, a festa precisa ser luxuosa — acrescenta Kieran. — O código de vestimentas é *black-tie*, e temos um alto orçamento à nossa disposição. O Lexington confia na gente para entreter os convidados e incentivar as doações.

Anoto no caderno *festa luxuosa* e *alto orçamento*. É ridículo, porque já sei disso há um bom tempo, mas não passa de uma desculpa para manter os olhos baixos e não os direcionar para James.

— O evento será no Boyd Hall. As bebidas e aperitivos são cortesias de um chefe cinco estrelas, que solicitou os serviços do Centro Comunitário. Isso quer dizer que podemos gastar um pouco mais na decoração e no entretenimento — explica Lin. — Contratamos uma pianista de Londres, que vai animar a noite, e a atração principal será a performance de um grupo de acrobatas que os pais da Camille recomendaram.

— Alguns deles estavam no *Cirque du Soleil* — ressoa a voz satisfeita de Camille.

Estou prestes a escrever *Cirque du Soleil* quando percebo que estou me comportando feito uma idiota. Não posso passar uma hora e meia sentada olhando para o papel só porque James está aqui. Sem hesitar, deixo a caneta de lado e presto atenção em Camille, que continua falando:

— Vão trazer uma atmosfera mística.

Lin bufa ao meu lado.

— Ainda estamos com dificuldade de encontrar patrocinadores que queiram vir ao baile dispostos a fazer doações. Não podemos nos limitar a convidar apenas os pais de estudantes de Maxton Hall. Além do mais, precisamos de palestrantes para falar aos convidados. O melhor seriam pessoas que o Centro Comunitário ajudou no passado. Isso daria autenticidade ao evento.

— Na semana passada, a gente disse que continuaria procurando — digo, finalmente tomando a palavra. — Alguém conseguiu alguma coisa?

— Ninguém respondeu meus e-mails, e, por telefone, me disseram que seria melhor no ano que vem ou meio que pediram pra deixar eles em paz — responde Kieran. — Ninguém quer contar suas histórias trágicas. Muito menos em Maxton Hall.

Os outros concordam com a cabeça.

— Talvez a gente devesse ampliar um pouco mais o nosso raio de atuação — propõe Jessalyn — e entrar em contato com pessoas que não fizeram parte só desse centro comunitário, mas de outros.

— Boa ideia — digo. — Também podemos perguntar nas universidades se alguém das áreas correspondentes estaria disposto a fazer um discurso. — Meu sorriso parece mais otimista do que estou sendo de verdade. — Nós vamos conseguir. E ainda temos algum tempo.

Há um murmúrio de aprovação.

— Agora que você voltou pra equipe, pode cuidar da papelada com o estúdio de decoração e preparar tudo com o zelador Jones — diz Lin para James, de repente. — Ele fica muito feliz quando alguém ajuda a arrumar o Boyd Hall.

Olho para James.

Ele pisca, perplexo, mas logo responde, baixinho:

— Pode deixar.

Preciso me esforçar muito para reprimir o sorriso que quer irromper em meu rosto. Limpar o ambiente e prepará-lo é uma tarefa que ninguém quer realmente fazer. É divertido ver Lin deixando James encarregado disso. E demonstra mais uma vez que ela é uma pessoa encantadora.

O resto da reunião transcorre segundo o planejamento, embora eu fique feliz quando os noventa minutos terminam. Lin e eu dividimos as tarefas enquanto os outros se despedem e saem da sala... Todos, com a exceção de James e Camille, que parecem juntar suas coisas com uma lentidão extrema. Tento não prestar atenção neles, mas não consigo. Ouço cada palavra de condolência que Camille murmura para ele. Meu estômago revira, e eu imediatamente me repreendo. Não quero sentir nenhuma dor nem por causa de James e nem por ele. Na verdade, não quero sentir absolutamente nada por James Beaufort.

— Vou nessa — sussurro para Lin.

Ela assente e se despede de mim com um gesto de mão. Coloco a mochila no ombro e me dirijo em direção à porta, o olhar fixo à frente. Quando estou prestes a alcançar a maçaneta, uma mão se apressa, e a minha para em cima dela. Olho para cima e encontro o rosto de James. Estamos a apenas alguns centímetros de distância. Consigo sentir seu cheiro familiar, de ervas e um pouco de mel, e também o calor que o corpo dele irradia.

— Ruby — sussurra.

Repuxo a mão como se tivesse sido queimada. Então, olho para ele com expectativa, para que possa tirar a mão ou abrir logo a porta. Hesita por um instante, mas, por fim, gira a maçaneta.

Solto um suspiro de alívio.

— Até mais, Lin — digo, agitada, e saio da sala.

Nunca corri tão rápido para o ônibus escolar, e, durante o trajeto, a voz dele ressoa na minha cabeça e por todo o meu corpo.

13
Lydia

— Inacreditável. — James bufa, abatido. Empurra o notebook para longe e se volta para mim, na cadeira de escritório. — Mais duas pessoas cancelaram.

Olho para meu irmão do sofá. Quando me contou sobre o plano de voltar para a comissão de eventos, a princípio fiquei surpresa. Só que, quanto mais penso nisso, mais correta me parece a decisão dele.

Ruby adora trabalhos em equipe. Mostrar a ela que não apenas entende a paixão dela, mas que também a compartilha, é um ótimo primeiro passo. Além disso, no último trimestre, James percebeu que se divertia muito organizando essas festas, embora nunca tivesse admitido.

— Você tem que ser mais persistente. Apela pra consciência das pessoas, não pra carteira delas. Assim elas vão ao baile — digo, tomando alguns goles de chá da xícara que seguro com os dedos gelados.

Acho que nossa governanta sabe que estou grávida; ela trouxe a chaleira sem que eu pedisse e me disse, com um olhar cúmplice, que seria bom para mim.

James assente e, distraído, se aproxima do notebook outra vez. Neste instante, uma notificação baixa anuncia a chegada de outro e-mail. Enquanto James o lê, com os olhos semicerrados, pego um biscoito. Ao quebrá-lo, algumas migalhas caem no sofá, mas James está ocupado demais digitando uma resposta para perceber. E que sorte, porque ele tem vontade de morrer quando encontra migalhas espalhadas.

— Já falou com a Ruby? — pergunto um pouco depois.

O som confirma que a mensagem foi enviada, e James se vira outra vez.

— Não. — Ele esfrega o rosto com as mãos. — Esta semana, ela nem conseguiu olhar na minha cara.

— Você não pode obrigar ela, é claro. Mas em algum momento vocês vão ter que conversar — aviso de maneira gentil. — Quanto mais tempo passar, maior vai ser a distância entre vocês. Ouve o que eu estou dizendo.

Meu irmão me observa por um tempo. É claro que já tirou suas próprias conclusões.

— Então você ainda não falou com o Sutton.

Dou de ombros.

— Por que falaria com ele? Você e eu sabemos que seria melhor mantermos distância.

— Seria, se você ignorar a gravidez. Porque isso muda tudo.

— Ele não quer saber de mim. — Enfio o resto do biscoito na boca e mastigo devagar. — Já me disse mais de uma vez. E eu sou orgulhosa demais pra falar com ele. E também…

— E também…?

Lanço um olhar para James.

— E também que tenho medo de contar. Não quero ver a reação dele. Ainda tenho que assimilar tudo isso sozinha, depois vejo o que eu faço se a resposta dele não for a que eu gostaria.

— Lydia… — O celular de James toca.

Ele não faz nenhum gesto para atender, apenas continua me olhando intensamente.

— Atende! — ordeno, apressada. — Talvez seja um dos patrocinadores.

Ele hesita por um instante. Em seguida, pega o celular e dá uma olhada na tela.

— Owen — diz abertamente depois de atender. — Que surpresa agradável.

Em silêncio, finjo que estou vomitando. Owen Murray é o presidente do conselho de uma empresa de eletrônicos e um amigo íntimo do nosso pai. Nem James nem eu o suportamos, e tenho quase certeza de que o sentimento é mútuo.

— Dependendo das circunstâncias, sim — diz James. De repente, o tom de sua voz se torna firme e frio. — Não, não liguei em nome da Beaufort, e sim do Colégio Maxton Hall. No começo de fevereiro, realizaremos um baile beneficente para o Centro Comunitário de Pemwick e estamos em busca de patrocinadores.

Ouço um leve murmúrio do outro lado da linha.

— Claro, vou te mandar os detalhes. Seria ótimo, Owen, muito obrigado.

James encerra a conversa e digita algo no celular. Então, se vira para mim.

— Até você contar tudo ao Sutton, não vai saber como ele vai reagir.

— Então você me aconselha a falar com ele.

James faz que sim.

— Isso. Até porque eu acho que ele tem o direito de saber.

Fico encarando minha xícara. Através do restante do líquido rosado, tento distinguir algum desenho nas folhas de chá.

Para de ligar. A gente tinha um acordo.

Mesmo que a partir de agora ele decida que vai ficar comigo e com o bebê, o que isso significaria? Que ele se sente culpado e só. O que eu quero é ficar com Graham porque ele quer. Por vontade própria, não porque foi forçado pela minha gravidez.

O celular de James volta a tocar. Ele aponta o dedo para mim, indicando que nossa conversa ainda não acabou, e atende à ligação.

Bebo o resto do chá e coloco a xícara vazia sobre a mesa. Então, pego o celular e abro as mensagens. O número de

Graham continua salvo. Não consigo apagar. Para mim, ter o número e saber que poderia mandar uma mensagem a qualquer momento já basta.

Dou uma olhada em nosso histórico de conversas. Encontro não apenas mensagens e fotos do dia a dia, mas alguns medos e preocupações mais profundos que confidenciamos um ao outro. Qualquer pessoa normal teria apagado as mensagens em vez de guardá-las para revisitar como se folheasse as páginas de um álbum de fotos antigo.

Pelo visto, não sou uma pessoa normal.

Esta é a única coisa que me resta dele. E simplesmente não estou pronta para esquecer Graham de maneira definitiva. Sendo sincera, não sei se algum dia estarei. Sinto tanta saudade dele... Saudade de nossas conversas por telefone, da risada dele vendo comédias de ação duvidosas, dos nossos dedos entrelaçados embaixo da mesa de centro. Saber que não terei isso de novo vai me deixar louca.

— Está ótimo, então. — A voz de James chega aos meus ouvidos. Parece tão entusiasmado que o encaro com as sobrancelhas arqueadas. — Sim, perfeito. Obrigado, Alice. Nos vemos lá.

Ele respira fundo e estica os braços por sobre a cabeça.

— Alice? Alice Campbell? — quero saber.

Ele se volta para mim.

— Ela ainda me deve um favor.

— Prefiro não saber por quê.

Ele sorri com insolência.

— A Ruby adora a Alice.

Não me surpreende. Alice Campbell estudou em Oxford e, ao longo da carreira, criou a própria fundação cultural.

— Você realmente dá tudo de si — comento.

Me arrependo quando vejo que James fica sério.

— Voltando ao assunto — diz, em vez de responder, mexendo a cabeça.

— Não posso contar. Como vou assistir às aulas dele depois disso?

— Pode mudar pra minha aula de história.

— Chamaria atenção.

James dá de ombros.

— As pessoas mudam de sala sem parar, por qualquer motivo. Não acho que teria motivo pra chamar atenção de ninguém. A gente podia dar a entender que você prefere estudar comigo.

— Não sei… — murmuro.

— Independentemente do que você escolher — diz James —, eu te ajudo.

Ele me lança um olhar sério por um tempo, e então se volta de novo para o computador.

Sinto um formigamento de leve no abdômen e coloco a mão em cima para verificar se tem a ver com algum dos bebês. Já consigo perceber alguns movimentos suaves, quase como se eu estivesse com borboletas no estômago.

Agora que James está ciente a respeito da gravidez, me sinto melhor, mas não muda o fato de que estou esperando dois filhos, serei mãe solteira e possivelmente terei que largar os estudos. Isso é… a não ser que eu consiga fazer as provas finais antes de dar à luz.

Me esforço para dar três respirações profundas e calmas. Não posso me perder em pensamentos acerca de um futuro incerto. Tenho que viver um dia após o outro. Ficar preocupada todos os dias não faz bem para ninguém, menos ainda para os bebezinhos, que agora devem ser minha prioridade.

— Porra — diz James de repente.

Ele cruzou os dois braços atrás da cabeça e está encarando a tela com os olhos arregalados.

— Que foi?

James está congelado. Inquieta, me levanto e me aproximo da mesa. Fico atrás da cadeira dele e abraço o encosto de couro. Então, me inclino de leve para a frente.

A primeira coisa que vejo é a palavra *Oxford*.

E depois: *Parabéns, James Beaufort*.

— Você entrou! — exclamo.

Como James não reage, viro a cadeira dele para mim. Vejo no rosto dele que está em estado de choque.

— James, você entrou. Que maravilha!

Eu o seguro pelos ombros e o puxo para um abraço. Ele cambaleia e leva alguns segundos para devolver meu abraço.

— Porra — repete.

Não sei se está feliz ou tendo um treco. Enquanto o aperto contra mim, me pergunto se há um e-mail esperando por mim na minha caixa de entrada. A antiga Lydia sairia correndo feito uma doida até o celular para verificar se foi admitida também. A nova Lydia, porém, não quer saber se acabaram de lhe oferecer um futuro que ela simplesmente não poderá percorrer.

Abraço James com um pouco mais de força e fico feliz por ao menos um de nós conseguir alcançar o objetivo que tanto buscamos.

James

— Nem preciso dizer que passamos por um momento difícil. Mas a partir de agora podemos olhar para a frente. É o que Cordelia gostaria que fizéssemos.

Reprimo o impulso de revirar os olhos ou resmungar. Meu pai não faz ideia do que minha mãe gostaria de verdade. Com certeza, não seria esse teatro que ele está armando agora.

É seu primeiro discurso oficial como diretor executivo perante o conselho administrativo da Beaufort e os gerentes, e todos já estão rendidos a seus pés. No total, doze homens e mulheres se recebem as palavras dele com rostos esperançosos enquanto eu, sentado de um lado da longa mesa de reuniões, penso em como poderia dar uma olhada no celular da maneira mais discreta possível.

— Se todos nos unirmos, podemos tirar a Beaufort do vazio emocional em que está no momento e continuar levando a empresa adiante. Nesta nova etapa, enfrentaremos algumas mudanças, e precisarei contar com o apoio de todos durante o processo. Sendo assim, gostaria de expressar minha gratidão. Vocês são nossa principal força. Então nos próximos dias, devo recorrer à experiência de todos com mais regularidade do que antes.

Deslizo a mão no bolso e pego o celular. Nas últimas horas, meus amigos me enviaram um monte de mensagens para me convencer a sair com eles esta noite. Hoje é meu primeiro dia assumindo o papel de membro do conselho de administração da Beaufort, e, neste mundo, isso é algo que deve ser comemorado.

Mas não estou com muito saco para festas. Sei que, no futuro, terei cada vez menos oportunidades de me reunir com meus amigos e que deveria aproveitar o tempo que nos resta. Já estão bravos comigo porque só vou aos treinos duas vezes por semana agora.

Apesar de tudo, há apenas uma pessoa que quero ver hoje.

E essa pessoa vem me ignorando há semanas porque eu a afastei de mim.

Embora veja Ruby com frequência na escola, sinto saudade dela.

Quero que volte a olhar para mim sem que isso a aflija.

Quero falar com ela em qualquer momento e sobre qualquer assunto.

Quero saber se entrou em Oxford.

— Apesar do falecimento da minha esposa, nada mudará na cultura empresarial da Beaufort — continua meu pai, imperturbável. — É a base do nosso sucesso. Quando nos conhecemos, Cordelia me explicou o que significava trabalhar nesta empresa, e pretendo honrar sua memória.

Em seguida, há uma explosão de aplausos. Bato algumas palmas e leio discretamente a mensagem que Cyril acabou de me escrever.

> Estamos na casa do Wren, você pode fazer o favor de vir logo?

Ele envia uma foto de todos com o dedo do meio levantado.

Acho que não tenho escolha. Depois da reunião, terei que encontrá-los. Nas últimas semanas, não tenho estado muito presente, e não faria mal nenhum me distrair — da reunião, mas sobretudo a respeito de Ruby. O que quer que eu faça, ela sempre está na minha mente. É a única pessoa que entenderia como é terrível ficar sentado aqui ouvindo como meu pai vai administrar o trabalho da vida da minha mãe. Naquela noite em Oxford, contei tudo para ela. Foi a primeira vez que expressei em voz alta os pensamentos que sempre me proibi de ter.

Ruby me entendeu. Não apelou para meu senso de dever ou para o significado do meu sobrenome. Me ouviu com atenção e me deu coragem. Coragem para construir um futuro que seja meu.

Quanto mais tempo passo sentado aqui, mais forte se torna meu desejo de ver Ruby. E quanto mais digo para mim mesmo que as coisas não estão indo bem, mais forte a saudade cresce dentro de mim.

Tenho que vê-la.

Preciso vê-la.

— Este projeto não parte apenas de mim, mas também do meu filho, James, que a partir de agora inicia os preparativos para assumir seu futuro cargo na *Beaufort*, e que, além disso, acabou de ser admitido em Oxford.

Quando ouço meu nome e os aplausos que se seguem, ergo o olhar. Algumas das pessoas assentem, me lançando um olhar amigável, e outros, por sua vez, notam facilmente que estou com o celular debaixo da mesa e contraem a boca em desaprovação. Respondo aos olhares com indiferença, sem esconder o celular.

— Quer dizer algumas palavras também, James? — pergunta meu pai.

Olho para ele, tentando esconder minha surpresa. Antes da reunião, ele não havia mencionado nada sobre eu ter que fazer um discurso. Seus olhos gélidos são insistentes. Se eu não falar agora, meu pai tornará minha vida insuportável.

Que desgraçado. Sabia perfeitamente que eu não teria vindo se tivesse avisado que me exibiria como se fosse um cavalo de corrida. Então, preferiu me colocar contra a parede.

Me levanto devagar e, enquanto isso, enfio o celular no bolso. Encaro meu copo d'água intocado por um momento e me arrependo de não ter bebido nem um gole. Sinto a garganta secar ao olhar para o grupo reunido. Conheço algumas dessas pessoas desde pequeno; outras, vi pela primeira vez no funeral da minha mãe.

Pigarreio. É como se meu espírito se separasse do meu corpo quando saem da minha boca palavras que não significam nada para mim.

— Minha mãe ficaria orgulhosa se estivesse aqui hoje para ver quanto entusiasmo, comprometimento e energia vocês investem na nossa empresa.

Não faço ideia se minha mãe acharia isso mesmo. Eu nem a conhecia de verdade.

Meu peito se aperta. Considero por um instante a ideia de sair correndo daqui sem dizer mais nada, mas não posso. A única coisa que me resta é aguentar a próxima hora. Não importa como.

— Fico feliz em fazer parte do futuro do que minha mãe criou e amou durante a vida toda. Nunca serei capaz de me equiparar a ela, mas pelo menos tentarei seguir seu exemplo da melhor forma possível.

Meu olhar se encontra com o do meu pai. Me pergunto se ele consegue ver em meus olhos que estou mentindo e se percebe que é apenas atuação. Porque não é nada mais do que isso. Um espetáculo em que tudo é estudado e não há nada de autêntico.

Em meu peito não parece haver espaço o bastante para o oxigênio; de repente, ele se comprime e sinto dificuldade para respirar. Volto a pensar em Ruby. Ruby, que me disse que podia fazer o que queria. Ruby, que plantou em mim a crença de que eu poderia escolher uma vida cheia de possibilidades.

— Posso afirmar com total convicção de que, ao lado de vocês, o futuro certamente será de sucesso.

Faço um aceno aos presentes antes de voltar a me sentar. Alguns rostos críticos se suavizam aos poucos durante o discurso, e agora os aplausos soam outra vez.

Dirijo o olhar ao meu pai, e um calafrio percorre meu corpo. Ele acena com a cabeça para mim, claramente satisfeito com minhas palavras. Nunca me senti tanto um fantoche quanto hoje.

14

Ruby

Leio o e-mail uma vez.

E outra.

Depois, uma terceira.

Releio várias vezes até as letras embaçarem e eu ter que piscar.

— Mãe — chamo.

Minha mãe emite um som questionador. Está sentada ao meu lado na mesa da cozinha, folheando uma revista de decoração.

— Mãe — repito, agora com mais insistência, e aproximo o notebook dela com a página do e-mail aberta.

Ela ergue o olhar.

— Que foi?

Prendo a respiração enquanto aponto para o notebook, animada. O olhar da minha mãe segue a direção que indico com o dedo. Seus olhos vasculham a tela. Ela para, se volta para mim e em seguida para a tela. Um segundo depois, cobre a boca com a mão.

— Não — diz com a voz embargada.

Assinto.

— Acho que sim.

— Não!

— Sim!

Minha mãe se levanta em um salto e joga os braços ao redor do meu pescoço.

— Estou tão orgulhosa de você!

Coloco meus braços em volta da minha mãe e fecho os olhos. Faço o que sempre faço desde criança: me concentro para guardar este momento na memória para sempre. Me afundo no cheiro da minha mãe, no aroma do forno, na essência dos bolinhos recém-feitos e na alegria imensa que me percorre quando percebo que meu maior sonho está ao alcance de minhas mãos.

— Estou tão feliz… — murmuro em seu ombro.

Minha mãe acaricia minhas costas.

— Você merece, Ruby.

— Tenho que procurar por bolsas de estudos — digo sem soltá-la.

Seu abraço ainda é mais firme.

— Você pode pensar nisso mais tarde. Agora, não. Agora…

A campainha a interrompe.

— Você abre? — pergunta enquanto se afasta de mim. — A Ember deve ter esquecido a chave. Assim, você mesma pode dar essa notícia maravilhosa para ela.

Assinto e viro o corredor tão rápido que o tapete escorrega no chão de madeira e bato o ombro no armário. Mas nada me impede de abrir a porta com o rosto resplandecente…

Só para congelar na mesma hora.

James está em frente à minha porta. Está penteando o cabelo com a mão e para no meio do gesto. As bochechas estão levemente coradas, e a respiração dele forma nuvens no ar gelado do inverno. Está com um terno xadrez cinza e gravata preta. Pelo visto, acabou de sair de uma reunião importante ou está a caminho dela.

Quero fechar a porta na cara dele.

Ao mesmo tempo, quero me jogar em seus braços.

Talvez não tenha problema eu simplesmente não fazer nada. Só fico olhando para ele enquanto sinto meu coração disparar.

— Eu… — começa a dizer, mas a voz falha.

Me lembro do dia em que veio com o pretexto de me trazer um vestido para a festa de Dia das Bruxas. Naquele dia, ele também travou uma luta semelhante consigo mesmo diante de mim: os sentimentos queriam sair de seu peito, mas, de alguma forma, ele não deixava.

— Não aguento mais, Ruby — solta, incapaz de se conter, balançando a cabeça e erguendo o olhar para mim. — Não aguento mais.

É um tom falho e cansado. Triste e despedaçado. Como se tivesse acontecido algo que não pudesse mais ser consertado.

É óbvio que ele não deveria estar sozinho, mas ao mesmo tempo fico irritada por estar aqui. Sou a última pessoa a quem deveria recorrer quando tiver problemas. Por que vem me destruir bem nesta hora? Acabaram de me aceitar em Oxford, cacete. Eu deveria estar dançando pela casa em vez de me deixar abater pelo sofrimento dele. Nossa relação acabou; *ele* fez com que acabasse. E a gente não deveria voltar atrás e tentar insistir desesperadamente em algo que não existe mais.

— Não aguenta mais o quê?

— Estou vindo de uma reunião na Beaufort. A Lydia está grávida. Eu fui aceito em Oxford. Eu... estou ficando louco.

O peito de James sobe e desce depressa, como se tivesse corrido uma maratona. E é capaz de estar se sentindo assim mesmo. Sei que está sob uma pressão terrível imposta pelo pai e, neste instante, parece que vai cair de joelhos a qualquer momento.

Respiro bem fundo.

— Entendo que deve estar sendo muito difícil para você. Mas... eu não sou a pessoa pra quem você devia pedir ajuda — digo o mais gentilmente possível.

Ele sobe os degraus da escada frontal rapidamente, até ficar próximo de mim. Seus olhos estão sombrios, e o olhar é desesperado. Nunca o havia visto assim.

— Não aguento mais ficar longe de você. Você é a única pessoa que me entende de verdade. Eu preciso de você.

E quero lutar por nós, porque você me tem. Serei sempre seu, Ruby.

Me agarro no batente da porta com força, olhando para ele completamente desconcertada. Meu corpo é invadido, ao mesmo tempo, por esperança, dor e raiva, uma mescla caótica que acelera meus batimentos e bagunça todos os meus pensamentos.

Não acredito que ele acabou de dizer isso.

Não acredito que está tentando arruinar minha vida outra vez.

De repente, fico irada. Como ele ousa voltar a participar do comitê de eventos? Como ousa me destruir em um momento destes?

— Não — respondo, fazendo um grande esforço e negando com a cabeça ao mesmo tempo. — Não.

— Ruby, por favor, eu...

— Você sabe do que *eu* preciso, James? — interrompo-o. — Preciso de paz. Preciso de tempo pra mim, pra esquecer você. Quero que você seja feliz e que entenda que não deve deixar seu pai determinar o que você tem que fazer da vida. Mas eu não posso te ajudar com isso.

Ele balança a cabeça.

— Fico melhor com você ao meu lado. Com você, eu sou feliz... é simples.

— Minha vida não consiste em te fazer feliz, porra! — grito.

James cambaleia e dá um passo para trás. Ele escorrega do degrau mais alto e parece que vai perder o equilíbrio, mas recupera no último segundo. Me encara, os olhos refletindo um choque tão indescritível que perco o fôlego.

— James — digo, com a voz embargada.

Ele balança a cabeça.

— Não, você tem razão. Eu... não deveria ter vindo aqui.

Sem dizer outra palavra sequer, dá meia-volta e desce a escada. Atravessa o jardim a passos rápidos até chegar à portinha de madeira. Ele a abre, passa por ela e se volta para mim outra vez. Seus olhos estão vítreos, como se estivessem inundados de lágrimas; se isso se deve às minhas palavras ou ao vento cortante, não sei. Antes que eu possa dizer qualquer coisa, ele se vira e sai.

James

As luzes coloridas da boate dançam no rosto de meus amigos enquanto a música reverbera em meus ouvidos e sacode todo meu corpo.

Estou sentado em um sofá confortável no salão, observando Alistair, Kesh e Cyril dançando com um grupo de garotas não muito longe de mim. Wren está do meu lado. Acho que os meninos viram minha cara e decidiram que esta noite não poderiam me deixar sozinho. Como se eu fosse a porra de uma criança.

— Tudo bem, cara?! — grita Wren de repente em meu ouvido.

Levanto uma sobrancelha. Normalmente, Wren é a última pessoa a querer falar de sentimentos. Não só isso. Nós dois passamos anos aperfeiçoando a técnica de esconder nossos problemas. É um dos motivos que nos faz tão bons amigos.

— Não me olha desse jeito. Só estou preocupado com você.

Entendo apenas algumas palavras, mas seu olhar diz tudo. Mais cedo, quando entrei na boate, todos perceberam que alguma coisa havia acontecido. Sem dizer nada, Cyril me trouxe um copo de gim-tônica, e mesmo agora, uma hora depois, ainda não tomei um gole. A vontade de virar tudo de uma vez só é forte. Pelo menos assim, as palavras de Ruby poderiam parar de se repetir na minha mente sem cessar.

Minha vida não consiste em te fazer feliz, porra!

Entendo a raiva dela, tem todo o direito de gritar comigo. Fui até sua casa em uma espécie de ato impensado, e nem consigo explicar o motivo para mim mesmo.

Odeio esta situação. Odeio não ter ido para a casa dela naquela quarta-feira, e sim para a de Cyril, e não passo um único dia sem desejar ter uma máquina do tempo e reverter tudo o que aconteceu. Posso conversar com Ruby, mas meus amigos e eu sempre seguimos um lema: esqueça o mais rápido que puder, custe o que custar.

Desvio o olhar de Wren para meu copo. O barulho da música não é o bastante para silenciar meus pensamentos, e por alguns momentos luto contra mim mesmo. Encaro os demais. Cyril e Alistair estão dançando com duas meninas, enquanto Kesh está apoiado na parede, próximo a eles, dando goles em uma bebida. Penso em me levantar e ir até eles, mas é como se blocos de chumbo estivessem pendurados em meu corpo. Tenho que usar quase todas as minhas forças para me inclinar para a frente e deixar o copo intocado na mesinha de madeira à minha frente.

— A porra da minha vida está indo por água abaixo — respondo, por fim. Não sei se Wren me entendeu. Além do barulho da música, ele já bebeu um pouco. Mas seus olhos castanho-escuros repousam em mim atentamente quando continuo a falar. — Não consigo fazer nada pra evitar.

Aparentemente, ele ouviu, porque chega um pouco mais perto, agarra meu ombro e dá um apertão.

— Cara, faz o que você sempre fez.

— Que seria…?

Os cantos da boca de Wren se erguem em um sorriso irônico.

— Seguir em frente. Se eu aprendi alguma coisa com você nos últimos anos, foi isso.

Engulo em seco.

— Sempre que eu estou prestes a jogar a toalha, penso nisso. Isso tem me ajudado muito nos últimos dias — continua a dizer.

Meu olhar se volta para o copo de gim-tônica. Me pergunto o que, no meu caso, significaria seguir em frente. Deixar Ruby para trás e agir como se nada tivesse acontecido? Ou lutar por ela?

— Sei que está passando por um momento difícil, mas agora você deveria me perguntar o que aconteceu comigo nos últimos dias.

As palavras de Wren me fazem erguer os olhos.

— Hã? — pergunto, confuso.

Ele olha para mim, o cenho franzido. Então, bufa e esfrega a nuca.

— Nada. Deixa pra lá. — Ele se levanta e, com o queixo, aponta para a pista de dança, onde nossos amigos são banhados por luzes azul e lilás. Eles se movem relaxados, como se não tivessem nenhuma preocupação neste mundo.

Desde que me entendo por gente, essa é a nossa especialidade. Fingir que nada nem ninguém pode nos afetar. Como se a vida fosse um jogo em que nada durasse muito ou tivesse um significado. Nas últimas semanas, aprendi que tínhamos nos entregado a uma ilusão. Todo mundo é vulnerável e tem algo a perder.

Balanço a cabeça de um lado para o outro, mas Wren não aceita um não. Agarra minha mão e me tira do sofá, me levando para a pista de dança. Os meninos gritam de alegria ao nos ver e abrem o círculo para que possamos nos unir a eles. Por um tempo, tento me mover no ritmo da música, mas não consigo.

Estou prestes a me desculpar e dizer que estou indo embora quando alguém surge por trás de mim e coloca o braço em volta da minha barriga. Franzindo o cenho, dou meia-volta e vejo o rosto de... Elaine Ellington.

— James! — exclama por cima da música, sorrindo para mim.

Seu cabelo cor de mel está solto ao redor do rosto, que por sua vez está avermelhado de tanto dançar. Me livro do braço dela o mais rápido possível e saio da pista para voltar para o canto do salão. Quando chego lá, me sinto estranho, ansioso. Peço uma água e me deixo cair no sofá.

Ver Elaine foi como um chute em meu estômago. A lembrança da tarde na piscina de Cyril, que me acompanha 24 horas por dia, de repente fica tão vívida que sou invadido por um sentimento de desgosto.

Mas não contei com a reação de Elaine. Algum tempo depois, ela se aproxima de mim e se senta ao meu lado com as pernas cruzadas.

— Posso saber que tipo de cumprimento foi aquele? — pergunta, passando a mão pelo cabelo.

Os olhos dela brilham de diversão. Está tão próxima que quase estamos nos tocando. Ela desliza um pouco mais para perto de mim. Meu corpo inteiro fica imóvel quando o cheiro do perfume dela penetra meu nariz.

— Só queria dizer que sinto muito mesmo pelo que aconteceu com a sua mãe. Se algum dia quiser conversar ou algo do tipo, pode me chamar, viu? — Ela coloca a mão sobre a minha perna e a sobe devagar pelo tecido da minha calça.

— Chega, Elaine — digo, a voz firme, e afasto a mão dela. Ao mesmo tempo, chego mais para o lado e a encaro, sério.

— Fiz algo de errado? — pergunta, surpresa.

Faço que não com a cabeça.

— Não. Eu que faço tudo errado — respondo.

Elaine ergue uma sobrancelha.

— O que foi?

Dou de ombros e não digo nada.

Ela fica me olhando por alguns segundos e depois balança a cabeça.

— Você já foi melhor do que isso.

— Desculpa — digo. — Mas não posso mais fazer isso.

Elaine se afasta um pouco de mim.

— Que pena — diz, se levantando. — Sempre me diverti muito com você.

Ela permanece imóvel por um instante, como se esperasse que eu a impedisse de partir. Como não faço gesto algum, me limitando a olhar para a frente, ela volta para a pista de dança sem dizer mais nada.

Me recosto no sofá e encaro o teto da boate. Pela primeira vez, percebo que nele há luzinhas que imitam estrelas. Automaticamente, enfio a mão no bolso da calça para pegar minha carteira. Abro-a, distraído, e pego a folha que está escondida atrás do meu documento.

Nas últimas semanas, evitei ler a lista por medo de me sentir pior. Ergo o papel, de modo que as luzes no teto quase apareçam no meu campo de vista. Leio cada tópico que Ruby e eu escrevemos juntos. Engulo com dificuldade e percebo como minha garganta fica seca de repente.

Ninguém nunca se interessou tanto por mim quanto Ruby. Nunca tive alguém em quem pensar assim que acordava e cujo rosto eu me lembrasse antes de dormir. Nunca alguém quis que meus sonhos se realizassem.

Tudo o que aconteceu me transformou. Não sou mais a mesma pessoa de antes. Mas se tem uma coisa pela qual quero lutar, é por Ruby.

Com isso em mente, dobro a lista outra vez e a seguro firme na mão enquanto caminho para a saída da boate.

15
Ruby

— **À Ruby!** — grita meu pai.

— E à Lin! — acrescento em seguida, sorrindo para minha amiga.

— E à Lin! — repetem minha mãe, meu pai e Ember em coro.

Meu pai teve a ideia de dar uma festinha aqui em casa para comemorar a minha entrada e a de Lin em Oxford. Quando minha mãe e eu contamos para ele, no começo ele não acreditou e pediu para que mostrássemos o e-mail. Enquanto lia, murmurou "não" várias vezes; depois, me abraçou tão forte que quatro horas mais tarde minhas costas ainda estavam doendo.

— Não acredito que aceitaram a gente — sussurro para Lin por cima da borda da minha taça de champanhe.

— Nem eu.

A ideia de poder passar os próximos três anos com a minha amiga me dá um friozinho na barriga muito bom. Estou tão feliz que parece até sonho.

— Agora, temos que nos esforçar ainda mais, Lin — digo.

— Vocês não podem nem passar uma tarde aproveitando? — pergunta Ember.

Minha mãe e meu pai riem enquanto Lin e eu trocamos um sorrisinho triste.

— Você tem razão — admito. — Mas muita coisa ainda pode dar errado!

Lin coloca a taça de champanhe na mesa e pega um nacho, o único petisco que conseguimos de última hora.

— Ainda precisamos passar nas matérias com notas altas, só assim a admissão é garantida.

— E tenho que conseguir uma bolsa — acrescento em voz baixa, tentando suprimir o pânico que invade meu peito só de pensar.

A orientadora de estudos de Maxton Hall me garantiu mais de uma vez que as chances de eu conseguir uma bolsa são altas e que ela, no meu lugar, não se preocuparia. Mas falar é fácil.

As bochechas de Lin ficam pálidas, e ela coloca o nacho mordido ao lado da taça.

— E o que vai acontecer se eu tirar uma nota ruim em alguma matéria? Acho que minha avó retiraria a oferta de me ajudar na faculdade.

— Meninas, será que vocês podem fazer o favor de comemorar a notícia em vez de ficarem se preocupando com essas coisas?! — Minha mãe está sentada no sofá florido, nos observando e balançando a cabeça.

Lin e eu trocamos um olhar angustiado antes de pegarmos a taça ao mesmo tempo e tomarmos um longo gole.

— Se vocês fossem mais tranquilas, talvez não tivessem sido admitidas, né? — aponta Ember, sorrindo.

Ela não se surpreendeu que fui aceita e ficou muito feliz por mim, mas sei o quanto lamenta o fato de que vou sair de casa. Quer dizer, embora Oxford não seja longe, é diferente ficarmos separadas por meio corredor e por uma viagem de trem de duas horas. Minha irmã odeia mudanças, e tenho certeza de que, se dependesse dela, ficaríamos todos juntos e moraríamos nesta casa para sempre, até o fim dos nossos dias.

Apesar do ânimo dela me deixar um pouco triste e nostálgica ao longo do dia, a felicidade por ter sido admitida supera em muito esses sentimentos. E desde que James veio aqui, decidi que nada nem ninguém vai tirar essa alegria de mim novamente.

Depois que a garrafa de champanhe acaba, Lin e eu deixamos meus pais assistindo televisão e subimos para meu quarto.

— Ai, merda — murmura Lin quando fecho a porta.

Ela olha para o celular e, sem erguer os olhos, se senta na cadeira da minha escrivaninha.

— Que foi? — quero saber.

— Nada.

A resposta vem tão rápido que fico desconfiada.

— O que aconteceu?

Ela dá de ombros.

— Aparentemente, também admitiram o Cyril.

Hesito por um momento, e então confesso em um sussurro:

— O James também.

— Sério? Então metade da gangue de James já está em Oxford. O Alistair e o Wren também postaram no Instagram. — Lin continua mexendo no celular.

Lanço um olhar para a tela e vejo a foto de um cara seminu que tenho quase certeza que é Cyril.

Ok, não aguento mais nem um segundo. Há meses suspeito que tem algo rolando entre Lin e Cyril sem que ninguém saiba. A maneira como se comportam um com o outro é muito cheia de nuances. Por muito tempo, achei que se odiavam, mas a esta altura estou certa de que há faíscas entre eles quando se confrontam verbalmente.

— O que você está fazendo? — pergunto cuidadosamente enquanto me sento de pernas cruzadas na cama.

Ela ergue o rosto, pega em flagrante

— Nada.

— Você já disse "nada" tão rápido duas vezes que eu não acredito mais em você.

Lin morde o lábio inferior e volta a olhar para o celular. As bochechas estão vermelhas como um tomate.

— Vem cá — digo, dando batidinhas no espaço ao meu lado.

Ela olha com ceticismo para o local onde minha mão repousa, mas então se levanta devagar e caminha em silêncio até mim. Quando se apoia com as costas na cabeceira da cama, dobra as pernas e envolve os braços ao redor delas, me viro para minha amiga e a observo com expectativa. Lin coloca mechas do cabelo preto atrás da orelha. É como se não soubesse por onde começar.

— Sei que você não gosta de falar dessas coisas — digo com gentileza —, mas pode sempre me contar qualquer coisa que esteja te preocupando.

Lin engole em seco.

— Não tem muito o que contar.

Parece até que está tímida, um atributo que não reconheço nela. Lin é uma pessoa muito forte e segura de si, alguém que sempre se responsabiliza pelos próprios atos e opiniões sem se preocupar com o que os outros pensam. Vê-la assim agora, de repente, me deixa inquieta.

— Eu gosto muito do Cyril... desde os treze anos.

Meus olhos se arregalam.

— Jura?

Ela assente devagar.

— Quando cheguei em Maxton Hall, nós pegamos umas matérias juntos. Ele... nem sempre foi assim. Antes, era carinhoso e atencioso. Me fazia rir de verdade. Não sei explicar exatamente o que me fascinava tanto, mas gostei dele desde o começo.

Por um breve momento, ela fica em silêncio, olhando para os joelhos. Queria animá-la de alguma forma, mas me contenho. É a primeira vez que me conta algo sobre sua vida sentimental, e tenho que dar tempo o bastante para ela, sem interromper.

— Só que, desde que conheço o Cyril, ele é apaixonado por Lydia, então de qualquer forma nossa relação nunca daria certo. Apesar disso, fiquei arrasada quando eles tiveram um lance. Nunca foi algo oficial e público, mas você sabe como essas notícias correm pela escola. Depois que ela deu um pé na bunda dele, eu o consolei. Uma coisa levou à outra e... — Dá de ombros, impotente, e abraça os joelhos com ainda mais força.

Parece tão triste que me pergunto como nunca percebi.

— Foi só uma vez ou tiveram mais? — pergunto, tímida.

Lin balança a cabeça e solta uma gargalhada.

— Já faz dois anos que a gente dorme junto semana sim, semana não.

Abro a boca. Fecho outra vez. Não consigo acreditar que ela guardou isso para si e nunca me disse nada.

— Eu... *Alguém* sabe disso?

Lin volta a negar com a cabeça.

— Não. Tenho certeza de que para o Cy só existe a Lydia. E não ligo, mas por isso não quero que ninguém mais saiba. Queria pelo menos preservar um pouco da minha dignidade, então tentamos não ser vistos juntos nem nada do tipo. — Ela hesita por um momento. — Até porque o assunto já se encerrou.

— Como assim?

— Depois que a Cordelia Beaufort morreu, ele não me ligou mais. É capaz de estar ocupado consolando a Lydia. — Ela faz um gesto de resignação. — Não responde minhas mensagens e vive grudado nela na escola.

— Eu... — Paro e balanço a cabeça. — Você não achou esquisito passar o Ano-Novo com a Lydia?

Lin sorri de leve.

— Eu gosto da Lydia. E ela não pode fazer nada sobre o fato de eu gostar do cara que está perdidamente apaixonado por ela.

— Nem sei o que dizer.

— Não precisa, Ruby, de verdade. Só queria que ele fosse sincero comigo. Acho que não mereço esse gelo. Ele podia ter me contado que a Lydia deu outra chance pra ele ou sei lá o que está rolando.

— Acho que não é isso.

Ela dá de ombros de novo.

— Pra mim, tanto faz. Também não é como se eu estivesse morrendo de amores por ele.

Embora o tom de voz soe despreocupado, dá para ver pela tristeza no olhar dela que está mentindo.

— O Cyril é uma anta se não liga pra você e não esclarece em que ponto está a relação de vocês — digo, indignada.

— Sei que essa é a impressão que passa, mas nós dois sabíamos no que a gente estava se enfiando. Ele nunca me prometeu nada, e eu também não. E, falando sério, ele consegue ser incrível, natural e divertido. E carinhoso... — Lin fica vermelha e enterra o rosto nas mãos.

— Claramente, isso é mais do que só atração física, Lin.

— Eu sei! — exclama enquanto me olha através dos dedos entreabertos. — Também acabei de perceber que não o vejo fora da escola há séculos. Estou com *saudade*.

Ao dizer essas últimas palavras, ela parece tão enjoada que não consigo deixar de sorrir.

— Você já falou isso pra ele alguma vez? Tipo assim, de verdade — pergunto gentilmente.

Ela nega com a cabeça e fica corada.

— O Cyril e eu não conversamos muito quando nos vemos.

Meu Deus.

— Somos amigas há muito tempo e eu não sabia de nada. Me sinto uma péssima amiga.

— Você é uma ótima amiga. Mas eu não queria contar nada pra ninguém, porque... sei lá, não faço ideia. De certa forma, o fato de ser algo secreto dava uma graça. Mas agora que, pelo visto, tudo terminou, me sinto péssima. — Lin solta um suspiro pesado. — No fundo, nós duas somos iguais, Ruby. Não queríamos começar nada sério antes de ir pra Oxford.

Outra das muitas coisas que nos unem.

— E agora o James e o Cyril também entraram em Oxford — murmuro.

— Pois é.

Ficamos em silêncio por alguns minutos, absortas em nossos próprios pensamentos. Quando me mudei para Maxton Hall, perdi todos os amigos que fiz na minha antiga escola. Fiz questão de ter apenas amizades superficiais e não me envolver em mais nada. Não queria gastar energia em algo que seria tirado de mim mais tarde.

Mas isso mudou quando conheci Lin. Embora ainda tema que essa amizade também seja passageira, estou pronta para correr o risco. Algo que esta conversa reafirmou mais uma vez.

Seguro a mão de Lin e a aperto de leve.

— Pode falar comigo sobre qualquer coisa. Espero que você saiba disso.

Nunca tinha dito isso para ela antes e, para mim, foi surpreendentemente difícil colocar em palavras. Não porque soem erradas, mas por significam muito para mim.

— Obrigada. Digo o mesmo pra você — responde ela com a voz rouca e muito emocionada. Minha amiga gira a mão para que nossos dedos se entrelacem. — E eu estou falando sério, hein? Pode falar sobre o James comigo quando quiser. Ou sobre qualquer coisa.

Mordo o interior da bochecha e penso no que aconteceu hoje mais cedo: James na minha porta dizendo o que disse.

Serei sempre seu, Ruby.

Essas palavras fazem o chão sob meus pés tremerem. Parecia tão determinado… como se não houvesse nada mais importante na vida dele do que me ter de volta.

— O James veio aqui hoje à tarde — confesso algum tempo depois.

Lin aperta minha mão com mais força e me olha curiosa.

— O que ele queria?

Dou de ombros.

— Disse que precisava de mim. Que eu sou a única pessoa que o entende. E que poderia ser feliz se estivesse comigo.

Lin respira fundo.

— E...?

Dou de ombros novamente.

O que disse para ele era sério: não cabe a mim me preocupar com a felicidade de James. Mas me arrependo de ter gritado com ele. Era notável que ele não estava bem, e é possível que eu realmente seja a única pessoa que entenda o motivo. Em Oxford, ele me disse que nunca tinha falado com ninguém sobre seus medos em relação ao futuro, e posso imaginar o impacto de ter sido aceito em Oxford e da reunião na Beaufort. Por outro lado... não estamos mais juntos. Ele não pode jogar isso nas minhas costas. Não posso ser a única pessoa que dá sentido para a vida dele. Esse não deveria ser o objetivo do nosso relacionamento.

— Eu quero dar apoio a ele, mas, ao mesmo tempo, não sei se posso — sussurro.

— Eu entendo — diz Lin. — Mas... também dá pra ver como ele te olha nas nossas reuniões. Acho que está decidido a te ter de volta.

Balanço a cabeça.

— Isso é o que ele quer *agora*. O James é muito imprevisível. Tenho certeza de que em duas semanas vai acontecer alguma coisa que vai mudar a vida dele, aí ele vai fazer alguma loucura ou algo que não vai ser bom pra gente, e vou te falar, eu não estou pronta pra isso. Não vou permitir que ele me machuque de novo.

Digo as últimas palavras com tanta ferocidade que Lin me encara, surpresa.

— Por isso que eu te admiro.

Pisco, perplexa.

— Por quê?

Ela sorri para mim.

— Consigo ver claramente quanto o James te machucou, o quanto você sofreu por conta dele e da família dele. Você ficou ao lado do James depois que ele te machucou profundamente e, agora, está tirando forças da fraqueza pra se concentrar em si mesma. Acho isso admirável.

Nas palavras dela, soa muito heroico, mas não é como me sinto. Solto o ar, trêmula.

— Falei um monte pra ele.

— Você ainda o ama? — pergunta Lin de repente.

Estremeço.

Penso no que falei para ele no Ano-Novo. Não consigo parar de amar James. Esses sentimentos não desaparecem, por mais que a gente queira.

— Amo — respondo.

Lin abre um sorriso triste.

— É um saco não poder deixar pra lá de uma vez, né?

Solto um grunhido em concordância.

— Enfim... acho que chegou a hora de nós voltarmos ao verdadeiro propósito de hoje: comemorar nossa admissão.

Ela assente com veemência e aperta minha mão uma última vez antes de soltá-la.

— Você está certa.

Pego o notebook e abro o site de Oxford. Passamos as horas seguintes olhando as residências estudantis, lendo diversos fóruns e fazendo uma lista de coisas que podemos fazer juntas quando estivermos matriculadas na faculdade.

Mas não importa o quanto eu tente me distrair, as palavras de James continuam ressoando em minha cabeça a tarde inteira.

16
Ruby

Passei o fim de semana inteiro alternando entre estar feliz por ter sido admitida em Oxford e me perguntar como deveria me comportar se James fosse à reunião do comitê de eventos na segunda-feira. A esta altura, preciso aceitar que minha resolução de Ano-Novo, de cortar definitivamente relações com James, já fracassou. Ele está por todas as partes — se não pessoalmente, em meus pensamentos —, e não vejo isso mudando tão cedo. Muito menos quando, dias depois, a lembrança de suas palavras ainda faz meu corpo arrepiar.

É esse calafrio que sinto quando Lin e eu entramos na sala depois do almoço, porque James já está sentado no lugar de sempre, com um livro em mãos, como tem feito nos últimos tempos. Desta vez, é o último romance de John Green, o que verifico por pura curiosidade antes de desviar o olhar rapidamente e pedir a Lin para repassarmos as pautas do dia juntas até os outros integrantes chegarem.

Os minutos se esticam como chiclete, mas por fim Camille aparece e podemos começar a reunião.

— Doug — chama Lin —, os pôsteres estão fazendo sucesso. Já recebemos vários elogios.

Doug abre um leve sorriso, que é, no mínimo, maior do que qualquer outro que vimos nas últimas reuniões.

— Talvez a gente possa até chamar a atenção de alguns patrocinadores com eles.

Assinto.

— Além disso, a lista de convidados está ótima. Só fico preocupada por ainda não termos tantos palestrantes. E não estamos com muito tempo sobrando — observo. — Kieran, conseguiu falar com o professor que você indicou?

— Sim — responde Kieran, mas parece bastante aflito. Já imagino o que vai dizer. — Infelizmente, ele não tem tempo. Mas se mostrou disposto a fazer uma doação generosa.

— Tudo bem, acontece. Pelo menos é alguma coisa. — Mostro um sorriso animado. — Alguém mais teve sucesso com as tarefas?

Todos ficam calados.

— Bom, então...

James pigarreia.

Por um momento, luto comigo mesma. Não quero olhar para ele, mas também não posso ignorá-lo. Isso só levaria as outras pessoas a me fazerem perguntas que não posso — ou não quero — responder.

— Fala, Beaufort — intervém Lin em meu lugar.

— A Alice Campbell se ofereceu pra fazer o discurso de encerramento.

Levanto a cabeça.

A aparência de James chama minha atenção. Agora, percebo como está pálido. Além disso, está com olheiras, como se não dormisse desde sábado.

Ainda me arrependo de tê-lo tratado de maneira tão desagradável. Ele não merecia isso, e queria poder conversar com calma para explicar por que fiquei tão brava ao vê-lo na porta da minha casa.

O peso na consciência deve estar se refletindo em meu rosto, porque os olhos de James se estreitam de leve antes de continuar falando, como se nada tivesse acontecido.

— Há alguns anos, o centro ajudou muito ela e a família dela a se reestabelecer. Vai gostar de poder nos ajudar durante o baile. Falei para ela que vocês ligariam para acertar os detalhes.

Eu o encaro sem acreditar. Assim que um sorriso pequeno, mas satisfeito aparece no rosto dele, sei que não se trata de uma coincidência. Deve ter se lembrado de que mencionei o quanto admirava Alice Campbell e seu trabalho.

Não sei o que fazer com essa informação. Quanto mais penso nisso, mais cresce a vontade de ter uma conversa tranquila com ele.

Penso apenas em como poderia retê-lo por um momento depois da reunião.

— Muito bom, Beaufort, de verdade — parabeniza Lin depois de meu longo silêncio. — Agradeço mesmo. Se ainda tiver mais pessoas com quem a gente possa falar, avisa pra gente, por favor.

James pigarreia outra vez.

— O Boyd Hall está pronto. O zelador Jones já foi informado de que, na próxima sexta-feira, às quatro da tarde, a empresa de decoração virá.

Por alguns instantes, o silêncio toma conta da sala.

— Pra quem tinha odiado o trabalho no começo, agora você está bem envolvido — comenta Jessalyn.

James não responde. Em vez disso, olha para mim de um jeito que faz minha pele se arrepiar.

— É logo depois da reunião — diz Lin. — Sugiro que a gente acompanhe, o que vocês acham?

Um murmúrio de aprovação percorre a sala.

— O próximo tópico é a cabine de fotos — anuncia Lin, me tirando de meus pensamentos.

De repente, tenho uma ideia. Parece arriscada, mas também emocionante. Me daria a oportunidade de falar com James e me desculpar. Longe do olhar crítico de Lin e dos ouvidos curiosos de Camille.

— Isso. — Limpo a garganta. — No sábado, meus pais vão me emprestar o carro, e eu posso ir buscar. Mas as peças parecem muito pesadas. — Reúno toda a minha coragem e olho para ele. — James — digo com a voz firme —, você pode ir comigo buscar a cabine?

Por uma fração de segundo, seus olhos brilham de surpresa. Mas então ele assente e diz, como se minha pergunta não tivesse nada de especial:

— Claro.

Ignoro o leve suspiro de Camille e o olhar expressivo que Lin me lança. Assim, passo o resto da reunião encarando minha agenda e me perguntando o que foi que eu acabei de fazer.

No sábado, vou para o estacionamento de Maxton Hall, onde James está me esperando. Ele está de jeans, casaco preto e cachecol cinza. Neste momento, está assoprando as mãos para aquecê-las, e automaticamente me pergunto há quanto tempo deve estar ali.

Quando me vê, baixa as mãos e me mostra um sorriso inseguro. Não faço ideia do que isso significa. É um sorriso novo. Um que faz James ficar rígido e seus olhos se entristecerem. Um que apareceu depois da nossa separação, depois da morte da mãe e que tudo o que veio em seguida.

Sinto falta do sorriso antigo.

Reprimo o pensamento quando paro o carro na frente dele. Se eu quiser que o dia corra da melhor maneira possível, preciso me controlar.

— Bom dia — diz ele, se sentando no banco do passageiro da nossa minivan.

O carro é antigo e já está bastante surrado, mas funciona, e é isso o que importa. Por sorte, Ember e eu o limpamos ontem à tarde, porque agora percebo que há algo particularmente íntimo na forma como James observa o interior do veículo.

Quando vê o difusor de ambiente da Yankee Candle pendendo no espelho retrovisor, dou partida no carro.

— Minha mãe adora essas coisas — explico. — Ela gosta de perfumes florais, o que sempre deixa minha irmã maluca. A Ember odeia cheiro de rosas, mas minha mãe ama.

Eu deveria parar de falar besteira. Afinal, teve um motivo para que eu pedisse para James me acompanhar. Mesmo assim, é difícil tocar no tema do nosso relacionamento fracassado sem dar voltas. Ainda mais quando penso em todo o tempo que passaremos juntos no carro.

— Minha mãe também gostava muito de perfumes florais.

Preciso me forçar a manter os olhos na estrada e não virar na direção dele no mesmo instante. Pelo visto, James não tem o menor problema em pular a conversa fiada.

— Você sente falta dela? — pergunto em voz baixa.

Leva um momento até ele fazer um barulho, assentindo.

— De certa forma, sim. As coisas são diferentes sem ela.

— Tipo o quê?

Olho para ele de soslaio, e James encolhe os ombros.

— Não tem mais ninguém para apaziguar a situação entre meu pai e eu. Agora, é a Lydia quem quer assumir essa posição, mas estou tentando de tudo pra ela não precisar fazer isso. Ela não deveria ficar entre a cruz e a espada, muito menos agora.

— Como ela está? Já faz semanas que eu não falo com ela.

— Muito bem. Eu acho. — Hesita por um instante. — Queria que ela contasse para o Sutton. Ao mesmo tempo, entendo por que ela não diz nada.

— Essa situação toda é uma merda.

— Pois é. — Ele fica em silêncio por um tempo, e então pigarreia. — E como você está?

Não entendo como é possível uma conversa ser tão normal e tão estranha ao mesmo tempo.

— Bem. Eu... — Pigarreio também. — Também entrei em Oxford.

— Sabia. Seriam idiotas se tivessem te rejeitado — responde. — Meus parabéns, Ruby.

Lanço um olhar surpreso para ele. E ele, um sério para mim.

Não entendo como consegue. Em um dia, está arrasado e para na frente da minha porta; no outro, reúne forças em Maxton Hall para fingir que nada aconteceu. E agora se mostra totalmente inteiro, embora eu saiba que o sábado passado não passou sem deixar feridas nele.

— Obrigada — murmuro.

Por alguns minutos, procuro as palavras adequadas para expressar o que quero dizer em seguida. Embora desde segunda-feira estive refletindo sobre isso, agora me dá um branco.

— Me desculpa pelo que eu disse no fim de semana passado — começo a dizer. — Fui...

— Ruby — interrompe James, mas balanço a cabeça.

— Quero te esquecer — digo, baixinho. — Mas te tratar mal não ajuda em nada. Desculpa de verdade. É importante pra mim que você saiba.

Percebo seu olhar sobre mim.

— Você não tem que se desculpar por nada — murmura.

Não sei o que responder. James pronuncia as palavras com amargura, e gostaria de contradizê-lo; por outro lado, também tenho medo de que a conversa tome um rumo para o qual ainda não estou preparada. Queria me desculpar e me desculpei. Por enquanto, acho que não tenho energia para mais nada.

Então, fico quieta e piso no acelerador. O silêncio entre nós se torna cada vez mais esmagador, até que não aguento mais e decido ligar o rádio. A música pop animada da estação que minha mãe sempre ouve propõe o completo oposto do clima carregado que paira entre mim e James. Embora passemos os últimos quinze minutos da viagem em silêncio, não há um segundo em que eu não perceba a presença dele. Ouço a respiração fraca e noto quando se move ao meu lado. E por mais que o aquecedor não esteja muito alto, me sinto sufocada só de pensar que se estendesse a mão, encostaria em James.

Fico feliz quando chegamos ao antigo parque industrial, assim posso finalmente sair do carro. Como é bom sentir o ar fresco nas minhas bochechas quentes.

— Temos que entrar lá embaixo — digo, apontando para uma garagem onde está pendurada uma placa com o nome da empresa.

James fica ao meu lado, e quando começamos a caminhar, meu braço roça no dele.

Nós dois estamos com casacos grossos.

Mesmo assim, o atrito me causa o mesmo efeito de um choque elétrico.

O mais discretamente possível, chego para o lado e acelero o passo até a entrada lateral da garagem. Atravesso a porta e entro em um pequeno galpão.

Olho ao redor. No site, a loja parecia mais acolhedora. Há apenas uma luz fraca amarelada iluminando o básico, e o teto é baixo e cheio de teias de aranha. Vejo todo tipo de dispositivo eletrônico disperso pelos cantos, mas as cabines de foto ocupam um espaço maior. Há pelo menos vinte delas. Música eletrônica está tocando em caixas de som pequenas, e um homem calvo, sentado ao lado de uma mesa atrás de um balcão estreito, mexe a cabeça no ritmo.

— Que loja bacana você achou — sussurra James, mas antes que eu possa responder, o homem nos vê e se levanta, sorrindo.

— Você deve ser a Ruby — diz, se aproximando de nós.

— Isso mesmo — respondo com um aceno de cabeça e aperto a mão que ele estende. — E esse é o James.

Eles se cumprimentam com um aperto de mãos.

— Meu nome é Hank, vou dar algumas instruções para vocês sobre a cabine de fotos. Podem dar a volta por aqui?

Ele faz um gesto circular ao redor do balcão e aponta para uma das cabines.

— Você escolheu essa, né? — pergunta quando paramos em frente a uma delas.

Observo o modelo. As paredes são pretas, e a entrada é coberta por uma cortina vermelha. De um lado, há uma pequena abertura onde colocaram uma placa iluminada dizendo FOTOS. Bem ao lado da entrada, vejo um quadro negro em que anotaram com caneta branca algumas instruções sobre os filtros que podem ser usados na hora de tirar as fotos. Foi tudo escrito à mão, e a letra é linda e floreada.

— Queria escrever outra coisa aqui para o nosso baile. Podemos, Hank? — pergunto, apontando para o quadro.

Ele faz que sim.

— Claro, tenho um marcador em algum lugar por aqui e já pego para você.

Sorrio para ele.

— Perfeito, muito obrigada.

— Bom, agora vamos para as explicações. Aqui dentro foi instalado uma câmera *reflex* que é acionada através da tela *touch*. Na verdade, é bem simples, só precisa apertar o símbolo da câmera pra ela iniciar. Depois disso, em três segundos a foto é tirada. Aí pode editar com filtros ou, se não gostar, excluir e tirar de novo.

Puxo um pouco a cortina vermelha e observo a tela.

— Parece bem simples mesmo.

— Não querem testar? — pergunta Hank, com um sorriso quase jovial.

Antes que eu possa recusar, James responde:

— Sim, por favor.

Ergo uma sobrancelha, mas ele me ignora e entra na cabine. Segura a cortina aberta e olha para mim com expectativa.

— O que você está esperando? Entra! — diz Hank, ao meu lado.

Deixando de hesitar, entro na pequena cabine e olho para James com ceticismo. Ele observa a tela *touch* com atenção.

— Temos que conferir se está tudo certo, né? — pergunta em voz baixa.

Fico perplexa por não ter pensado nisso e sim estar preocupada em manter pelo menos a distância de um braço entre nós.

— Ruby, você está fora da câmera.

Deslizo de costas contra a parede até ficar atrás de James, que se sentou no banquinho diante da câmera.

— Olha aqui — diz de repente, apontando para um buraquinho na tela.

Me inclino para a frente a fim de ver a câmera por cima do ombro dele. Agora, também apareço na tela, mas mal consigo me concentrar na imagem borrada de nossos rostos.

Uma mecha do cabelo de James faz cócegas na minha bochecha, e aquele cheiro familiar dele invade meu nariz. De uma hora para a outra, sinto um calor tremendo dentro do casaco. James, ao meu lado, parece estático, acho que parou de respirar. Movo a cabeça devagar e olho para ele. Está tão perto de mim que eu poderia tocar a pele dele com a boca, se quisesse.

Neste momento, James aperta o botão na tela.

Um clique abafado me tira do transe, e dou um passo para trás. Percebo, então, por que estamos realmente aqui e o que estou prestes a fazer.

— Parece que está tudo certo — diz James, como se não tivesse notado as faíscas que se acenderam entre nós no segundo anterior.

Será que imaginei essa tensão entre nós dois?

Saio da cabine o mais rápido possível, e Hank está nos esperando lá fora com um conjunto de fotos em mãos.

— Um jeito estranho de posar para a foto, apesar de terem conseguido tirar — avisa, me entregando as quatro fotinhos.

Não, é óbvio que não era imaginação minha.

Na foto, estou com a cabeça virada para James, e ele olha diretamente para a câmera. E seu olhar…

Engulo em seco.

Conheço esse olhar. E a expressão nos lábios dele.

James também deve ter sentido. Agora, não tenho um pingo de dúvida.

— Ficaram lindas — afirmo com a voz rouca, fazendo questão de devolver as fotos para Hank, mas antes que eu possa fazê-lo, James as pega. Sem nem sequer olhá-las, apenas guarda no bolso do casaco.

— Onde devemos assinar? — pergunta com aquele tom de homem de negócios que usou quando estávamos na Beaufort.

Hank nos leva de volta ao balcão, onde preencho três formulários e recebo um pequeno manual de operação e edição de fotos. Em seguida, carregamos o porta-malas do carro com as peças da cabine. Felizmente voltamos para o lado de fora, no ar livre. Assim, consigo esfriar minhas bochechas, que estão queimando.

Na viagem de volta, ligo o rádio outra vez, um pouco mais alto do que antes. Por que achei que pedir para James vir comigo seria uma boa ideia? Eu deveria saber o quanto seria difícil ficar tão perto dele por tanto tempo.

Pelo canto do olho, vejo que James começou a desabotoar o casaco e a dobrar o cachecol que estava ao redor do pescoço.

— Se estiver com calor, posso abaixar um pouco mais a temperatura do ar — consigo dizer.

— Ruby. — O jeito que ele sussurra meu nome é familiar.

Seguro o volante com força enquanto me esforço para me concentrar na estrada. O clima entre nós fica cada vez mais tenso, mas sigo lutando para ignorar esse fato.

O semáforo à nossa frente fica vermelho; freio devagar e deixo o carro deslizar até a linha de parada. Então ouso olhar para ele. James está me observando, e vejo tantos sentimentos nos olhos dele que tenho vontade de pegá-lo no colo, abraçá-lo e segurá-lo perto de mim.

— Eu só queria dizer que…

— Por favor, não — imploro, negando com a cabeça.

Ele aperta tanto os lábios que um músculo de seu maxilar começa a tremer. Nos observamos por um instante, e entre nós há muitas palavras não ditas.

Mas agora não posso falar com ele. Não dá. Não quando tenho a sensação de que vou ceder a qualquer momento.

Então, James desvia o olhar, se voltando para a frente.

— Abriu.

Piso no acelerador. O caminho até a escola nunca pareceu tão longo.

17
Ruby

— **Acho que ficaria melhor** se fosse um pouco mais puxado para o verde-hortelã — diz Ember, pensativa.

Movo o cursor pela janela de cores um pouco mais para a esquerda e para cima, até o verde-musgo clarear e ganhar um tom mais azulado.

— Assim?

Minha irmã emite um murmúrio de aprovação. Salvo a cor e vou para a visualização prévia do WordPress para que possamos ver o resultado do nosso trabalho.

Bellbird, o blog de Ember, mudou a identidade, com um novo logo, um tema do WordPress mais moderno e uma nova paleta de cores. Na parte superior da tela, há a postagem mais recente — um guia de moda sustentável para pessoas *Plus Size* —, e logo abaixo, três retângulos menores lado a lado listando as postagens mais bem avaliadas. À direita, ela adicionou links para seus perfis das redes sociais e uma foto que tirei dela no verão passado. Na imagem, ela está em uma campina cheia de flores, usando um vestido longo de verão com estampa floral e bem decotado. Ainda me lembro perfeitamente de quando um gafanhoto pulou nela e fiquei tirando fotos enquanto ela tentava afastar o inseto. Foi hilário. Infelizmente, ela não escolheu a imagem em que estava gritando como foto de perfil, e sim uma em que está rindo graciosamente, afastando uma mecha de cabelo do rosto. Logo abaixo da imagem, está escrito:

Olá, eu sou a Ember! Blogueira de moda Plus Size e apaixonada por palavras e doces. Me sinto inspirada por todas as coisas belas. Espero que goste do blog!

— Ficou incrível — observo com admiração. — Uma cara profissional.

— Você sempre diz isso — responde Ember, analisando o site com os olhos semicerrados.

Quando se trata do blog, ela é tão perfeccionista quanto eu com a minha agenda.

— Eu sei, mas é a verdade.

Reviso as últimas publicações de moda. Embora eu mesma tenha tirado as fotos, nunca me canso de vê-las. Ember fica linda nelas. Queria que nossos pais não fossem tão críticos no que diz respeito ao uso das redes sociais. Temem que Ember exponha demais sua privacidade; no entanto, ela usa o *Bellbird* de maneira muito profissional. A esta altura, algumas marcas inclusive têm feito parcerias com ela e enviam roupas com certa regularidade.

— Aliás, vi um vestido que é a sua cara — comenta minha irmã de repente. — Você precisa de um para o baile, né?

Assinto.

— Me mostra!

Ela se aproxima um pouco mais do notebook, e sua escrivaninha balança perigosamente. Na mesma hora, pego meu copo com suco de laranja para não cair. Estamos sentadas aqui há duas horas, lado a lado, trabalhando no blog dela enquanto a voz melodiosa do Frank Ocean ressoa pelos alto-falantes do computador.

Ember abre um dos links salvos nos seus favoritos, e observamos juntas enquanto a página vai ganhando forma até mostrar um vestido que me arranca um suspiro. Tem decote em V, é preto e foi confeccionado em um tecido bem fluido. É justo na parte da cintura, mas cai em ondas leves a partir dos quadris.

— Tem mais fotos? — pergunto, mas neste momento meu olhar se encontra com o preço anunciado. — Misericórdia! É mais de duzentas libras! — exclamo, levantando um dedo para fechar a janela na mesma hora. — Por que você está me mostrando algo tão caro?

Ember pega minha mão.

— Não é caro pra gente — diz, sorrindo. — Essa marca me pediu pra fazer parceria com eles.

Hesito por um momento. Sei que Ember está recebendo vários pedidos para colaborar com lojas, mas isso não quer dizer que tenha que aceitar todas.

— Você está procurando faz um tempão — continua a dizer —, e esse seria perfeito para um evento tão elegante, não? Eu poderia pedir.

Em seguida, balanço a cabeça negativamente.

— Não, não posso aceitar.

— Por que não?

Dou de ombros, hesitante.

— Sei lá. Não é estranho receber alguma coisa de graça?

— Você acha que atrizes pagam pelos vestidos que pegam emprestado de estilistas para estreias e cerimônias de premiação?

— Sendo bem sincera, nunca parei pra pensar nisso — admito.

— Pois então agora você sabe que não — responde minha irmã. — Eles me ofereceram três vestidos para experimentar e até me pagariam se eu escrevesse uma resenha sincera do que eu achei do caimento das roupas e tudo o mais. Só precisaria tirar uma foto de nós duas, usando os vestidos e como ficaram em nós. Se for tudo bem por você.

Volto a contemplar o vestido. Clico nas imagens seguintes e, a cada foto, fico mais apaixonada pelo estilo evasê, pelo tecido que parece tão suave e pelas pequenas aplicações que margeiam o decote. Nunca usei um vestido tão elegante, a não ser o que os Beaufort me emprestaram em outubro passado para a festa de Dia das Bruxas.

— Não preciso nem perguntar, né? — diz de repente, e quando viro a cabeça para ela, sem entender, Ember evita meu olhar. Abre um sorriso resignado. — Você não vai me levar com você.

— Ember. — Solto um suspiro e, em seguida, tomo ar antes de dar uma resposta automática.

Mas então eu paro.

Nas últimas semanas, Ember tem verificado como estou dia e noite. Cuidou de mim e não disse uma única palavra para nossos pais sobre o que aconteceu com James, por mais que tivessem insistido em saber.

Sei o quanto quer ir a pelo menos uma de nossas festas. E, pensando bem, o baile beneficente é uma ocasião melhor do que qualquer outra festa de Maxton Hall. É a única atividade do ano em que os alunos, sem exceção, mostram as melhores versões de si mesmos. Há muitos nomes célebres e pessoas influentes envolvidas para que se permitam passar uma imagem negativa. Por isso, é um ambiente elegante, e as chances de alguma coisa acontecer são relativamente escassas.

Ember me observa com atenção. Está imóvel, como se não ousasse mover um músculo por medo de provocar uma resposta negativa.

— Eu te levo comigo — respondo, por fim.

Os olhos de minha irmã se arregalam.

— Tá falando sério? — pergunta, incrédula.

Respiro fundo. São os últimos meses que vamos passar juntas, e quero que sejam os melhores possíveis. Em breve, deixaremos de nos ver todos os dias, e por mais que eu fique feliz em ir para Oxford, esta simples ideia me deixa apavorada.

— Mas vou botar algumas condições — aviso com a voz determinada, porque quero que Ember saiba que estou falando sério. Ela gesticula para que eu continue. — Você vai ter que ficar a noite toda comigo. E só vai falar com quem eu conheço e se eu permitir. Sério, não quero que você acabe com alguém estranho. Entendeu?

Ember se joga em cima de mim com tanto ímpeto que quase caio para trás.

— Você é a melhor do mundo! Não vou sair do seu lado nem por um segundo! — exclama.

Eu a abraço de volta e fecho os olhos por um momento. Sinto uma pontada de preocupação e me pergunto se tomei a decisão correta. Afinal, estou bastante consciente do que pode acontecer nessas festas. Por outro lado, Ember já vai fazer dezessete anos. É inteligente, segura de si e sabe o que quer. Talvez eu deva ter mais confiança nela.

Quando Ember se afasta de mim e me olha com os olhos brilhantes e um sorriso largo no rosto, me convenço de que foi a decisão certa.

— Isso quer dizer que a gente pode oficialmente pedir as roupas agora. E ainda vou ter a chance de usar! Além disso, essa vai ser a melhor postagem do blog de todos os tempos. Estou tão animada!

Retribuo o sorriso e sinto a emoção sincera dela transbordar. É a primeira vez em muito tempo que me sinto tão leve.

— Se você está feliz, eu também estou.

Ao dizer essas palavras, o sorriso da minha irmã desaparece de repente.

— Que foi? — pergunto.

Ember evita meu olhar. Começa a abrir páginas no navegador, mas parece não saber direito o que está fazendo.

— Não é tão importante. Só não consigo acreditar que são mesmo os últimos meses que vamos passar juntas.

— Só porque eu vou me mudar para outro lugar não quer dizer que a gente vai parar de se ver, Ember — digo com gentileza.

Ela continua encarando a tela do notebook.

— Isso não é verdade, você sabe.

Balanço a cabeça vigorosamente.

— As coisas vão mudar um pouco, mas isso não significa que a gente vai parar de se ver. Vou voltar pra casa nos fins de semana e continuarei te ajudando com o blog. Vamos conversar por telefone e por chamada de vídeo, vou te enviar fotos lamentáveis dos meus almoços, vou te falar que livros estou lendo e...

Ela solta uma gargalhada.

— Você vai ter que prometer, Ruby — diz em seguida, agora muito séria.

Coloco o braço em volta do ombro de minha irmãzinha e a puxo para perto de mim.

— Eu prometo.

James

A semana que antecede o baile beneficente é uma das mais estressantes da minha vida.

Ainda tenho que recuperar todas as aulas que Lydia e eu perdemos antes do Natal, e tem tanta coisa para preparar para a festa que, em certo momento, perco a cabeça. Na segunda-feira, Ruby e Camille decidem trocar as lâmpadas do Boyd Hall por outras que emitem uma luz mais suave e, assim, criam uma atmosfera mais acolhedora, então preciso ir atrás das lâmpadas. Na terça, o pianista decide que quer cobrar um valor muito mais alto por uma quantidade minúscula de músicas, portanto tenho que ir encontrá-lo com Kieran para negociarmos um preço mais baixo. Durante o trajeto, Kieran me convence a ouvir os ensaios do coral da escola na quarta-feira e revisar a lista de músicas, porque Ruby não tem tempo e Lin "não entende as sutilezas da música clássica" (palavras dele). Mas a gota d'água é na quinta, quando toda a equipe é chamada para polir os talheres de prata (o que já não é uma das minhas tarefas favoritas) e a dobrar os guardanapos na forma de chapéu de bispo (terrível). Sempre me considerei uma pessoa muito habilidosa com as mãos, mas pelo visto não é o caso quando se trata de seguir instruções para dobrar guardanapos.

Meus amigos me olham de cara feia quando apareço no treino de lacrosse exausto, isso *se* eu apareço, mas não fazem perguntas. Eu também não saberia como explicar o que anda acontecendo comigo.

É como se eu estivesse agarrado a um prego em chamas e me recusasse a soltá-lo.

No caminho de volta para a escola, Ruby deixou claro para mim que ainda não estava pronta para o que eu tinha a dizer, e também respeito isso. Mas naquele momento na cabine de fotos, quando ficamos tão próximos, com os lábios de Ruby a poucos centímetros do meu queixo enquanto eu sentia a respiração oscilante dela na minha pele... Naquele instante, entendi que não estou lutando em vão.

E enquanto houver uma centelha de esperança entre nós, não vou ceder. Meu melhor atributo nunca foi a paciência, mas, para a Ruby, tenho todo o tempo do mundo... e se não tiver, encontrarei. Ruby vale a pena.

Sendo assim, suspiro aliviado quando na sexta-feira coloco a roupa esportiva e consigo finalmente voltar para o campo. O circuito de exercícios que o treinador preparou é difícil, mas o esforço físico é bom e me distrai de meus pensamentos. Agora, estamos carregando uns aos outros nas costas pelo campo. Apesar de Alistair ser bem forte, não aguenta mais meu peso depois de dez minutos, e nós dois caímos.

— Merda — murmuro, rolando para ficar de costas para o chão.

Embora já seja fevereiro e o início da primavera esteja se aproximando, ainda está um frio congelante, e o chão é duro para cacete. Tenho quase certeza de que ralei feio meus joelhos.

— Continuem! — vocifera o treinador Freeman, soprando o apito com força.

— Vamos lá! — diz Alistair, batendo as mãos.

Ele fica na minha frente de novo enquanto Kesh e Wren, em dupla, passam correndo por nós.

— Agora é minha vez — respondo, apontando para minhas costas.

Alistair revira os olhos, mas aceita a proposta e sobe. Então, corro a toda velocidade, passando pelos meus companheiros de equipe o mais rápido possível até que todos os meus músculos estejam queimando e a distância que nos separa de Kesh e Wren comece a diminuir.

Quando estamos emparelhados, Wren bufa alto.

— De novo, não! — Ele dá um soco no braço de Kesh para fazê-lo correr mais rápido. — Acelera, cara!

Com uma expressão obstinada no rosto, Kesh acelera o ritmo, e eu sigo em frente com o incentivo de Alistair. Como falto um treino por semana, estou em observação. Não apenas por parte de meus amigos, mas também do treinador Freeman. Não posso me permitir desistir agora, embora meu peito queime cada vez que respiro.

Por fim, Kesh e eu chegamos quase ao mesmo tempo. Estou com tanta falta de ar que preciso me esforçar para não desabar no chão. Kesh estende o punho para mim, e eu bato nele enquanto Wren me dá um empurrão.

— Você é maluco. Como conseguiu recuperar a posição tão fácil assim, Beaufort?

Dou de ombros, ainda cansado demais para pronunciar uma palavra sequer.

— Vocês trabalharam muito bem hoje, pessoal! — exclama o treinador Freeman, batendo várias palmas. Olha para cada um de nós e então um largo sorriso surge nos lábios dele. — Pra comemorar, vocês estão convidados pra comer um lanche.

Celebramos, alegres. Freeman acaba com a gente nos circuitos de treinamento, mas só duas vezes por semestre, e quase sempre nos chama para comer hambúrgueres e batatas fritas em um pub perto da escola, então praticamente esquecemos o quanto ele nos torturou nas horas anteriores.

— O que o Lexington está fazendo aqui? — pergunta Cyril de repente, com o olhar fixo na entrada do campo.

A equipe toda dá meia-volta. Acho que nunca vi o diretor no campo.

— Vocês aprontaram alguma coisa, gente? — Ouço alguém dizer atrás de mim enquanto o treinador se aproxima de Lexington e conversa rapidamente com ele.

Pelo visto, a pergunta é dirigida aos meus amigos e a mim, mas nenhum de nós responde. Então, alguns pensamentos me ocorrem. Se o diretor veio até nós, algo ruim deve ter acontecido. Só me pergunto o que será.

Pouco depois, Freeman se aproxima às pressas e bate algumas palmas.

— Mudança de planos, pessoal! Todos para o Boyd Hall. O comitê de eventos precisa de ajuda para organizar o baile beneficente de amanhã à noite.

Congelo. São seis da tarde. A empresa responsável pela decoração deveria ter terminado há algum tempo.

Um murmúrio de indignação se espalha entre os presentes, e o olhar do treinador fica nebuloso.

— Eu não fui claro o suficiente? Vão para o Boyd Hall agora mesmo!

18
Ruby

Acho que Lin e eu nunca chegamos tão perto de ter um ataque de nervos quanto hoje. Conforme combinado com James e os demais, às quatro da tarde fomos para o Boyd Hall arrumar o local para amanhã à noite, junto com a empresa encarregada da decoração. Mas não encontramos ninguém além do zelador Jones, que estava no telefone xingando em voz alta, soltando palavrões proibidos para menores, apenas para depois nos comunicar que a empresa havia cometido um erro: aceitaram fazer dois eventos no mesmo dia e horário e, por fim, decidiram pelo mais lucrativo.

Fiquei em estado de choque por alguns minutos, mas depois me virei para Lin. Bastou um olhar para saber que ela estava repassando na mente todas as alternativas possíveis.

O zelador Jones tinha dito que, depois de muitas idas e vindas, a empresa prometeu ao menos trazer logo o material de decoração que alugamos. No entanto, não havia gente o bastante para arrumar tudo da maneira adequada em tão pouco tempo.

Quando o diretor Lexington apareceu de repente, ficou paralisado no meio do salão vazio e sem decoração. Tive vontade de cavar um buraco no chão e desaparecer. Expliquei, aflita, o que tinha acontecido, esperando que balançasse a cabeça decepcionado e fosse atrás de uma nova liderança para a equipe de eventos. Contudo, para minha surpresa, ele me informou, decidido, que buscaria ajuda.

Um pouco mais tarde, as portas do Boyd Hall se abriram, e a equipe inteira de lacrosse entrou. Com uma expressão sombria, James foi diretamente até o zelador Jones, sem nem perceber nossa presença. Enquanto isso, eu observava o diretor Lexington se colocar na frente do restante da equipe, apontando para Lin e para mim e dizendo para os meninos que, a partir daquele momento, nós seríamos as responsáveis por passar as instruções.

Desde então, entrei no modo piloto automático e tentei distribuir as diferentes tarefas entre os garotos da melhor maneira possível. Uma hora e meia se passou e agora não estou mais a ponto de ter um ataque de nervos — e Lin também não.

— Está tomando mais forma, né? — diz ela ao meu lado enquanto desenrolamos um cabo do palco até a mesa de controle, do outro lado do salão.

Levanto o olhar e contemplo o Boyd Hall: grande parte da decoração já está nas paredes; o palco já está quase pronto; e Alistair e Wren já posicionaram todas as mesas na parte livre à frente dele.

— Um pouco mais pra direita, Ellington. — Ouço o treinador dizer de repente, e observo a distribuição com um pouco mais de cuidado.

Ah, não. Há pouquíssima distância entre as mesas. Me aproximo de Freeman e mostro um sorriso diplomático.

— Muito obrigada pela ajuda, treinador Freeman, mas se colocarem as mesas tão perto umas das outras, ninguém vai conseguir passar entre elas.

Ele pisca, perplexo. Então, limpa a garganta e puxa o boné mais para baixo, sobre a testa. Dá um passo para trás e, com a outra mão, faz um gesto para que eu siga adiante.

— Alistair — digo. — Espera aí. — Me aproximo dele e explico qual deve ser a distância mínima entre as mesas para que os convidados tenham espaço o bastante para passar. — A primeira fileira também não pode ficar tão perto do palco. Vai ser mais difícil as pessoas contribuírem se ficarem tão perto das caixas de som a ponto de saírem meio surdos da cerimônia.

Alistair me observa consternado enquanto Wren bufa.

— Quer dizer que a gente vai ter que mudar trinta mesas de lugar? Você faz ideia de como foi o treino de hoje? Eu não consigo sentir meus braços.

Abro um sorriso gentil, mas determinado, e fico olhando para eles com expectativa por tanto tempo que, por fim, Alistair solta um suspiro, nega com a cabeça e diz:

— Você é tão teimosa, Ruby!

Ao passo que Wren e Alistair colocam as mesas nos lugares corretos, Lin e eu começamos a verificar as conexões da mesa de controle.

— Se continuar desse jeito, a gente vai conseguir terminar na hora certa — diz Lin, mas mal a escuto, porque neste instante James entra pela porta principal.

Está carregando uma mesa e olhando para o mapa que Jessalyn estende diante dele. Olha em volta e vai direto para o outro lado do salão, onde coloca a mesa no local adequado. Então, enxuga a testa com as costas da mão.

Alistair não exagerou quando disse que não estava mais sentindo os braços, todos os jogadores de lacrosse parecem estar exaustos. Hoje foi o dia do famigerado circuito do treinador Freeman. Se o treinamento com a nossa professora de educação física já me deixa com os músculos doloridos, não quero nem pensar em como os meninos estarão amanhã.

Observo James, que aceita uma garrafa de água de Doug e toma alguns goles. Sinto um frio se espalhar pela minha barriga. De cabelo molhado, usando tênis esportivos e com as bochechas avermelhadas, James não está nada mal. Muito pelo contrário. Engulo em seco. De repente, me lembro da última vez em que o vi sem fôlego, suado e com o rosto corado. Naquele momento, estava nu, sussurrando coisas proibidas em meus ouvidos e me beijando apaixonadamente.

— Terra chamando Ruby — diz Lin, me tirando do transe. — Me passa o cabo, por favor?

— Claro. — Desvio o olhar rapidamente e tento direcionar meus pensamentos para um território inofensivo.

Terminamos toda a montagem no fim da tarde. Demoramos o que pareceu uma eternidade para estender as faixas de tecido nas janelas e colocar as luzes no palco, o que conseguimos após várias tentativas. Houve um incidente quando parte do palco caiu e quase matou Doug, mas por sorte ele se safou apenas com um susto e um arranhão no braço, que Camille tratou de forma surpreendentemente cuidadosa.

Tivemos que optar por não fazer algumas coisas — não conseguimos, por exemplo, decorar o teto —, mas no geral o resultado ficou bom. Ainda mais agora que escureceu e os lustres estão iluminando o salão com um brilho quente.

Todas as mesas já estão devidamente arrumadas: sobre as toalhas brancas, colocamos trilhos de mesa prateados e, em cima, candelabros altos, guardanapos cuidadosamente dobrados e uma louça fina de porcelana. Em cada mesa, há uma placa que Jessalyn fez, cada qual com um número. Há telas penduradas nas laterais do palco. Enquanto a da esquerda mostra a apresentação que Doug preparou sobre o centro comunitário, a da direita parece ainda não estar funcionando. Mas vou analisar isso com calma mais tarde, e, caso seja necessário, falo com o técnico de Maxton Hall amanhã bem cedo. As lâmpadas que James colocou no começo da semana estão banhando alguns pontos do salão com um tom lilás-azulado, e um holofote projeta pequenos círculos brilhantes nas paredes.

Embora tenha demorado duas vezes mais tempo do que se os funcionários da empresa tivessem vindo instalar e montar a decoração, e por mais que não pareça tão profissional quanto eu gostaria, estou orgulhosa do resultado.

Já consigo imaginar como estará o ambiente amanhã à noite: os convidados vestidos com elegância; o aroma delicioso da comida; a música clássica; o rosto sorridente de nosso diretor, satisfeito.

Olho para os meninos, que estão virando garrafas de água avidamente. Sem eles, nunca teríamos conseguido. Me aproximo do grupo com determinação e pigarreio. Vinte cabeças se viram em minha direção. O arrepio na minha nuca indica que James também está me observando.

— Obrigada pela ajuda — digo, olhando nos olhos de cada um deles.

O único que ignoro é James. Ainda estou assustada pelas ideias que a presença dele desencadeou em mim, e não quero correr o risco de ficar vermelha feito um tomate na frente de todo o time de lacrosse.

— Que tal se você chamar a gente pra beber amanhã? Aqui, no baile — sugere Cyril com um sorriso irônico. — Seria... tipo assim... divertido.

— Minha oferta segue de pé — intervém o treinador Freeman. — Queríamos comemorar o ótimo treinamento em um pub — informa, virando-se para mim.

— Uma ótima ideia, treinador — diz Alistair, batendo palmas. — Então, a gente segue com o plano original? Vamos para o *Black Fox*?

Um murmúrio de aprovação percorre as fileiras de garotos do lacrosse.

— Como eu disse, a primeira rodada é por minha conta — afirma o treinador Freeman, tirando o boné. — E estendo o convite ao comitê de eventos, srta. Bell. Vocês também trabalharam duro.

— Acho que não, viu? Sem a ajuda do time, eles estariam ferrados... — murmura um cara que eu nunca tinha visto na vida.

— Cala a boca, Kenton — ordena James em um tom ameaçador.

Kenton aperta os lábios.

— Vamos! — grita o treinador Freeman, apontando com a cabeça para a saída.

Os outros começam a andar, e Doug, Camille e o resto da minha equipe os seguem. Nunca imaginei que veria jogadores de lacrosse e membros do comitê de eventos saírem juntos voluntariamente.

Lin me cutuca de leve do lado do corpo.

— Vou conversar com o Cyril de uma vez por todas — sussurra para mim com um olhar determinado. — Pelo menos assim as coisas vão ficar claras.

Assinto.

— Boa ideia.

— Você vem com a gente, né?

Nego com a cabeça, e a determinação desaparece dos olhos de minha amiga.

— Então eu também não vou — diz, apontando para a prancheta onde estão meus papéis. — Vou ficar pra te ajudar.

— Que nada — respondo, pressionando a prancheta contra o peito para que ela não veja os pontos que ainda não marquei com um visto. — Uma oportunidade dessas não aparece o tempo todo. Vai e tenta descobrir o motivo do silêncio dele. E se ele agir feito um idiota, dá uma dura nele.

Lin hesita por um minuto, mas quando aponto energeticamente para a saída, ela dá meia-volta e corre atrás dos demais. O barulho das solas dos sapatos dela ecoa pelo salão, seguido por um clique alto quando a porta se fecha atrás dela.

Então, me volto para a lista. Solto um suspiro leve ao perceber que a sensação que tenho tido há semanas no peito, na barriga e no corpo todo, em vez de aliviar, está cada vez mais pesada. Me pergunto quando isso vai acabar. Afasto os pensamentos e me preparo para revisar os pontos da lista.

Primeiro, vou até o piano de cauda, que foi colocado à direita do palco, e limpo cuidadosamente as impressões digitais marcadas na superfície do instrumento. Em seguida, coloco uma música calma no celular e o guardo no bolso de trás da calça. Enquanto ouço a voz suave do cantor da banda *Vancouver Sleep Clinic*, verifico se tanto os cartões com os nomes quanto os números de talheres em cada mesa estão corretos.

— Você não foi com o pessoal — diz uma voz atrás de mim, de repente.

Dou meia-volta e vejo James parado na porta do Boyd Hall. Ele ainda está com as roupas esportivas, as mãos nos bolsos da calça *jogger* preta. Seu olhar é inescrutável.

— Ainda tenho coisas pra fazer — respondo, erguendo a prancheta.

James adentra o salão, e meu coração dispara, embora ainda esteja a vários metros de mim.

— Posso te ajudar com alguma coisa?

Balanço a cabeça, sem pensar.

— Não, não precisa, valeu. — Então, me viro para a mesa ao meu lado, mesmo tendo certeza de que acabei de conferir tudo nela.

— Não precisa fazer o resto sozinha. — Percebo a voz dele mais próxima do que antes. — De qualquer forma, estou me sentindo culpado pelo que aconteceu com a empresa.

— Não foi sua culpa — murmuro.

Não consigo ficar sozinha com ele no mesmo cômodo. Quando James fica na minha frente e me encara com aquele olhar intenso, até o enorme salão do Boyd Hall parece minúsculo de repente. Como se não houvesse cinco metros entre nós, e sim apenas alguns milímetros. Meu corpo inteiro parece atraído para ele sem que eu possa fazer nada a respeito.

Reprimo o impulso de me virar e ir até ele, embora saiba o quanto me sentiria melhor se fizesse isso. Mesmo agora, depois de todo esse tempo e de tudo o que aconteceu. Respiro fundo e reviso a prancheta com minhas anotações. Se James enfiou na cabeça que vai me ajudar, não vai desistir tão cedo. Já provou isso nas últimas semanas.

— Temos que dar uma olhada no projetor outra vez. Não está mostrando nada na tela da direita — digo algum tempo depois, ousando lançar um olhar para ele.

James continua me observando com aquele olhar que não consigo decifrar. Então, assente.

— Está bem.

Ele se aproxima da mesa de controle no centro da sala, e eu o sigo a certa distância. Meu Deus, por que eu estou tão tensa? Não deveria haver nada entre nós. Embora eu não saiba exatamente como as coisas deveriam ser.

O que tinha entre nós, acabou.

Acabou. Acabou. Acabou.

Ainda tenho que convencer meu coração dessa realidade. E meu corpo também.

James se coloca atrás da mesa de controle e verifica os vários cabos conectados às diversas entradas. Se concentra nos fios e começa a segui-los com a mão, um por um para ver ao que correspondem. Em seguida, dá uma olhada na parte de trás do projetor da direita. Puxa um cabo e o coloca de volta; aperta o botão para ligar e desligar e franze a testa quando nada acontece.

Então, olha para mim novamente.

— Ruby, preciso te falar uma coisa — confessa em um sussurro.

Meu coração pula uma batida.

— O quê? — respondo em voz baixa.

James levanta o cabo e o agita.

— Está quebrado.

Pisco várias vezes, observando o cabo na mão dele. De fato, há uma parte quebrada. Fiozinhos coloridos saem da capa da borracha.

— Ah.

James abaixa o cabo devagar.

— Pareceu que você estava esperando que eu dissesse outra coisa.

Esse tom de voz… tão grave, aveludado, com uma serenidade tão agradável… Por mais que eu balance a cabeça negativamente, me dá arrepios. No entanto, antes que eu possa responder, James continua dizendo:

— Se você já estiver pronta para me ouvir, eu estou pronto para falar.

Prendo a respiração. Só consigo olhar para ele, estática, incapaz de fazer qualquer outra coisa.

— Me desculpa — diz de repente.

— James… — sussurro.

— Tem tanta coisa que eu quero te falar… — prossegue, também em voz baixa, enquanto diminui um pouco a distância entre nós dois.

Acho que ele não está consciente de que está vindo na minha direção, como se eu fosse um ímã que o atrai.

Eu sinto a mesma coisa, quero dizer. James domina todos os meus sentidos só de ficar na minha frente e me olhar desse jeito. Minhas pernas ficam bambas, o chão sob meus pés parece líquido.

A verdade é que também há coisas que quero dizer a ele, tantas palavras me vem à mente… mas não consigo pronunciar nenhuma delas enquanto ele me olha assim. Minha garganta fica seca e preciso pigarrear.

— Estamos aqui pelo baile. Pelo comitê de eventos. Não para conversar.

— Mas eu *preciso* falar com você. Porra, Ruby, não aguento mais nem por um segundo. — São palavras fervorosas, mas a voz dele permanece infinitamente suave. Como se temesse me assustar se falasse muito alto.

Por trás de seus olhos turquesa, percebo os pensamentos se aglomerando. Se transformando em palavras no mesmo instante. Dá para ver. O ar ao nosso redor parece eletrificado.

— Por favor, Ruby. Você não precisa dizer nada. Só me escuta. Por favor — suplica.

Não consigo me mover. Enquanto se aproxima um pouco mais, fico parada, as costas rígidas e as mãos tremendo. Agora, tenho que inclinar a cabeça para trás a fim de vê-lo.

Seu olhar intenso percorre meu rosto, e é como se estivesse me tocando. A pele dele sobre a minha, as pontas dos dedos correndo por minhas bochechas, nariz e boca. Meu corpo ainda se lembra perfeitamente de suas carícias.

— Me desculpa — sussurra.

— Pelo que você está se desculpando? — pergunto alguns segundos depois, com a voz rouca.

No Ano-Novo, decidi encerrar o capítulo "James Beaufort" da minha vida, mas agora... agora, sinto como se estivéssemos prestes a abrir um novo.

— Por *tudo*. — A resposta chega no mesmo instante. — Simplesmente tudo.

Minha respiração acelera. Como James consegue fazer com que me sinta perdida e encontrada ao mesmo tempo? As palavras dele viram meu mundo de cabeça para baixo. Ainda assim, me sinto em um conto de fadas: no meio de um salão vazio decorado com elegância, exceto pelo garoto de quem tanto gosto diante de mim.

Mas preciso me concentrar no baile. Não nesses sentimentos. Não no fato de parecer que estou em um conto de fadas.

— Me desculpa — repete James.

Apesar do olhar nostálgico e cheio de dor, vejo que está sendo sincero pela primeira vez desde que tudo aconteceu. Neste momento, James não esconde nada; vejo nos olhos dele apenas esperança, carinho e algo mais que me tira o fôlego.

Este é o meu James.

Meu James.

Não importa o que tenha acontecido entre nós: ele sempre será uma parte de mim, assim como eu serei parte dele.

A ideia me comove e balança as estruturas do meu coração, fechado a sete chaves.

— Eu agi como um idiota — murmura, aproximando a mão de meu rosto.

Todas as palavras na ponta da minha língua desaparecem quando sinto o calor da mão dele em minha bochecha. Tenho que fechar os olhos, porque a intensidade do momento é demais para mim.

— Quando meu pai contou que minha mãe tinha morrido, senti que o mundo tivesse caído em cima de mim e eu estivesse enterrado debaixo dele. Minha mente não estava clara, eu destruí o que a gente tinha e estou *muito arrependido* por isso.

Algo no fundo de meu ser se parte: sou inundada por uma onda de sentimentos que eu acreditava há muito tempo ter superado.

Volto a abrir os olhos vagarosamente.

— Você me machucou muito — sussurro.

James me encara com desespero.

— Me arrependo tanto de ter te machucado, Ruby... Queria poder voltar no tempo e não ter feito isso.

Balanço a cabeça.

— Não sei se vou conseguir esquecer isso algum dia.

— Você não precisa esquecer. Nem eu. O que eu fiz naquela noite foi o maior erro da minha vida. — A respiração dele tremula. — Entendo que você não possa me perdoar. Mas precisa saber que eu sinto muito, do fundo do meu coração.

Ele aperta os lábios e olha para baixo por um momento. Então, pisca várias vezes. Percebo que está lutando para segurar as lágrimas. Meus olhos também ardem por conta das palavras dele.

James precisa de alguns segundos para se recuperar.

— Tenho noção de que não é sua responsabilidade me fazer feliz, Ruby. Eu não estava falando disso naquela hora. Não vejo em você um remédio milagroso para os meus males. Eu me expressei mal. — Ele passa a mão no próprio rosto. — Você não tem por que me perdoar. E nós não precisamos voltar. Só quero que você saiba o quanto você significa para mim. Quero que você faça parte da minha vida, não importa como.

O peito de James sobe e desce rapidamente, e seus olhos estão marejados.

— A pessoa que você conheceu em Oxford... aquele sou eu *de verdade*. E queria ter mais dias com você para provar isso.

A noite que passamos em Oxford foi a melhor da minha vida, mas desde então não me permiti pensar nela por medo de desmoronar. Embora agora eu me permita lembrar. Me lembro das nossas conversas. Do modo como James me contou seus medos e sonhos. De como apoiamos um ao outro.

Ver James assim me faz lembrar de Oxford. Neste momento, ele volta a ser o homem que me mostrou ser lá. O homem por quem me apaixonei.

Dou um passo à frente com cuidado e coloco os braços em volta da cintura dele.

James fica tenso, como se essa fosse a última coisa que esperava. Fico imóvel quando seus braços me envolvem com delicadeza, como se tivesse se esquecido de como me abraçar do jeito certo. Fecho os olhos enquanto, com calma, ele corre as mãos pelas minhas costas e sussurra outro pedido de desculpas.

Alguns segundos depois, deslizo as mãos até os quadris dele e as fecho, agarrando o tecido de sua blusa. Enquanto James coloca a boca na minha têmpora, sinto o tecido nos dedos.

— Eu sinto muito mesmo... — murmura outra vez.

— Eu sei — sussurro.

Ficamos assim, sob o lustre, no meio do Boyd Hall, bem em frente à mesa de controle. James me segura quase sem força, para que eu, se quisesse, pudesse me libertar do abraço dele a qualquer momento. Mas isso não acontece, porque fazia uma eternidade que não me sentia tão bem, como se depois de uma longa viagem eu finalmente tivesse chegado em casa.

As mãos de James acariciam suavemente minhas costas, a respiração dele faz cócegas em meu cabelo e seu peito sobe e desce no ritmo do meu enquanto suas palavras me convidam a acreditar que talvez haja esperança para nós.

19
Ember

Maxton Hall é simplesmente incrível.

É claro que já tinha visto fotos da escola pela internet quando Ruby se inscreveu para a bolsa, mas ver tudo de perto — a construção imponente, as torres, a fachada gigantesca e os arcos suaves das janelas — é algo completamente diferente.

Ruby ainda nem saiu do carro, e já estou quase atravessando o estacionamento. Tenho que me esforçar para levantar a saia comprida do meu vestido verde-escuro e protegê-lo da lama. Choveu ontem à noite, e os vestígios estão por toda parte. Embora nós já tenhamos tirado as fotos para o blog, não queria aparecer na minha primeira festa de Maxton Hall com o vestido sujo.

— Espera aí, Ember! — Ouço Ruby gritar quando chego ao grande portão de ferro fundido que leva ao pátio de Maxton Hall. Está cheio de elementos decorativos sinuosos que, no ponto mais alto do arco, formam as iniciais da escola.

A visão é de tirar o fôlego.

Pego o celular, coloco na câmera frontal e o ergo no alto. Tento enquadrar o portão principal, a escola ao fundo e eu, mas não consigo fazer com que fique como eu gostaria.

— Tira mais uma foto minha? — peço para Ruby quando se aproxima de mim. Sem esperar a resposta, me livro do casaco e entrego para ela junto com meu celular. — Ficaria perfeito se conseguisse pegar a escola lá no fundo. Ela está tão linda e iluminada...

— Uma foto — diz Ruby, se posicionando. — Aí a gente entra.

Assinto.

— Você quem manda.

Ela conta até três, e eu olho para a câmera com um sorriso resplandecente.

Então, Ruby me devolve o casaco, espera até que eu o coloque de volta e me entrega o celular.

— Você está linda — diz minha irmã.

— Olha quem fala — respondo. Então, levanto o celular, colocando de novo na câmera frontal, e puxo Ruby para meu lado. — Dá um sorriso!

Posamos juntas para a câmera. Depois de tirar pelo menos umas dez fotos, Ruby se solta de mim, e eu dou uma olhada rápida nas imagens.

Não posso deixar de sorrir quando vejo as minhas na frente da escola.

Há três anos, era uma verdadeira tortura para mim encontrar roupas do meu tamanho que não apenas me servissem, mas também fossem bonitas. As roupas XGG costumam ter um corte que em mim fica estranho, porque, embora eu seja gorda, tenho cintura marcada, e a maioria dos estilistas parece achar que todas as pessoas gordas têm o mesmo corpo. Mas essa ideia não corresponde à realidade. Por isso fico tão feliz com os progressos que tenho feito com meu blog: eles me permitem usar um vestido como este em uma noite como esta e me sentir tão glamourosa quanto qualquer outra pessoa.

Se eu tivesse que descrever meus sentimentos, seria algo mais ou menos assim:

KDJGDHUSGUAOHBES!

O que me faz pensar que provavelmente eu passo tempo demais na internet.

— Ember? Vamos?

Apresso o passo para me juntar a Ruby, que está olhando para o relógio. Chegamos na hora, talvez até cedo demais, mas minha irmã está nervosa. Sempre fica assim antes desses eventos que organiza em Maxton Hall. Queria saber de onde ela tira tanta energia para isso. Já passo o dia todo ocupada com minhas tarefas e o blog, e não tenho que me preparar para as provas finais e nem estudar para entrar em Oxford. Às vezes, a impressão que tenho é de que Ruby é um robô — mas um robô que, de vez em quando, aparece com olheiras. Nossa mãe sempre pergunta se ela não está indo longe demais, e Ruby diz que esse trabalho todo a diverte. E acredito nela.

— Vai ser perfeito — digo, mas temo que minha voz não tenha tido o efeito calmante pretendido.

Estou completamente perdida e nervosa.

— Obrigada. — Ruby me olha de soslaio, inquieta. — Você ainda se lembra do nosso acordo, né?

— Vou ficar do seu lado e só conversar com quem você permitir — recito.

Ela assente, satisfeita.

Reviro os olhos. Ruby está com medo de que eu me aproxime de pessoas que ela não gosta. No entanto, isso é o que mais me deixa animada. A escola é frequentada por filhos e filhas de políticos, atores, aristocratas e banqueiros, e é a ocasião perfeita para fazer contatos. Sou boa em conversar e fazer amizade com pessoas que estão dispostas a olhar para *mim*, e não me ignorar desde o começo por conta do meu peso.

Quando entramos no Boyd Hall, Ruby segura meu braço.

— Uau! — exclamo baixinho, olhando ao redor.

A entrada do salão é mais luxuosa do que qualquer outro edifício que eu tenha visitado. Não dá para entender como isso faz parte de uma escola. Enquanto os eventos do meu colégio acontecem em um ginásio, o chão daqui não é de um linóleo verde-vômito, e sim de um mármore brilhante. As paredes brancas certamente têm uns cinco metros de altura e estão decoradas com estuque branco e detalhes dourados delicados. No centro, há uma escadaria ampla com corrimãos sinuosos de madeira, conduzindo ao piso superior que comporta uma galeria.

Não sei para onde olhar primeiro. Meu campo de visão está repleto de ternos caros, assim como de vestidos de alta costura de chiffon, seda e tule, e meu coração bate cada vez mais rápido. Isso porque estou apenas na entrada.

Deixamos os casacos na chapelaria, e então sigo Ruby até a sala de eventos propriamente dita, onde perco o fôlego.

O Boyd Hall parece ter saído de um conto de fadas. No caminho para cá, Ruby me contou todo o trabalho que tiveram para decorar e montar tudo ontem, mas não imaginei que tivesse ficado tão maravilhoso.

Garçons com bandejas cheias de taças de champanhe e de suco de laranja passam entre as mesas, e em um piano de cauda preto, um músico vestindo um fraque toca uma melodia clássica que ecoa por todo o salão.

— Não dá pra acreditar que você organizou isso tudo — sussurro, dando um cutucão de lado em Ruby.

— Foi a equipe inteira — responde de maneira automática.

Minha irmã semicerra os olhos e observa as mesas redondas no centro do salão, em torno das quais alguns convidados já se sentaram. Depois, olha para as longas mesas do lado esquerdo, onde deverão servir o bufê mais tarde. Conheço esse olhar perfeitamente: Ruby está verificando se tudo saiu conforme planejado.

— Ruby! — Desconheço a voz que acabo de ouvir.

Viro a cabeça e vejo um garoto pálido com cabelos escuros de comprimento médio e lindos olhos ônix cercados por cílios espessos. O queixo do garoto é pronunciado, e as maçãs do rosto são salientes, o que de certa forma não combinam com seu ar juvenil e com o olhar alegre e brilhante.

— Oi, Kieran — responde Ruby, sorrindo de uma maneira que nunca havia visto.

O gesto é carinhoso, profissional e, ao mesmo tempo, reservado. De qualquer forma, não é o sorriso de minha irmã.

— Os fornecedores chegaram há dez minutos e estão preparando tudo na sala ao lado — diz Kieran antes de se virar para mim. — Oi, eu sou o Kieran. Você deve ser a Ember.

Ele estende a mão para mim, e eu a aperto sem pensar duas vezes. Olho para Ruby, perplexa. Achei que ninguém da escola sabia nada sobre nossa família; afinal, Ruby nunca disse nada demais sobre Maxton Hall para nós. Pensei que a separação entre a vida pessoal e a escola fosse aplicada em ambas as partes. Portanto, fico desconcertada por esse cara saber meu nome.

— Muito prazer em te conhecer, Kieran — digo.

Quando solta minha mão, sorri para Ruby, e suas bochechas ficam visivelmente coradas.

Ahá!

É claro que Ruby tem um admirador na escola. Não me surpreende ela não ter contado nada a respeito dele. Ruby quase nunca fala sobre o que sente. Às vezes, me pergunto como consegue guardar tudo para si sem explodir. Eu não conseguiria conter meus sentimentos dessa forma, nem os bons nem os ruins. Quando algo acontece, expresso em voz alta. Se estou feliz, exteriorizo na mesma hora. Ruby é mais controlada do que eu e muito menos impulsiva.

Estou tão imersa em pensamentos que não percebo Ruby e Kieran se dirigindo ao palco. Sigo depressa para ficar dez minutos ouvindo uma lista de coisas nas quais precisam ficar de olho ao longo da noite. Olho ao redor disfarçadamente, mas Ruby dá uma olhada em mim de vez em quando, como se temesse que, na primeira oportunidade, eu fosse escapar e me atirar nos braços de um aluno qualquer de Maxton Hall. Calculo quanto tempo vai levar para ela relaxar um pouco ou ao menos ficar ocupada o bastante para não perceber cada passo que dou.

Quando o baile começa, me sento em uma mesa meio vazia ao fundo e mal consigo ver o que acontece no palco. Esses são os assentos do comitê de eventos, Kieran me explicou, e de fato alguns estudantes chegam em intervalos irregulares e se sentam por alguns momentos para tomar alguma coisa, levantando-se novamente três minutos depois e sumindo de vista.

Neste momento, um garoto está falando de sua depressão e explicando que, graças à ajuda do centro comunitário, conseguiu se recuperar. É uma confissão muito comovente e deixa o salão todo arrepiado. Vejo que alguns convidados estão enxugando os olhos com um lenço ou balançando a cabeça, concentrados, com o cenho franzido. Ao meu lado, Kieran também parece totalmente vidrado.

— Ei — chamo, baixinho. — Vou buscar alguma coisa pra beber. Quer alguma coisa?

— Eu te acompanho — diz em seguida, se preparando para levantar.

— Não precisa — respondo com um gesto de mão.

Kieran hesita por um momento, o olhar oscilando entre mim e o orador.

— Não, obrigado.

Assinto e vou até o bar, onde o bartender sorri gentilmente para mim e me pergunta o que quero beber.

— Uma taça de champanhe, por favor — digo, como se fosse a coisa mais natural do mundo, mas ou está na cara que tenho dezesseis anos (quase dezessete!) ou ele foi instruído a não servir bebidas alcoólicas para alunos, porque nega com a cabeça devagar.

Solto um suspiro. Então, não tenho escolha a não ser experimentar o ponche que colocaram no bufê ao lado do bar. Pego um dos lindos copos de cristal, o coloco sob a luz e observo os pontinhos luminosos coloridos que se refletem no ambiente com um brilho suave, como se fosse um caleidoscópio.

No momento em que começo a servir o ponche da tigela grande no meu copo, aplausos estrondosos irrompem na sala. Fica claro que o discurso acabou.

Dou alguns passos para o lado a fim de liberar o caminho de outros convidados, que se aproximam do bufê.

— Oi, lindona — diz uma voz ao meu lado.

Congelo no lugar. Então, cerro os dentes.

Não é a primeira vez que se dirigem a mim com essas palavras. Alguns caras da minha escola apostavam quem daria em cima de mim primeiro com elogios desse tipo... creio que só por diversão.

Automaticamente, fico na defensiva e me viro com um copo na mão.

Um garoto está na minha frente. Seu rosto é bonito, assim como a boca e os lábios carnudos. Pele negra, e olhos quase pretos, com cílios que invejo um pouco por serem curvados. Ele é um pouco mais alto do que eu, tem o cabelo curto e crespo, e uma sombra leve no queixo. Também está de terno, mas não parece tão elegante quanto os outros convidados. Está usando uma gravata meio frouxa, e o paletó preto justo está aberto. Dá a impressão de que se esforçou para ficar com a aparência mais desleixada possível. Como se tivesse assistido a muitas apresentações como essa e, com o tempo, tivesse se cansado delas.

Provavelmente veio falar comigo por estar entediado.

Olho ao redor discretamente. Em uma situação como essas, é normal que haja alguns caras parados a poucos metros do amigo, prontos para se divertirem às minhas custas. Mas parece que não tem ninguém nos observando, o que aumenta ainda mais minha descrença.

— Olá — respondo. O tom da minha voz é severo e reservado, puro reflexo de minhas emoções.

O cara olha meu corpo todo de cima a baixo, parando por um instante a mais no grande decote do meu vestido.

— Nunca te vi por aqui — continua a dizer, olhando nos meus olhos.

E quando o rosto dele assume uma expressão brincalhona, minha mente dá um estalo.

Conheço esse cara.

Ok, não o conheço de verdade, mas o sigo no Instagram. Seu nome de usuário é *kingfitz*, e sei que na verdade se chama Wren Fitzgerald. O *feed* dele está cheio de fotos de itens de luxo, festas e garotas, e nos *stories* ele sempre posta vídeos e fotos em que está seminu ou fingindo estar meio adormecido. Não me engana. É impossível alguém acordar assim tão bonito.

— Porque eu não estudo em Maxton Hall — respondo, tomando um gole da bebida.

Sinto a boca seca, e meu coração está acelerado. Como posso estar ficando tão mexida só por esse cara estar brincando comigo?

— Bem que eu imaginei — murmura Wren, e vejo uma sugestão de sorriso no canto de seus lábios. É um gesto casual, como se tivesse preguiça de se esforçar para sorrir de verdade. Como se o simples ato exigisse energia demais, e ele estivesse guardando para ocasiões diferentes, mais indecentes. Fico com calor só de pensar nisso. — Eu sou o Wren — diz, por fim, estendendo a mão.

Hesito por um momento. Lanço outro olhar ao redor; os amigos dele devem estar em algum lugar. Tenho certeza de que é uma brincadeira. Assim, eu sou uma pessoa autoconfiante. E a ideia de que caras cheguem em mim em uma festa não me parece maluca. Mas não um cara como esse.

— Cadê eles? — pergunto.

Ele pisca, aparentemente confuso, e abaixa a mão.

— Eles quem?

— Os meninos que fizeram você vir aqui falar comigo.

— O que te faz pensar que alguém precisou me convencer a falar com você?

Arqueio uma sobrancelha, irônica.

— Ah, qual é.

Nos entreolhamos e franzimos o cenho. No palco, o pianista volta a tocar, mas a melodia não me envolve totalmente. Estou ocupada demais tentando descobrir quais são as intenções de Wren.

— Olha só, eu não preciso de ninguém no meu pé, posso conversar com uma garota bonita por conta própria — diz ele, por fim.

Abro a boca para responder, mas a fecho logo em seguida. Então, observo Wren com mais atenção. Os cantos da boca não se curvam como os dos meninos que falam comigo nas festas da escola, e também não há nenhum brilho malicioso nos olhos dele.

Talvez realmente queira flertar comigo. Não porque alguém o persuadiu, não por ser uma brincadeira besta, mas simplesmente porque me vê como alguém atraente, assim como eu o vejo.

Tenho certeza de que ele é a última pessoa com quem deveria falar esta noite. Não sei o que pensar da situação e nem dele, mas é exatamente isso o que desperta minha curiosidade.

— Meu nome é Ember — respondo alguns segundos depois.

— É um prazer te conhecer, Ember.

Gosto de como ele pronuncia meu nome. Quase um pouco hesitante, como se estivesse praticando.

— Igualmente, Wren.

Na verdade, sou boa em conversa fiada, mas no momento não faço ideia do que dizer. Sei qual a imagem Wren passa na internet, mas também sei a impressão que meus seguidores têm de mim: sempre alegre, otimista e disposta a brincar. Mas em muitas noites fico triste e choro escondida no quarto. Ninguém sabe, nem minha irmã. Por isso, hesito em julgar as pessoas com base no que apresentam nas redes sociais. E tenho curiosidade em saber como Wren é na vida real, se esconde algo mais por trás dessa fachada.

Talvez eu devesse fazer um esforço e não ser tão reservada. Conversar um pouco com ele também não me fará mal.

— Então, onde você estuda? — pergunta Wren, pegando um suco de laranja da bandeja de um garçom que passa ao nosso lado. — Na Eastview, talvez?

Balanço a cabeça.

— No Colégio de Gormsey.

Por uma fração de segundo, Wren parece petrificado. Ele para no meio do gole e me olha, intrigado, depois pisca e se recompõe.

— Parece exótico.

Me pergunto se apenas imaginei a reação esquisita dele.

— Ninguém conhece a cidade — digo com calma. — Você não é o único.

— Você veio com alguém? — pergunta, me analisando com interesse.

— Vim com a minha irmã. Ela estuda em Maxton Hall faz dois anos.

— Fico feliz por ela estudar aqui, então — responde Wren.

Penso por alguns segundos na tentativa de entender do que ele está falando.

— Por quê?

Agora, Wren abre um sorriso completo: com dentes à mostra e linhas de expressão ao redor da boca.

— Bom, porque se sua irmã não tivesse vindo pra cá, a gente não teria se conhecido. E isso teria sido uma pena. Não acha?

Ele sussurra as duas últimas palavras de uma maneira tão íntima que fico toda arrepiada. Não consigo fazer nada além de assentir, como se estivesse hipnotizada, embora sirenes estejam soando em minha cabeça, me alertando para tomar cuidado.

— Por que você está me olhando assim, Ember? — pergunta baixinho, e o sorriso dele vai desaparecendo devagar, se transformando em algo diferente.

Ele dá um passo em minha direção, e quase nos tocamos. Se eu mexesse a mão um milímetro, conseguiria encostar na dele. Imagino como seria. Se a pele dele estaria quente.

Limpo a garganta.

— Eu...

Wren se aproxima ainda mais. Tanto que sinto sua respiração nas minhas têmporas. Mais uma vez, tenho o impulso de olhar ao redor, mas reprimo.

— O que você acha de ir pra algum lugar onde a gente possa...?

— Wren — uma voz grave o interrompe, me tirando do transe.

No mesmo instante, dou um passo para trás e me viro.

É James Beaufort.

O James que partiu o coração de minha irmã mais velha.

O James que beijou outra garota e foi a razão pela qual Ruby passou o Natal parecendo uma zumbi, sofrendo por amor.

Uma onda de indignação toma conta de mim, mas ele continua falando.

— Então você conheceu a irmã da Ruby — diz em um tom neutro.

Uma expressão estranha surge nos olhos de Wren.

— Ela é irmã da Ruby?

Assinto devagar e olho alternadamente de um para o outro.

— Pelo visto, eu tenho bom gosto — comenta com uma entonação quase zombeteira, não com aquele sussurro íntimo de antes. — Se ainda estiver a fim...

— Acho que a Ember não está a fim. Não importa o que seja. Melhor parar, Wren — volta a intervir James.

O tom da voz é autoritário e não dá margem para respostas. Me pergunto se ele sempre fala desse jeito com os amigos, e se sim, como é que consegue ter tantos.

O sorriso desaparece do rosto de Wren, e de repente ele parece bastante mal-humorado. Balança a cabeça e resmunga um palavrão. Então, se volta para mim novamente.

— Eu realmente adoraria continuar nossa conversa, Ember.

Em seguida, se inclina para a frente e beija minha bochecha. Quando se afasta, não olha para mim, e sim para James.

Antes que eu possa dizer qualquer coisa, Wren se vira e desaparece na multidão. Toco a bochecha no lugar onde me beijou enquanto os olhos severos de James seguem o amigo. Por que sinto que ele só me beijou para irritar James?

— Desculpa, Ember — murmura.

Depois, vai atrás de Wren, e eu fico sozinha no bar outra vez.

James

Encontro Wren no salão de entrada com os moleques. Quando me aproximo do círculo fechado, Cyril ergue a mão.

— Beaufort! A que devemos a honra?

Eu o ignoro e encaro Wren.

— O que você tem na cabeça? — vocifero.

Ele não responde minha pergunta, apenas toma um grande gole de um cantil.

— Wren.

Ele revira os olhos.

— Eu só conversei com ela. Não precisa fazer tempestade em copo d'água.

— Ela é irmã da Ruby, cacete. Não encosta as mãos nela.

Wren bufa com desdém.

— Vou acabar perdendo a paciência de bancar o legal com você.

Ergo uma sobrancelha em tom de incredulidade.

— Legal? Quando você foi legal, por favor?

— Quer saber, Beaufort? Vai se foder — responde, esvaziando o resto do frasco em um só gole e limpando a boca com as costas da mão.

— Wren — adverte Kesh.

— Não, Kesh. Eu já estou de saco cheio de ter que pensar sempre nos sentimentos do James. — Wren se volta para mim mais uma vez. — Tudo o que você falou pra gente no verão era só conversa fiada. Agora fica faltando no treino pra fazer parte da porra do comitê de eventos, vai embora das festas pra ficar com sua namoradinha, e quando quero flertar com alguém você age como se fosse um santinho. Você não dá a mínima pra gente. Nem escuta mais quando alguém quer te falar alguma coisa.

— Isso *não é* verdade — respondo.

Ele balança a cabeça.

— Quer saber? Vai cuidar da sua vida. Afinal, é a única coisa em que você anda prestando atenção ultimamente.

Olho para ele, confuso.

— Não faço ideia do que você está falando.

Wren se vira, dá dois passos, mas se detém, girando sobre os calcanhares e aponta o dedo para mim vigorosamente.

— É exatamente disso que eu estou falando — murmura. — Faz um tempão que eu estou tentando ter uma conversa normal com você, mas você nem liga.

— Qual é, Wren.

No fundo, sei que ele está falando a verdade. Na última vez que saímos juntos, ele mencionou alguma coisa e eu o ignorei porque só estava pensando em Ruby. Agora, me sinto culpado.

— Agora você vem com essa de "qual é, Wren"? Eu tenho razão, e você sabe. A única coisa em que você pensa é a Ruby. Parece que não tem espaço pra mais nada na sua cabeça — diz, alterado.

— Eu… — Minha voz falha. Ao mesmo tempo, sou tomado pela raiva. — Tenho coisa demais na cabeça agora, mas isso não tem nada a ver com ela.

Queria poder fazê-lo entender de alguma forma.

— Você ficou assim desde que conheceu a Ruby, então nem vem tentar tirar o dela da reta. Dá vontade de vomitar, eu nem te reconheço mais.

— Se acalma, Wren — interfere Kesh, se colocando entre nós dois, mas Wren o afasta para o lado e dá um passo em minha direção, indignado.

— Você age como se ela fosse o remédio pra sua vida tão sofrida, tão coitadinho. Como se ela fosse uma santa. Mas não é — continua a dizer.

Junto as sobrancelhas, encarando-o.

— Entendo a sua raiva. Eu tenho sido um amigo de merda e me desculpa por isso, mas não envolve a Ruby nessa história. Você não sabe como ela é.

Wren balança a cabeça com desdém.

— Acontece que eu sei muito bem como ela é. Se você tivesse prestado mais de dois segundos de atenção em mim nos últimos tempos, eu teria dito que conheço bem *demais*.

Abro a boca, mas não consigo dizer uma palavra sequer.

Conheço esse tom. E sei o que quer dizer.

Wren também parece entender que deu com a língua nos dentes. Aperta o maxilar com tanta força que os ossos ficam marcados na pele.

— Do que você está falando?

— Acho que aqui não é o melhor lugar pra essa conversa — murmura Alistair, mas nego com a cabeça.

— O que você quer dizer? — insisto.

Wren hesita, mas meu olhar é inflexível. Alguns segundos depois, ele limpa a garganta.

— Eu já fiquei com a Ruby, foi na festa de volta às aulas.

Meu coração dispara, e sinto um nó na garganta.

— Nossa, que surpresa — comenta Cyril, parecendo deslumbrado. — Esse tempo todo a Ruby escondeu que pegou o seu melhor amigo.

— Cala a boca, Cy — resmungo.

— Pelo visto, ela não é só uma garota comum encantadora — continua ele, destemido. — Talvez agora você pare de ficar colocando a Ruby num pedestal.

— Se você der mais um pio, Cy, eu juro…

— É verdade — interrompe Wren. — Se você fosse tão importante pra ela como ela é pra você, já teria te contado há muito tempo.

Vou em direção a ele e o agarro pelas lapelas do paletó. Wren não se defende, apenas me lança um olhar sombrio.

— Você sabe que eu estou falando a verdade. Se não, não ficaria desse jeito.

As palavras dele reverberam na minha cabeça e solto um suspiro trêmulo. O seguro com tamanha força que estou prestes a rasgar o terno dele.

É verdade que só tenho pensado em Ruby. Esse tempo todo, venho tentando recuperá-la e, no processo, deixei todo mundo de lado. Não só Lydia, mas meus amigos também. E a troco de quê?

A troco de que, porra?

— O que você está fazendo? — Ouço um sussurro energético ao nosso lado.

Ruby.

Viro o rosto para ela e sinto uma pontada de dor no peito. A situação me deixa completamente confuso. Só depois, percebo que há outros convidados do baile atrás dela, observando perplexos o que está acontecendo.

Ruby para bem ao nosso lado.

— O que você está fazendo? — insiste, olhando para Wren e para mim.

— O James acabou de ficar sabendo do nosso segredinho, Ruby.

O rosto de Ruby fica pálido.

Por um momento, tenho vontade de dar um soco em Wren. Mas então me lembro do soco que dei no meu pai. Eu o solto. Não aguento ficar aqui por nem mais um segundo.

— James… — sussurra Ruby.

Balanço a cabeça, dou meia-volta e vou embora.

20

Ember

Estou um pouco decepcionada.

Ruby fez dessas festas um mistério, e eu estava preparada para qualquer coisa, menos para passar a maior parte da noite aqui, entediada, mais parada que água de poço. Enquanto Ruby corre de um lado para o outro no salão, falando não sei o quê com não sei quem, consigo fazer com que duas pessoas conversem comigo por um tempinho. Uma dessas é a filha de um empresário, dono de uma rede de cafeterias. Gostei tanto do vestido dela que perguntei qual era o estilista e se podia tirar uma foto. A outra pessoa era um representante do Colégio Maxton Hall, que deu um discurso de abertura incrível, pelo qual o parabenizei. Apesar disso, minha opinião não pareceu interessá-lo muito, visto que, durante nossa conversa, ficou olhando para as pessoas ao nosso redor como se procurasse alguém mais importante com quem falar.

Kieran mal saiu do meu lado ao longo da noite. Tenho certeza de que Ruby pediu para ele me vigiar. Ele é gentil e atencioso, mas já esgotamos todos os assuntos possíveis e, portanto, nos limitamos a ficar olhando em silêncio para o palco ou para nossos copos. Fico um pouco chateada. Certamente ele tem coisas melhores para fazer além de cuidar da irmã mais nova da diretora do comitê de eventos.

Enquanto a última oradora faz um apelo fervoroso em prol do amor ao próximo, procuro discretamente por Wren pela enésima vez. É o único de todos os presentes que se interessou de verdade por mim nesta noite. E o interesse foi mútuo. Algo nele me fascinou, e gostaria de ter a oportunidade de conversar um pouco mais com ele e saber mais sobre sua vida.

Os aplausos do público me trazem de volta à realidade. A oradora agradece e sai do palco. Ruby está logo abaixo, ao lado da escada, e a recebe. Fico surpresa ao ver seu rosto: algo mudou. O sorriso não se reflete nos olhos dela e me parece falso. Pensando bem, essa é a primeira vez que a vejo em horas. Será que aconteceu alguma coisa? Não deve ter nada a ver com o baile, aqui tudo segue conforme o planejado. Penso em me aproximar dela, mas minha irmã desaparece com a oradora em uma sala adjacente.

Solto um suspiro.

E, no mesmo instante, encontro Wren.

Ele está encostado na parede ao redor da porta principal. E sorri para mim de longe. Por um momento, fico tentada a me virar para ter certeza de que está olhando para mim, mas... não, está olhando diretamente para mim. Assim como antes.

Penso na ideia por exatos dois segundos. Então, peço licença para Kieran, cujos protestos eu ignoro, e sigo em direção a Wren. Seu olhar não se afasta de mim conformo me aproximo devagar, e de repente o trajeto parece bem mais longo do que de fato é.

— Você voltou — digo quando paro a certa distância dele.

Ele balança a cabeça, sorrindo.

— A gente ainda não tinha terminado a conversa, né?

Não sei se faria uma pergunta tão ambígua assim de propósito. Transmiti a impressão errada ao vir até ele? Porque, embora tenha claramente flertado comigo, só quero conversar e nada mais.

— Não, não tínhamos terminado — respondo, apesar de tudo.

A atenção e o interesse no olhar de Wren é uma mudança bem-vinda em comparação aos rostos indiferentes do resto dos convidados. Talvez esta noite não seja um fracasso total.

Mesmo assim, tome cuidado, sussurra uma voz na minha cabeça.

Em seguida, Wren segura minha mão. Surpresa, olho para nossos dedos entrelaçados e, depois, para o rosto dele. O garoto arqueia uma sobrancelha e aperta minha mão ao mesmo tempo, como se fosse a coisa mais natural do mundo. Acho muito difícil entendê-lo.

Wren aponta com o queixo para a saída.

Reflito por alguns segundos e lanço um olhar para trás, por cima do ombro. Ruby ainda não voltou para o salão, e Kieran também desapareceu.

Wren aperta minha mão de leve mais uma vez. Acho que nunca tinha conhecido um cara tão interessante quanto ele. Acho que a conta do Instagram não faz jus a quem ele é. Suas fotos dão a impressão de que ele é forçado demais: propositalmente feliz; propositalmente descolado. Mas sua personalidade de verdade é muito mais legal. E bastante misteriosa. Quero saber o que aconteceu, custe o que custar. Por que ele finge esse sorriso despreocupado mas, ao mesmo tempo, seu olhar está distante?

Finalmente assinto, e saímos juntos para a área de entrada do Boyd Hall. Uma mulher com um vestido vinho lindo e deslumbrante passa por nós, e me viro para observá-la. Quando vejo o decote nas costas com acabamento de renda, solto um leve suspiro.

Wren me olha de soslaio.

— Eu sou louca por moda. E os vestidos das pessoas aqui… Adoraria juntar moldes de todos pra costurar depois.

Observo Wren para avaliar se ele acha estranho, mas seus olhos brilham. Ele aponta para uma escada curva que leva ao primeiro andar.

— Tenho uma ideia.

Eu o sigo, me esforçando para não pisar na barra do vestido enquanto subimos a escada larga. Ao chegar lá em cima, Wren vira à esquerda e me conduz por um corredor longo e escuro.

Os corredores da minha escola são sujos e há muito tempo o branco das paredes ganhou um tom amarelado. A pintura verde-escura vem descascando dos armários há anos, e os alunos pintaram de caneta as poucas imagens penduradas entre uma porta e outra. A diferença entre meu colégio e este corredor não poderia ser maior: aqui, vejo quadros que parecem valiosos, expostos em molduras pesadas, além de fotos de ex-alunos célebres de Maxton Hall. Há vitrines onde ficam joias doadas à escola, além de algumas esculturas feitas na aula de artes.

Estou tão ocupada observando os detalhes ao meu redor que quase esbarro em Wren quando ele para de repente. Ele mesmo olha em volta e se senta em um banco de madeira. Então dá batidinhas no lugar livre ao seu lado, e eu me sento.

— Olha — diz ele, apontando para o parapeito à nossa frente.

Com curiosidade, espio pelos entremeios dos balaústres de madeira.

Um sorriso se abre em meu rosto. Daqui, tenho a melhor vista da entrada do Boyd Hall e posso observar as pessoas sem que ninguém perceba. Duvido que percebam que estamos aqui, caso olhem para cá. Esta parte da galeria está escura demais.

— Você é um gênio — declaro, animada.

Wren sorri.

— Até agora, nunca tinham me chamado de "gênio".

— Então eu te concedo solenemente esse título. — Faço como se estivesse batendo em seus ombros com uma espada e tornando-o um cavaleiro.

Neste momento, Wren segura minha mão novamente com força. O sorriso dele se esvai, dando lugar a uma expressão completamente diferente. De repente, seu olhar fica sério e significativo. Sinto um frio na barriga que vai se espalhando pelo restante do meu corpo.

Ninguém nunca me olhou assim. Nunca *mesmo*.

De onde venho, não há garotos como Wren. Aos olhos dos meus colegas, sou "só a Ember". Conheço a maioria deles desde a pré-escola, e nenhum me olharia como se eu fosse desejável ou única. Tenho uma séria dificuldade em continuar respirando de maneira regular.

Wren passa o olhar por minha boca, então pelos meus olhos e de volta para a boca. Continua segurando minha mão na dele. Com a outra, afasta uma mecha de cabelo do meu rosto. Ao fazer isso, o polegar dele acaricia minha têmpora, e sinto um arrepio percorrer o corpo.

Há uma faísca entre nós, e ela se torna mais viva a cada segundo que passa. Nunca tinha experimentado nada assim. Cada segundo, cada momento, é terrivelmente bom e empolgante.

— Desculpa ter desaparecido de repente antes — diz em voz baixa. — Pelo visto, tem gente querendo te proteger de mim a qualquer custo.

— Por quê? — sussurro.

Ele não tira os olhos de meu rosto.

— Porque me conhecem.

Isso é tudo o que diz antes de se aproximar mais de mim e colocar os lábios nos meus. Solto um som de surpresa, e Wren coloca o braço em minhas costas para me puxar para mais perto dele. Seus lábios ficam mais suaves e se abrem de leve. Então, sinto o gosto.

Álcool.

Eu o afasto de mim no mesmo instante e me movo um pouco para o lado. Balanço a cabeça de um lado para o outro.

— Wren.

Ele me encara, confuso.

— O que foi?

Meu coração bate de maneira descontrolada. Mesmo que tenha sido provavelmente o beijo mais curto da história da humanidade, ainda consigo sentir seus lábios nos meus.

— Eu não imaginava que meu primeiro beijo seria assim — respondo.

Minhas mãos estão tremendo. Cruzo-as no colo e desvio o olhar para não ver a reação de Wren às minhas palavras. Em vez disso, olho para baixo através do parapeito. Uma jovem acabou de passar pela porta de entrada; o vestido azul-escuro se parece quase com o céu noturno. Há pontos brilhantes salpicados pela barra da saia, de modo que a cada passo eles brilhem sob a luz.

— Seu primeiro beijo, é? — O tom de voz de Wren fica suave de repente.

O homem que está ao lado da mulher coloca as mãos nas costas dela, e eu os sigo com o olhar enquanto entram no salão.

— Aham.

Por um tempo, ficamos em silêncio.

— Desculpa — diz, por fim.

O casal desaparece na multidão, e volto a olhar para Wren.

— Eu tive uma semana de merda. Achei que poderíamos nos animar juntos — continua a dizer.

— Se quiser, a gente pode conversar sobre isso. Mas não estou aberta a outras coisas. Muito menos se você está bêbado.

— Eu não estou bêbado. No máximo alegrinho. Sei muito bem o que acabei de fazer. E teria feito o mesmo se não tivesse tomado nem um pingo de álcool — responde, com as sobrancelhas erguidas. — Só pra você saber.

— Está bem.

Wren assente e se senta de novo no banco. Cruzo os braços e encaro o lustre que ilumina a área de entrada.

— Por que você teve uma semana tão ruim? — questiono algum tempo depois.

Ele prende a respiração. Pela maneira como o corpo se tensiona de repente, percebo que ele não esperava a pergunta e está dividido entre responder ou não.

O canto fraco do coral da escola chega até nós, mas mal escuto as doces harmonias.

Por fim, Wren respira fundo e fecha os olhos.

— Meus pais acabaram de falir.

— O que aconteceu?

Wren dá de ombros quase imperceptivelmente e fecha os olhos.

— Meu pai cometeu um erro investindo em ações. Perdeu quase a fortuna toda.

Minha nossa. Não consigo nem imaginar o que deve significar para alguém de Maxton Hall perder quase tudo da noite para o dia.

— Sinto muito.

Wren franze os lábios com força e olha por cima do parapeito.

— Como isso afeta vocês? — pergunto com cautela.

— Nós vamos nos mudar. Não sei o que vai acontecer depois. Passei em Oxford, mas não faço ideia de como vou pagar os meus estudos.

— Tem bolsas e coisa do tipo. Minha irmã se inscreveu em várias. Às vezes você consegue também — sugiro.

Ele assente, perdido em pensamentos.

— É. Quem sabe...

Ficamos alguns minutos ouvindo o coral, que canta lá embaixo uma música pop em outro estilo. O clima entre nós parece calmo, como se Wren não tivesse acabado de me contar uma tragédia.

De repente, ele vira o tronco em minha direção e volta a me observar. Não sei quanto se esforçou para isso, mas, de um segundo para o outro, seu olhar não parece tão perdido; em vez disso, mostra curiosidade, como no começo da noite.

— Agora sua vez — diz. — Me conta alguma coisa sobre você. Até agora, só sei que a Ruby é sua irmã e que você gosta de moda.

Sorrio para ele, sem saber o que confidenciar.

— Eu tenho um blog de moda *Plus Size* faz um ano e meio. O nome é *Bellbird* — começo a dizer, uma das informações mais importantes e inofensivas a meu respeito.

Não tenho problema nenhum com as pessoas conhecendo meu blog. Tenho orgulho do que faço, ainda mais agora, depois de atualizar a identidade do site.

O sorriso retorna ao rosto de Wren.

— Que da hora. Como você começou?

A pergunta me surpreende, mas de maneira positiva. Umedeço os lábios.

— Eu fui gorda a vida inteira. — Faço uma breve pausa, esperando para ver se Wren reage à afirmação, mas me surpreendo pela segunda vez quando apenas continua olhando para mim atentamente, esperando que eu continue a falar. — Não porque como o tempo todo, como muita gente pensa. Eu simplesmente sou assim. E tenho muita dificuldade em encontrar roupas bonitas no meu tamanho. Aí chegou uma hora que comecei a costurar minhas próprias roupas. Compartilho no meu blog desde então. Além disso, escrevo artigos incentivando as pessoas a se aceitarem como elas são.

O sorriso no rosto de Wren não diminui nem um milímetro. Pelo contrário, fica ainda maior.

— Você parece uma super-heroína, Ember.

Sinto o calor se espalhar pelas minhas bochechas. Mas falsa modéstia não é minha cara.

— Eu *sou* uma super-heroína — respondo.

Agora, ele começa a rir. O som é tão áspero e maravilhoso que acho que vou me lembrar dele a noite toda. Por um momento, me arrependo de ter interrompido o beijo, mas no fundo sei que foi a decisão certa. Se não tivesse feito isso, com certeza o arrependimento seria maior ainda.

— Já sei o que vou fazer hoje à noite — comenta Wren após um tempinho.

— O quê?

Um brilho aparece em seus olhos escuros.

— Vou ler todos os artigos do seu blog. Cada um deles.

É minha vez de sorrir.

— Essa é uma meta e tanto… Já estou publicando pelo menos dois artigos por semana há mais de um ano.

— Tá… — diz, arrastando a sílaba. — Então talvez eu demore um pouquinho mais pra ler tudo.

O coro termina a música, e aplaudo baixo, mas intensamente. Lá embaixo, um homem para de repente e se vira em nossa direção. Me escondo imediatamente e espero que não tenha nos descoberto. Não faço ideia de se é permitido estar aqui em cima.

Wren ri baixinho.

— Parece que você não quer ser pega aqui comigo.

— Quando minha irmã descobrir que passei esse tempo todo com um garoto em um canto escuro, ela vai pirar.

Toda a diversão desaparece dos olhos de Wren. Ele abre a boca e volta a fechá-la no mesmo instante. Independentemente do que queira dizer, não consegue. Por fim, solta um suspiro.

— Então eu deveria te levar lá para baixo de novo. Espero que a Ruby não tenha percebido que você desapareceu.

Fico decepcionada por alguns segundos, mas talvez ele tenha razão.

Wren se levanta e estende a mão para mim. Como se fosse a coisa mais normal do mundo, eu a seguro e o acompanho pelo corredor, descendo a escada até ficarmos de frente para a porta do salão.

— Obrigada por ter salvado minha noite, Ember — diz Wren, palavras que soam sinceras.

Quando sorri para mim uma última vez, de repente sou tomada pelo desejo de não o deixar ir. Mas ele já se virou.

Uma sensação de saudade surge em meu peito. E com todas as forças, torço para que este não tenha sido meu último encontro com Wren Fitzgerald.

21

Ruby

Não dormi nem um minuto.

Em vez disso, passei a noite toda pensando no que aconteceu na festa. Justamente quando James e eu estávamos nos aproximando aos poucos outra vez, acontece esse revés. O que mais me entristece é que não tive a oportunidade de contar o que aconteceu entre mim e Wren com as minhas próprias palavras. Mandei uma mensagem para James dizendo que queria explicar tudo ainda na festa de ontem, mas ele ainda não respondeu. Sei que o decepcionei, mas o silêncio dele me mata.

Enquanto estou na cama, encaro a admissão de Oxford, que imprimi e prendi no quadro de avisos da minha mesa. Como sempre, sinto um frio no estômago de alegria ao olhar para o papel, mas dessa vez me lembro também do que James disse dois dias atrás:

A pessoa que você conheceu em Oxford... aquele sou eu de verdade. *E queria ter mais dias com você para provar isso.*

Só de pensar que agora é tarde demais, meu coração aperta. Com um suspiro frustrado, me levanto e coloco uma roupa. Tenho que sair urgentemente deste quarto para me distrair, senão vou enlouquecer.

Vou para o quarto de Ember, e quando vejo a luz vazando por debaixo da porta, dou um suspiro de alívio.

— Ember? — chamo.

— Entra. — Ouço-a dizer e abro a porta.

Minha irmã está deitada de bruços na cama, sorrindo diante da tela do celular. Ao perceber meu olhar curioso, ela cora e se esconde embaixo da coberta.

— O que você está fazendo?

— Estou lendo os comentários do meu novo artigo — diz no mesmo instante.

Se não estivesse com o rosto tão vermelho, acreditaria sem pensar duas vezes.

— Pela sua cara, parece que te peguei fazendo algo indecente — brinco enquanto me sento na beira da cama.

— Bom, eu estou de pijama. Não dá pra ser tão indecente assim — responde, mexendo as sobrancelhas para cima e para baixo.

Devolvo o olhar divertido. Então, aponto com o queixo para o corredor.

— Desce pra tomar café da manhã comigo? Não quero enfrentar sozinha o interrogatório intrometido da mãe e do pai. Tenho certeza de que vão me bombardear com milhares de perguntas sobre ontem.

Ember suspira, mas sai da cama e calça o chinelo. Não se dá ao trabalho de trocar de roupa; sai com o pijama estampado com desenhos bonitinhos de esquilos e nozes. O celular está firme em sua mão, e vejo que a tela se ilumina de vez em quando. Me pergunto se é Kieran que está mandando mensagem para ela. Os dois pareciam estar se dando bem ontem à noite.

— Bom dia — diz nosso pai quando nos vê aparecer na porta da cozinha e ajusta os óculos de leitura no nariz.

Está lendo alguma coisa no Kindle que todos nós compartilhamos e que, portanto, tem todo tipo de livro: de romances contemporâneos a suspenses, fantasias e clássicos ingleses.

— Bom dia — respondemos Ember e eu, e nos sentando à mesa com ele.

— Oi — cumprimenta nossa mãe quando chega à cozinha. — Todo mundo já acordou. — Ela semicerra os olhos ao me ver. — Ruby, você não dormiu de noite?

Meu pai e Ember me observam, curiosos.

Desvio o olhar e pego uma torrada.

— Claro que dormi.

— Bom, dá pra entender por que você está exausta — diz Ember de repente. Ergo o olhar, surpresa. — Não imaginava todo o trabalho que organizar uma festa como aquela podia dar ou a quantidade de coisas que precisavam ser resolvidas. É uma loucura.

Sorrio para ela, agradecida.

— Pode continuar com os elogios.

Minha mãe me passa a manteiga e, depois, a geleia de maçã.

— Conta como foi.

— Foi tudo conforme o planejado — digo, começando a passar manteiga na minha torrada. — Estou satisfeita.

Nossa mãe está acostumada com as minhas respostas concisas sobre Maxton Hall e imediatamente se volta para Ember. Mas minha irmã está ocupada, digitando uma mensagem no celular debaixo da mesa, e não percebe que a mãe falou com ela.

— Por que você está com esse sorriso estampado na cara, Ember? — intervém o pai de repente, um segundo antes que eu faça a mesma pergunta.

Ela ergue o olhar ao perceber ter sido flagrada.

— Não estou sorrindo.

Nosso pai levanta uma sobrancelha enquanto a mãe, de forma mais energética, insiste:

— Conta pra gente o que você fez ontem.

Dou uma mordida na torrada e olho para Ember, tão cheia de expectativa quanto a mãe e o pai.

— Foi muito lindo — diz, por fim, e parece estar sendo sincera. — A escola é tão linda... As fotos da internet não fazem jus. E as roupas das pessoas! Um vestido mais lindo que o outro.

Ela se serve uma xícara de chá com um suspiro.

— Só isso? Não vai contar mais nada? — questiona nossa mãe.

Me pergunto por que está insistindo tanto. Será que é por finalmente ter a oportunidade de obter informações de alguém sobre as festas em Maxton Hall? Ou está preocupada com Ember? Demoramos um pouco para convencê-la a permitir que Ember fosse comigo. Talvez seja por outro motivo oculto.

Minha irmã não perde a paciência. Calmamente, espalha manteiga na torrada antes de levantar a cabeça.

— Eu conheci um garoto. Era isso o que você queria ouvir, mãe?

Me volto para ela abruptamente, encarando-a.

— É o Kieran? Por favor, diz que é o Kieran.

— Quem é esse tal de Kieran? — se intromete nosso pai, deixando o Kindle de lado.

Ele olha de Ember para mim alternadamente.

— Um cara muito legal do comitê de eventos.

Nossa mãe suspira, aliviada.

— Graças a Deus! Já achei que a gente fosse ter uma segunda filha sofrendo por amor jogada no sofá.

— Ei, eu não sofro por amor!

A mãe e o pai trocam um longo olhar que vale mais do que mil palavras.

— Se você acha, meu bem... — diz a mãe, agora sem o sorriso de sempre. — Vai, Ember, conta mais sobre esse garoto.

— Calma! — exclama Ember, olhando indignada primeiro para nossa mãe e depois para mim. — Primeiro, não é da conta de vocês. Segundo, eu não devo explicações pra ninguém. E terceiro, *conhecer* não significa namorar. Além disso, eu dei um fora nele e quero ver primeiro como ele reage. Então não comecem a fazer alarde por conta disso.

Olho fixamente para minha irmã.

— Quem é, Ember?

Ember responde à minha pergunta arqueando as sobrancelhas.

— Não vou te contar.

— Ember, eu…

— Esquece, Ruby, não vou contar. Será que a gente pode voltar a tomar café da manhã em paz? — Minha irmã morde a torrada de maneira teatral.

O resto do café da manhã passa com uma lentidão torturante. Nosso pai tenta aliviar o clima por alguns minutos, mas não dá muito certo. Na minha mente, os pensamentos se acumulam. Repasso a noite anterior e penso em quais momentos Ember teve a chance de falar por mais de cinco minutos com um garoto que não fosse Kieran. Na verdade, *só pode* ter sido ele. Mas se fosse, ela não tonaria isso um mistério, ou será que tornaria?

Depois do café da manhã, Ember e eu permanecemos em silêncio enquanto colocamos a louça na máquina de lavar e depois subimos juntas. Antes de entrar no quarto, ela me lança um sorrisinho, que retribuo de leve. Não somos muito de brigar uma com a outra, mas não consigo afastar a sensação de que alguma coisa aconteceu ontem e eu deveria ter protegido Ember.

Suspiro e abro a porta do quarto e ouço um toque no meu celular no mesmo instante. Pego-o na mesa de cabeceira apressadamente. Com os dedos trêmulos, abro a mensagem.

Podemos conversar?

Digito a resposta tão rápido que a tela do celular não aguenta e todas as palavras saem erradas, então preciso começar tudo de novo.

Claro. Quando e onde?

Conto os segundos e prendo a respiração até o celular indicar que chegou uma nova mensagem de James.

Eu ia sair agora.

Posso ir na sua casa?

Hesito por um instante. Nunca havia chamado James para vir aqui em casa. Apresentá-lo aos meus pais seria dar um grande passo.

Mas, no fundo, sinto que estou pronta para isso. Posso voltar a ficar na presença dele sem desmoronar. E o fato de ele querer conversar comigo demonstra que, apesar de tudo o que aconteceu antes, ele está sentindo o mesmo que eu.

Portanto, respondo:

Pode ser.

Em seguida, desço correndo com o celular na mão. Meus pais estão acomodados na sala de estar. Ele, imerso no Kindle novamente, enquanto ela começou a separar a correspondência da semana. Me aproximo com cuidado e pigarreio.

— Tudo bem se o James vier aqui? — pergunto.

Minha mãe fica imóvel com o abridor de cartas em mãos e troca um olhar surpreso com meu pai. As palavras dela sobre estar sofrendo de amor ainda ressoam em minha cabeça, e tenho que me esforçar para resistir ao seu olhar crítico.

— Meu bem, a gente só quer o melhor pra você — começa a dizer meu pai, devagar. — Nós percebemos que você ficou muito mal em dezembro.

— Aquela não era a minha Ruby — concorda minha mãe em voz baixa. — A verdade é que não quero que você volte a ficar com esse menino.

Abro a boca e a fecho novamente.

Meus pais nunca me proibiram de nada. Provavelmente pelo fato de nunca terem tido muito o que proibir. Minha vida sempre girou em torno da minha família e de Oxford. Algo se acende em mim. Uma mescla de confusão e raiva pelo que acabaram de dizer.

— O James é… — Procuro as palavras certas.

Não sei como explicar para meus pais o que aconteceu entre mim e James.

Talvez possa fazê-los entender o quanto ele significa para mim. E que meu coração sempre estará com ele. Mas preciso de mais tempo até chegar nesse ponto. Nem eu mesma sei o que vai acontecer entre nós dois.

— Por favor, confiem em mim — imploro.

Eles voltam a se entreolhar.

Minha mãe suspira.

— Você tem dezoito anos, Ruby. Não podemos te proibir. Se esse menino vai vir, queremos ter a oportunidade de conhecer ele.

Assinto. Ao mesmo tempo, me pergunto se minha mãe já deu alguma busca em James e os Beaufort. Nunca tinha pensado na possibilidade, mas não me surpreenderia se o ceticismo dela se baseasse nisso; afinal, eu mesma sei o que há por aí sobre James.

— Ele é vegetariano? — pergunta meu pai de repente, olhando para cima com curiosidade.

Penso por um momento.

— Acho que não.

— Bom. Queria fazer um espaguete à bolonhesa. O James está convidado. — Isso é tudo o que meu pai tem a dizer. Então, volta a se concentrar no Kindle.

— Ótima ideia — concorda minha mãe, me lançando um sorriso largo.

Ela se esforça ao máximo para não parecer tão severa quanto antes, mas o olhar carrega um brilho de descrença. Com a mão, acaricia o braço de meu pai rapidamente, então pega a próxima carta e a abre.

Acho que a conversa acabou, então saio da sala outra vez. Sigo para a cozinha, porque de lá dá para ver os carros que entram na nossa rua. Quando éramos pequenas, Ember e eu sempre nos sentávamos no aparador para ver nossos familiares chegarem quando vinham nos visitar.

Dez minutos depois, o Rolls-Royce dobra a esquina. Saio correndo na mesma hora. Não quero de forma alguma que meu pai — que daria uma boa olhada em James — seja o primeiro a cumprimentá-lo.

Abro a porta antes mesmo que ele saia do carro. O ar ainda está frio, e mudo o peso de uma perna para outra a fim de manter o calor, mas não adianta. Paro quando ele aparece em meu campo de vista. Abre a portinha de madeira e ergue o olhar. Ao me ver, se detém quase de maneira imperceptível; os passos desaceleram por um breve momento, mas então avança pelo jardim e pela escada de casa até parar diante de mim.

— E aí? — diz com a voz rouca.

Me jogaria nos braços dele apenas por essas minúsculas palavras. Houve um tempo em que ficava enjoada por ele cumprimentar todo mundo desse jeito, mas agora a saudação que sai de seus lábios me parece familiar. É quase normal.

— Bom dia — respondo e abro mais a porta.

Faço um gesto o convidando a entrar.

Este momento em que cruza a soleira da porta com um leve pigarro é extremamente importante para mim. Não sei se ele sabe, mas é o primeiro garoto que trago em casa. O primeiro que é tão importante para mim e em quem, agora, confio o bastante para apresentar a meus pais.

Ver James em nosso corredor é muito estranho, mas ao mesmo tempo me pergunto como é possível que eu tivesse tanto medo deste momento. Tudo parece estar correndo bem.

James está vestindo um casaco cinza com uma discreta estampa xadrez, calça preta e larga feita de um tecido macio e um suéter básico de lã da mesma cor. Os sapatos de couro também são pretos. Como sempre, o cabelo acobreado está bagunçado e levemente ondulado, como se tivesse acabado de tomar banho e deixado secar ao ar livre. Eu adoraria tocá-lo.

— Quer tirar o casaco? — pergunto em vez disso.

James assente, pensativo, enquanto olha ao redor. Os olhos dele pousam nas fotos lamentáveis de Ember e eu quando éramos crianças: na primeira, estamos dançando no jardim; em outra, colhendo maçãs; e ainda em outra, mostrando sorrisos desdentados na piscininha da nossa tia. James olha para todas enquanto, de maneira elegante, deixa o casaco escorregar pelos ombros e, em seguida, o entrega para mim.

Tenho que me esforçar muito para não ficar olhando fixamente para ele. Como nas últimas semanas eu havia me proibido de fazer isso, agora parece mais tentador.

Me concentro em pendurar o casaco no armário e, depois, vou para a sala. James me segue, mas antes de abrir a porta, me viro por um segundo e olho para ele.

— Você é vegetariano?

James pisca várias vezes.

Um dos cantos de sua boca se levanta enquanto ele balança a cabeça devagar.

— Não sou, não.

Solto um suspiro de alívio.

— Beleza.

Quando giro a maçaneta e entro na sala de estar com James logo atrás de mim, sinto um nó no estômago de nervoso.

— Mãe, pai, esse é o James — digo, apontando para ele.

James respira fundo antes de se aproximar de minha mãe e estender a mão.

— É um prazer te conhecer, sra. Bell.

— Olá, James — responde minha mãe, sorrindo carinhosamente. — Mas me chama de Helen.

Não vejo nenhum vestígio de seu ceticismo de pouco tempo atrás e me pergunto se ela é uma ótima atriz ou se está sendo tolerante com James porque sabe o quanto a morte da mãe o afetou.

— Pode deixar — responde James —, Helen.

Meu pai não é tão bom em esconder os próprios receios. O olhar é frio e avaliador, e parece estar analisando a mão de James quando a estende. James não faz careta nenhuma.

Felizmente, minha mãe acaba com o momento desagradável.

— Nós queríamos te convidar para o jantar de hoje, James — anuncia ela. — Assim, todos podemos nos conhecer um pouco melhor.

Fecho os olhos e reprimo a vontade de fazer um gesto de desespero. Espero que James não se sinta mais sobrecarregado pela minha família.

— Seria um prazer — responde, porém, sem hesitar por um segundo sequer. — Não tenho planos pra hoje.

— Fantástico — diz meu pai, sem entusiasmo.

Então, há um silêncio desconfortável, e me apresso para agarrar o braço de James e ir em direção às escadas, libertando-o desta situação. Enquanto subimos, percebo o que acabei de fazer: encostei em James sem qualquer hesitação, como se não fosse algo especial. Como se fizéssemos isso o tempo todo por confiarmos um no outro.

Solto-o na mesma hora.

— Não repara na bagunça, eu não arrumei nem limpei nada — digo quando paramos em frente a porta do meu quarto.

James balança a cabeça.

— Imagina. Eu vim do nada.

Assinto e abro a porta. Deixo que James entre primeiro e o sigo. É estranho estar com ele neste quarto, que me parece tão íntimo e onde me sinto tão protegida. Automaticamente, me sinto bem, mas ao mesmo tempo estou incerta a respeito de como será nossa conversa, o que este dia reservará para mim.

Um som fraco interrompe meus pensamentos.

Para ser mais exata, uma risada áspera.

Me viro para James. A risada dele soa um pouco enferrujada, como se fizesse muito tempo que não se divertia com nada.

Quando olha para meu rosto surpreso, faz um gesto com a mão, apontando para o entorno do quarto.

— Sério, se você chama isso de "bagunça", como é seu quarto arrumado, Ruby Bell?

Uma sensação de calor se espalha em minha barriga e então por todo o meu corpo; não consigo deixar de sorrir.

Ver James aqui me alegra.

Vê-lo feliz *me faz* feliz.

Uma onda de saudade toma conta de mim. Quero ir até ele, mas não saio de onde estou, apenas fecho a porta às minhas costas, devagar. Com o leve clique, seu sorriso desaparece.

Ficamos frente a frente por alguns minutos, olhando um para o outro.

— Desculpa por ontem — começo a dizer.

James balança a cabeça vagarosamente.

— Eu devia ter te contado antes. Aquilo...

— Ruby — interrompe ele, a voz baixa. — Você não me deve explicação nenhuma.

Ele tem razão. Sei disso. Mas, mesmo assim, adoraria voltar atrás para evitar a situação de ontem.

— Por que você foi embora tão rápido? — pergunto com cautela.

Ele engole em seco.

— Só fiquei sem saber o que fazer com toda a situação. Fazia um bom tempo que o Wren e eu não brigávamos daquele jeito.

— Sei que sua amizade com o Wren é bem importante — digo, baixinho. — Sinto muito.

James vai até minha mesa e passa o dedo pelas lombadas dos livros que estão empilhados nela desde a semana passada.

— Você não precisa se desculpar. Na verdade, não vim aqui pra falar do Wren.

— Veio por quê, então? — respondo tão baixo que mal dá pra ouvir. Não sei para onde foi minha voz.

Ele me lança um olhar rápido e volta a encarar atentamente o caos em cima da minha mesa.

— Você sabe por que o Wren ficou tão bravo? — pergunta.

Balanço a cabeça e dou os dois passos necessários para me colocar ao lado dele.

— Não.

— Ele estava irritado porque acha que você se tornou mais importante pra mim do que qualquer outra coisa. — James faz uma breve pausa antes de continuar falando. — E ele não está errado.

Ele continua em frente à minha mesa. Não olha para mim enquanto diz essas palavras tão importantes.

— James — sussurro para que se vire em minha direção.

Ele satisfaz meu desejo, e a expressão em seus olhos me impressiona. Reconheço nela todas as emoções que também inundam meu corpo.

Neste momento, uma onda tão grande de amor toma conta de mim que quase preciso desviar o olhar. Ergo a mão com cuidado e afasto uma mecha rebelde de cabelo que cai sobre a testa dele. Então, repouso a palma em sua bochecha. Percebo que o rosto dele está quente, e quando passo os dedos suavemente por sua pele, James envolve minha mão com a dele.

Há pouco tempo, estávamos nesta mesma posição. Acariciei a bochecha dele, criei coragem e confessei que não queria perdê-lo. Mas ele tirou minha mão do rosto dele e deu as costas.

Agora, é diferente.

James segura minha mão com determinação e fecha os olhos. Quando acaricio sua pele com o polegar, um tremor percorre o corpo dele. Ele abre os olhos novamente e prende a respiração.

— Não quero que haja barreiras entre nós, Ruby. Nunca mais — murmura.

Ele está tão perto de mim que mal consigo respirar. As palavras, carregadas de significado, flutuam no ar, e neste segundo fica claro para mim que sinto o mesmo.

Não quero continuar separada dele.

Não quero continuar com raiva nem triste.

Quero voltar a sentir aquele êxtase que causamos um ao outro. Quero voltar de vez a falar com ele, a mandar mensagens para ele e a compartilhar meus medos e preocupações com ele.

Quero amá-lo.

Mesmo dois meses depois, essa nostalgia arrebatadora não desapareceu. Pelo contrário, se tornou cada vez maior, dia após dia. E não há nada que eu possa fazer para lutar contra ela.

— Eu também não — sussurro.

Ele emite um som baixo e cortante, e em seguida me puxa em sua direção. Me envolve com os braços de maneira firme, e meus olhos começam a arder, as lágrimas rolando pelas minhas bochechas. James murmura algo em meu cabelo. E embora não entenda, lá no fundo sei o significado de suas palavras.

James

Não sei por quanto tempo ficamos assim. A certa altura, praticamente me sento em cima da mesa enquanto Ruby se apoia em mim. Meu coração bate tão forte que tenho certeza de que ela consegue ouvir. Os braços dela estão ao redor da minha cintura, e o rosto, enterrado na minha clavícula. Suas lágrimas foram secando devagar, mas ainda sinto a umidade que deixaram ao escorrer.

Respiro fundo, e o cheiro doce e familiar de Ruby sobe pelo meu nariz. Não consigo acreditar que isso está acontecendo. Neste segundo, minha vida deixou de ser uma montanha de escombros. Tudo parece estar bem. Poderia ficar assim para sempre.

— Senti tanta saudade — murmuro algum tempo depois, acariciando o couro cabeludo dela com os lábios.

Queria passar a boca por outros lugares, mas me proibi. Não vou beijá-la. Não agora, não hoje. Não foi para isso que vim aqui.

— Eu também — responde ela igualmente baixo, e meu coração dá um pulo.

Faço carinho nas costas de Ruby. Um grande círculo, depois outro menor. O tecido da blusa tem um toque bem suave. Tão parecido com *ela*...

— O que eu disse naquele dia, quando vim aqui... desculpa. Não queria jogar tudo em cima de você, de forma alguma. — Tenho a sensação de que devo repetir isso o tempo todo.

— Me desculpa também. Eu não devia ter sido tão cruel.

No mesmo instante, nego com a cabeça.

— Você não foi cruel. Estava certa em dizer aquilo. Eu não devia ser um fardo pra você. Não é assim que um relacionamento funciona.

Ao ouvir a palavra *relacionamento*, Ruby levanta a cabeça e se afasta de leve. O olhar desperto repousa em mim, e as palavras seguintes saem por vontade própria:

— É só que... Quando eu te vejo, parece que minha vida toda está ótima. É como se eu estivesse em casa... tipo, em casa mesmo. Nunca tinha sentido nada assim, Ruby. Com ninguém. Você me faz ver que eu não estou sozinho. E foi disso que senti mais falta. Dessa sensação de... estar completo.

Ruby solta um suspiro trêmulo.

— Não sei se isso faz sentido — acrescento.

— Faz, sim — responde Ruby. — Claro que faz.

— Não quero que você se sinta pressionada.

Ela observa meu rosto. Tenho certeza de que minhas bochechas estão tão coradas quanto as dela. Estou com calor e tendo que me esforçar para conter as lágrimas. Mas Ruby não me olha como se pensasse que sou um maluco ou um pobre coitado.

Em vez disso, seus olhos verdes emitem um calor que chega até minha alma. Ela consegue olhar para dentro de mim, e sei que entende tudo.

Ruby é assim mesmo: encontra soluções para as tarefas mais difíceis. Encontra significado onde não deveria haver nenhum. E agora encontra algo em mim que a leva a me abraçar.

— Não me sinto pressionada — sussurra. — Não mais.

Em seguida, fica na ponta dos pés. Olha nos meus olhos por um segundo. E então me beija.

Solto uma exclamação, surpreso. Por alguns instantes, não sei o que acontece, apenas me seguro na mesa com uma das mãos enquanto meus dedos ficam cravados com mais firmeza nas costas dela.

Ruby se aproxima ainda mais, até que não haja nenhum espaço entre nós.

Não era meu objetivo quando cheguei aqui. Mas agora ela está me beijando, as mãos estão em meu corpo, e a presença dela me faz perder a cabeça…

— James? — Ruby inclina a cabeça para trás e me observa, insegura.

Logo neste momento, percebo que estava desestabilizado demais para retribuir o beijo.

— Eu…

De repente, os olhos de Ruby se arregalam, e ela se afasta um pouco de mim. Engole em seco e balança a cabeça.

— Desculpa. Eu achei que… Não era minha intenção…

— Ruby — consigo dizer.

Recupero meus sentidos e, com as duas mãos, puxo-a de volta para mim. Então, me aproximo, afasto todos os pensamentos da mente e, pela primeira vez em dois meses, beijo a garota que amo.

Coloco uma das mãos na nuca dela e passo o outro braço ao redor da cintura a fim de segurá-la firmemente contra mim. Ruby suspira em minha boca.

Puta merda.

Eu estava com tanta saudade disso.

A maneira como Ruby se move. A boca é tão gostosa. O som que emite quando nossas línguas se encostam.

Acaricio a nuca, a linha do cabelo, e desço até o pescoço. A pele dela é tão quente e macia... Queria passar a boca por seu corpo inteiro. Ruby geme, como se desejasse o mesmo que eu.

O som me tira do transe. Me separo dela, respirando com dificuldade.

Por mais que tenhamos ficado algum tempo longe um do outro, não estamos prontos para avançar. Continua havendo um obstáculo entre nós que não pode ser superado agora, e quando Ruby enterra o rosto em meu pescoço e simplesmente me abraça, sei que pensa o mesmo que eu.

Acaricio as costas dela e a seguro em meus braços — por segundos, minutos, horas. É como se, neste momento, só existíssemos ela e eu. Somente nós dois no mundo inteiro.

Não sei quanto tempo ficamos assim, mas quando nos separamos, parece que séculos se passaram.

Nos entreolhamos e sorrimos. Ruby ajeita a franja, e eu, meu moletom. Está claro que nenhum de nós sabe o que vai acontecer a partir daqui.

Limpo a garganta.

— Eu devia...

— Como a...?

Começamos a falar ao mesmo tempo e rimos da situação.

— Você primeiro — digo.

Ruby sorri.

— Só queria perguntar como a Lydia está. Eu não me encontrei com ela ontem à noite.

— Ela está bem. De vez em quando, fica enjoada, por isso não foi para o baile.

Ruby franze a testa, parecendo preocupada.

— Mas está tudo certo, né?

Assinto.

— Aham, tudo em ordem.

Me conforta saber que não preciso tomar cuidado com o que digo ou deixo de dizer para Ruby. Ela conhece todos os nossos segredos, não há nada sobre o que não possa falar com ela. Não sei se algum dia serei capaz de demonstrar o quanto isso significa para mim.

De repente, Ruby pega minha mão e me arrasta até a cama. Sinto um aperto no estômago na hora, porque não sei o que isso significa. Mas Ruby se senta no colchão com as pernas cruzadas e faz sinal para que eu me sente ao lado dela. Dentro de mim, há uma mescla estranha de decepção e alívio, e me acomodo.

— Como você está se sentindo em relação à Oxford? — pergunta.

O calor que havia dentro de mim abre espaço para um frio glacial. Olho para Ruby, surpreso.

— Bom, já imagino qual é a resposta — diz ela, mostrando um sorriso compreensivo para mim.

— Você sabe como eu me sinto sobre Oxford.

— Parece até que você tem um relacionamento amoroso com a faculdade.

Arqueio uma sobrancelha.

— Olha quem fala. Eu bem vi que você desenhou uns coraçõezinhos na carta de admissão — respondo, apontando para o quadro pendurado acima da mesa.

Ruby sorri, sabendo que a encurralei.

— Tá, beleza. Você me pegou. Mas, de qualquer forma, isso não responde minha pergunta.

Reflito por alguns minutos.

— Se você está feliz, eu também estou. Sua felicidade serve pra nós dois — digo da maneira mais diplomática possível.

Ruby revira os olhos. Antes que eu possa pensar, ela pega um dos travesseiros e me bate com ele. Em um primeiro momento, fico atordoado, mas me recupero rapidamente.

— Lydia sempre faz isso comigo. Não posso me defender porque tenho medo de irritar ela. Mas com você... — Num piscar de olhos, pego um travesseiro e jogo nela. — Com você é outra história.

Ela reage mais depressa do que eu imaginava. Agarra o travesseiro que joguei nela e bate em mim duas vezes. Quando tenta uma terceira investida, a seguro pelos punhos.

As bochechas de Ruby estão coradas, a respiração acelerada, e o cabelo, despenteado. Todo meu ser implora para que eu me incline na direção dela e a beije outra vez.

Mas, pouco depois, eu a deixo ir. Limpo a garganta e tomo um pouco de distância.

— Então você vai se matricular? — pergunta Ruby algum tempo depois.

Assinto uma única vez.

— Vou. Pra você, eu nem preciso perguntar, né?

Agora que o calor que subiu meu pescoço voltou a diminuir, me atrevo a olhar para ela. Ruby está me olhando carinhosamente, e por mais que dê para ver que ela está se segurando, o brilho em seus olhos reflete o quanto está feliz.

— Claro que vou. — Ela hesita. — Mas estou preocupada; não sei se vou conseguir uma bolsa. Reuni todas as informações disponíveis sobre receber subsídio, mas todo ano um número impressionante de alunos se inscreve, e não faço ideia de quais as minhas chances de conseguir. Sem uma bolsa, não vou conseguir estudar. — Quase dói ver o quanto a alegria desaparece dos olhos dela aos poucos, sendo substituída pelo temor. — E também não sei o que posso fazer.

— Com certeza você tem muitas chances — afirmo, otimista.

— Tendo ou não, vou lutar até o final — diz, determinada, e neste momento não tenho dúvida de que Ruby pode fazer qualquer coisa a que se proponha.

— Minha mãe sempre se comprometeu a fazer com que a Beaufort apoiasse projetos diferentes todos os anos. Deve ter bolsas de estudos entre eles. Se quiser, posso dar uma olhada — proponho com cautela.

Não tenho certeza de se estou ultrapassando algum limite ao fazer isso. Espero que não.

Ruby vacila por um momento, mas fico aliviado ao ver que ela está considerando a possibilidade mais do que achando uma sugestão impertinente.

— Seria muito gentil da sua parte — afirma, por fim. — Como estão as coisas na sua casa?

O olhar dela suavizou quando mencionei minha mãe, por isso a pergunta não me surpreende.

Penso por um instante.

— Tudo bem com a Lydia. E o meu pai... é o meu pai. Não o vejo muito, e desde dezembro, mal nos falamos.

— Não parece muito bom, então — murmura Ruby.

Dou de ombros.

— Melhor assim. Ando de saco cheio dele. A Lydia e eu nunca vamos esquecer que ele não contou pra gente o que aconteceu com a nossa mãe.

— Nunca briguei com ninguém na vida, mas acho que também teria pulado no pescoço dele.

Ao imaginar a cena, quase começo a sorrir. Contudo, a ideia desaparece rapidamente.

— A maneira como ele trata a Lydia me tira do sério — digo, seriamente —, ainda mais agora, que ela está passando por tanta coisa.

— O que ele faz? — pergunta, juntando as sobrancelhas.

— Ele sempre age como se ela fosse uma idiota, e isso me irrita demais. É como se ele não se importasse com o fato de ela também ter entrado em Oxford.

Ruby faz um gesto de desprezo com a boca.

— Tudo o que você me conta sobre ele me deixa indignada. Não me surpreende você preferir que ele fique fora de casa.

Geralmente, odeio essas conversas. Costumo mudar de assunto ou evitá-lo, mas Ruby faz parecer normal ficar sentado na cama dela falando sobre meus problemas familiares.

Acho que eu poderia até me acostumar com isso.

— No que você está pensando? — pergunta Ruby de repente.

Me limito a balançar a cabeça. Estou com um nó na garganta do qual não consigo me livrar, por mais que pigarreie.

— James? — Ruby soa insegura.

— Só estou feliz por estar aqui — respondo, a voz rouca.

Um segundo depois, Ruby se aproxima de mim. Coloca a mão sobre a minha, e eu entrelaço os dedos nos dela.

— Também estou feliz por você estar aqui — sussurra, e um quentinho se espalha por meu corpo inteiro.

— Eu não vou embora tão cedo — afirmo, olhando para nossas mãos. — Vai se acostumando.

Ruby

James e eu passamos uns dez minutos sem ninguém nos incomodar, até que Ember bate na porta com uma força exagerada e nos traz alguns biscoitos da cozinha por ordem da minha mãe. James pula da cama como se tivesse sido mordido por uma tarântula. Quando sai do quarto, minha irmã deixa a porta aberta e me lança um olhar malicioso, ao qual respondo revirando meus olhos. James e eu só estávamos conversando, não pulando sem roupa um em cima do outro.

Se é realmente isso que minha mãe está pensando... não sei nem o que dizer.

James, que ficou parado no meio do quarto, hesitante, quando Ember foi embora, aponta para os livros na minha mesa.

— Até quando você tem que ler? — pergunta.

Solto um suspiro.

— Na verdade, eu já devia ter lido quase todos. Mas me atrasei muito por causa do baile.

— Entendi — murmura James, mostrando *O utilitarismo*, de John Stuart Mill. — Esse tem só pouco mais de cem páginas e eu já li. Se quiser, podemos fazer uma resenha dele juntos.

Semicerro os olhos.

— Quer fazer o trabalho junto comigo?

— Claro — diz, apontando para a mesa. — Tem outra cadeira?

Estou tão surpresa que fico sem palavras.

Por fim, assinto e saio da cama.

— Já volto. Não sai daqui.

Corro até o quarto de Ember. Ela está sentada no chão, na frente da cama, com as costas apoiadas na madeira, e o notebook no colo. Quando me vê, abre um sorriso expressivo e tira os fones de ouvido.

— E então...? — pergunta, arrastando as sílabas.

Ao que tudo indica, decidiu parar de me ignorar... ou talvez só esteja curiosa demais para isso.

— Me empresta sua cadeira? — peço.

— Claro que empresto minha cadeira.

Ignoro seu tom cínico e arrasto a cadeira até meu quarto. Nesse meio tempo, James já se acomodou diante da mesa e abriu *O utilitarismo* à sua frente.

Ele olha para cima, e seus lábios mostram um sorrisinho.

— Quero fazer tudo que você me deixar fazer com você, Ruby. — Quase no mesmo momento em que termina de dizer as palavras, faz uma careta. — Eu... não era isso o que eu queria dizer.

O rubor se espalha pelo rosto dele, e minhas bochechas também esquentam. Desvio o olhar, viro as primeiras páginas do livro e pigarreio.

— Quer um caderno?

James assente na mesma hora.

— Quero. Obrigado.

E, de fato, durante as duas horas que se seguem, estudamos *O utilitarismo* juntos. Embora eu tenha dificuldade de me concentrar no início — em partes por James estar ao meu lado, e em outras porque novas ideias vivem invadindo minha cabeça —, após algum tempo, entendo a teoria e começo a formar minha própria opinião sobre o tema. James e eu discutimos os argumentos um do outro e percebo mais uma vez como ele é inteligente. Mesmo que não esteja com vontade de ir para Oxford agora, acho que vai surpreender a todos quando começar o curso.

Assim que terminamos, passo o marca-texto na última palavra-chave em meu caderno novo e me recosto na cadeira com um suspiro.

— E agora? — pergunta James.

Franzo o cenho.

— E agora o quê?

— Tipo assim, quando minha cabeça está cheia de coisas, preciso me distrair com algo antes de continuar — explica.

— O que você costuma fazer? — pergunto, curiosa.

É uma sensação estranha, pois conheço os segredos mais ocultos de James, mas não sei nada sobre seu dia a dia.

— Quase sempre, pratico um esporte. — James dá de ombros. — Às vezes, também assisto a vídeos de viagem.

Quando não respondo nada, ele me encara com as sobrancelhas levantadas.

— Tenho certeza de que você também faz alguma coisa pra descansar a mente.

Hesito por um momento.

— É, verdade. Mas, pra ser sincera, é algo muito esquisito. Não quero que você me ache estranha.

Os cantos da boca de James se levantam.

— Estou curioso pra saber o que é.

— Você tem que prometer, James.

Ele levanta dois dedos para dar a palavra e assente.

Pego o notebook e abro a lista de favoritos do navegador. Vou para minha pasta de relaxamento e clico no primeiro vídeo salvo.

Uma garota loira aparece na tela e faz uma saudação em voz baixa. O vídeo começa quando ela abre um pacote e, devagar, passa as mãos pelo papel em que diferentes objetos estão embrulhados. Me atrevo a olhar para James de soslaio, porque, de qualquer forma, já sei o vídeo de cor. Ele olha para a tela e, depois, para mim.

— O que é isso? Por que ela fala tão baixo? — Os olhos se voltam para a tela. No vídeo, a menina está arranhando uma esponja com as unhas compridas. — Por que ela está fazendo isso?

— É um vídeo de ASMR.

O rosto de James parece um enorme ponto de interrogação.

— É uma coisa da internet — explico. — Não sei nem como começar a descrever. São vídeos em que pessoas falam em voz baixa e fazem alguns sons, como farfalhar e batidinhas leves.

— Mas pra quê?

É tão fofo ver o quanto ele está confuso. Nunca o havia visto assim.

— O objetivo é tranquilizar — respondo. — Para o meu cérebro, funciona demais.

— Quer dizer que você assiste a isso pra relaxar? — pergunta com incredulidade.

Faço que sim.

— Eu sinto como se fosse um arrepio na cabeça. Às vezes, também coloco os vídeos pra dormir.

James dá um sorrisinho.

— Acho que você precisa se deixar envolver por vontade própria pra isso funcionar. Estou achando estranho demais agora pra ficar relaxado. É meio... bizarro.

— Tem centenas de vídeos — digo, clicando no próximo favorito da minha lista.

Agora, há um médico na tela, dizendo para o paciente levantar o braço e fechar os olhos.

Não demora muito para eu sentir um arrepio no couro cabeludo.

James balança a cabeça.

— É fascinante. De um jeito totalmente maluco.

— Coloca um hoje à noite antes de dormir. E depois me diz se funcionou — digo, com um sorriso convencido nos lábios.

— Eu ia amar se funcionasse. Estou dormindo mal há semanas.

O sorriso desaparece do meu rosto no mesmo instante. Não quero estragar o clima, mas quando ele diz algo assim, não dá para ignorar. Tenho que perguntar, mesmo que seja uma lembrança triste.

— Por causa da sua mãe? — pergunto, com cautela.

James prende a respiração. Por um momento, permanece imóvel, mas em seguida solta um suspiro pesado e balança a cabeça.

— É. Às vezes... às vezes, eu sonho com ela.

— Você quer conversar sobre isso?

No vídeo, o médico continua o exame, e eu aperto a barra de espaço para pausar.

James permanece em silêncio por um tempo, como se estivesse procurando as palavras certas. Volto a segurar a mão dele suavemente, como antes — antes de Ember nos interromper. James vira a palma da mão para cima, e nossos dedos se entrelaçam.

— Eu não achei que seria assim — explica.

— Em relação ao quê? — pergunto em voz baixa.

Ele engole em seco.

— Ficar sem a minha mãe.

Aperto a mão dele para encorajá-lo a falar mais. E é isso o que ele faz.

James começa a me contar sobre os últimos dois meses. Primeiro, de forma fragmentada, mas depois ganha fluidez e encontra o fio narrativo certo. Fala do sentimento de culpa em relação à mãe, porque tem a sensação de não ter chorado pela morte dela como deveria. Dos medos a respeito de Lydia, que o acompanha todos os dias quando acorda e antes de dormir. Das reuniões da Beaufort, que fazem com que ele sinta que a alma está separada do corpo, como se estivesse observando tudo de fora. Me conta que o pai proibiu tanto Lydia quanto ele de verem a tia deles, Ophelia. Que Lydia precisa urgentemente encontrar uma obstetra, mas tem medo de alguém descobrir o segredo. E que sente muito por ter negligenciado os amigos durante esse período.

Passamos o resto do dia sentados em meu quarto, conversando. Não só sobre da família de James, mas também de todos os temas possíveis. Da escola, do blog de Ember e até da minha conversa com Alice Campbell na noite anterior, na qual eu ainda não tinha de fato parado para assimilar.

Pouco depois das cinco, meu pai liga no celular. Ele prefere isso do que dar um grito que vai ecoar pela casa inteira, como minha mãe faz, ou pedir para Ember vir até meu quarto.

— O jantar está pronto — anuncio.

Vamos de mãos dadas até a porta. Quando estou prestes a abri-la, James me detém. Ele me abraça e me segura com força por um momento.

— Obrigado — sussurra perto do meu ouvido.

Não preciso perguntar por quê.

22

James

O espaguete do sr. Bell é fantástico.

A massa fica al dente, e a harmonia com os diferentes temperos, o tomate, o alho e o toque de vinho tinto no molho fazem com que fique tão gostoso que não consigo reprimir os gemidos de prazer que saem da minha boca.

Quando engulo a primeira garfada, quatro pares de olhos pousam em mim. A família toda de Ruby está me observando. O olhar que o sr. Bell me lança é o que me deixa mais inquieto. Ele me encara com os olhos semicerrados desde que coloquei os talheres incorretamente na hora de pôr a mesa, como se estivesse à espera do próximo erro para confirmar que não sou adequado para a filha. Só que eu sei muito bem posicionar os talheres na mesa. Organizei errado não porque sou burro, mas pelo nervosismo.

Limpo a garganta, me endireito e digo de maneira convincente:

— É o melhor espaguete à bolonhesa que já comi na vida.

A mãe de Ruby sorri para mim. Ember murmura algo enquanto cobre a boca, parecendo dizer "puxa-saco". Pelo menos o rosto do sr. Bell fica um pouco mais afável. Agora, também percebo que Ruby e Ember herdaram os olhos dele, não só a cor, mas também a intensidade do olhar.

— James — chama a sra. Bell (Helen, como trato de me corrigir mentalmente) depois que coloco mais uma garfada na boca. — Você sabe o que quer fazer depois de terminar a escola?

Fico tenso na mesma hora. Mas então vejo a expectativa no rosto de Ruby e me lembro de que essas pessoas são sua família e que não preciso fingir nada na frente delas.

— Entrei em Oxford — respondo, hesitante, sem a dúvida habitual na voz. — E no momento já sou sócio da Beaufort.

— É isso o que você sempre quis fazer? — continua interrogando Helen.

Ok. Não preciso fingir, mas também não posso revelar toda a minha vida pessoal para pessoas quase desconhecidas. Não é assim que a banda toca. Mastigo o macarrão devagar e, para não ter que responder na mesma hora, finjo estar pensando.

— A Ruby sempre soube que queria ir pra Oxford. Às vezes fico imaginando se é igual com todos os alunos de Maxton Hall — acrescenta, sorrindo para a filha, que está sentada à minha esquerda, se mexendo na cadeira, inquieta.

Engulo a comida e tomo um gole de água.

— Nem todo mundo é como a Ruby, isso eu posso garantir.

— O que isso quer dizer? — pergunta Ruby, ofendida.

— Não conheço ninguém que quisesse tanto entrar em Oxford quanto você. Meus amigos e eu também queríamos, mas hoje tenho certeza de que ninguém lutou tanto por isso quanto você. — Parou alguns segundos para pensar se minhas palavras estão soando forçadas, como se eu quisesse conquistar a família de Ruby a elogiando na frente de todos. — Mas talvez eu seja um pouco parcial.

Todos começam a rir. Pelo visto, acharam graça. Franzo o cenho. Tudo o que eu disse é verdade. Não imaginava que fossem rir. Uma sensação estranha se espalha pela minha barriga, e engulo outra garfada de macarrão a fim de me conter.

Depois de jantar, ajudo a tirar a mesa. Em casa, nunca faria algo do tipo — é para isso que temos empregados —, mas aqui tudo ocorre naturalmente.

Entendo os olhares céticos sobre mim. Também acharia o mesmo se estivesse no lugar deles.

— Vocês vão ficar um pouco na sala com a gente? — pergunta Helen quando terminamos. — Ou você tem que ir pra casa, James?

Balanço a cabeça.

— Não. Não tenho que ir embora agora, não.

— Se te fizerem perguntas que você não quer responder, não fala nada e pronto — sussurra Ruby no meu ouvido quando saímos da cozinha, a certa distância da mãe. — Desculpa terem sido intrometidos.

— Relaxa — respondo igualmente baixo. — Não precisa se preocupar. Gosto dos seus pais. E da Ember também.

Isso arranca um sorriso dos lábios de Ruby. Teria preferido segurar sua mão ou tocá-la de outra forma, mas neste momento entramos na sala de estar, onde o resto da família já se acomodou.

Fico impressionado com a organização do ambiente e com a decoração tão minimalista. Ao contrário do quarto de Ruby, não está abarrotada de coisas; é mais aberta, com vários espaços vazios. Entendo o motivo quando o sr. Bell manobra a cadeira de rodas até ficar paralela ao sofá. Em seguida, aciona uma espécie de controle remoto até o sofá se levantar e ficar na mesma altura do assento da cadeira de rodas. Ele desliza de um assento para o outro. Quando percebe que estou observando, sinto vontade de desviar o olhar, mas resisto. Não quero que pense que é desagradável para mim vê-lo assim; afinal, para ele é algo normal. Então, mantenho o olhar e aponto para o sofá, que desce outra vez.

— Nunca tinha visto algo assim — admito com sinceridade. — Foi instalado no sofá ou…?

O sr. Bell assente. Se minha pergunta o surpreendeu, não demonstra.

— Debaixo do sofá, pra ser mais exato.

Ember se senta ao lado do pai. Ao se apoiar no ombro dele, uma expressão afetuosa surge no rosto de sr. Bell de repente, adoçando toda a fisionomia. Então é assim um pai que não trata o filho como se fosse apenas um parceiro de negócios a quem quer manipular por interesse próprio.

— Pode se sentar — diz Helen, indicando o lugar.

Hesitante, viro-me para Ruby, que decide por mim e aponta para a poltrona em frente ao sofá. Ela, por sua vez, se junta à irmã.

— James, você já jogou Jenga? — pergunta Ember de repente quando a mãe coloca no meio da sala um jogo que parece ser feito apenas de blocos de madeira.

Lanço um olhar confuso para o jogo e balanço a cabeça.

— Não.

Ember abre a boca por um segundo.

— Tá. É... — Ela pigarreia. — Não sei o que dizer.

Dou de ombros.

— Desculpa.

— Não tem problema — diz Ruby, lançando um olhar para Ember, deixando claro que é para a irmã ficar quieta.

— Não mesmo — concorda Helen. — É bem facinho.

O sr. Bell bufa.

— Você só diz isso porque sempre ganha.

— Que nada. — Ela sorri para mim de maneira encorajadora, apontando para a torre que construiu com os blocos de madeira. — A gente precisa tirar uma peça da torre e colocar de novo, só que em cima. Você só pode usar uma das mãos pra tirar a peça, e pelo menos uma peça precisa ficar em cada fileira.

Assinto.

— Entendi.

— E o melhor — continua, olhando para o marido — é que sempre tem vários vencedores e só um perdedor.

— Isso não é verdade — intervém Ruby. — Se a gente contar os últimos dezoito anos, todos nós somos perdedores, porque você nunca derruba a torre.

Helen apenas se limita a esboçar um sorriso como resposta, e neste momento percebo que não devo me deixar enganar com o comportamento afetuoso, mas sim tomar cuidado com ela.

O jogo começa. Vou logo depois de Helen e tiro um bloco de madeira de um canto. Em seguida, é o sr. Bell, depois Ember e, por fim, Ruby. Justamente quando chega minha segunda vez, a torre desaba. Dou um passo para trás com medo enquanto blocos de madeira caem em todas as direções.

— Caramba.

— Não fica bravo, James, você só não é bom — diz Ember.

— Só precisa treinar um pouco. — Ruby parece muito mais otimista do que eu.

Na partida seguinte, vou um pouco melhor, mas sou eu quem derruba a torre outra vez. E a mesma coisa na partida seguinte. Pelo menos Ember e o sr. Bell parecem estar se divertindo às minhas custas, e por mim tudo bem. Na quarta partida, duro mais rodadas. Tento copiar a técnica de Helen e, de fato, o segredo parece ser usar apenas as pontas dos dedos e não a mão inteira. Então, vou no meu tempo, mesmo sentindo todos os olhares em mim. Dou meu melhor para tirar os blocos devagar, e desta vez eu consigo.

Em dado momento, a torre balança tanto que Ruby agita a cabeça, desanimada, quando chega a vez dela. Com as bochechas levemente coradas e o olhar concentrado, se inclina para a frente e puxa uma peça de madeira. A torre se move quando consegue tirar o bloco, e todos contemplamos o espetáculo, fascinados. Quando para de oscilar tanto e fica mais equilibrada, solto um suspiro de alívio. Ruby me ouve e me procura por cima da torre. Nunca vou me esquecer do sorriso que estampa o rosto dela. Sério, jamais. A sensação preenche meu corpo todo, e por alguns segundos fico tão cativado por aquele olhar que não percebo Helen estendendo a mão, mas aí...

Com um estrondo, a torre desaba. Ember dá um pulo com um grito triunfante e aponta o dedo indicador para a mãe.

— Ah!

— O James conseguiu fazer a mãe perder! — grita Ruby, batendo palmas.

O sr. Bell também esboça um sorriso de leve, olhando para a esposa com diversão.

— Acho que vamos ter que tentar outra vez — diz Helen, olhando para mim. Então, aponta com o queixo para os blocos de madeira caídos. — James, me ajuda a montar a torre.

Essa família me encanta. O entusiasmo deles é contagiante, e não me sinto relaxado assim há anos.

— Claro, Helen — respondo um tempinho depois e me levanto para montar a torre outra vez. Bloco atrás de bloco, peça atrás de peça. Exatamente como acontece com Ruby e comigo. E com todo o resto.

23
Ruby

Nunca fiquei tão animada com a chegada da segunda-feira quanto hoje. O trajeto do ônibus escolar parece duas vezes mais longo do que de costume, e por mais que eu geralmente o aproveite, hoje estou agitada demais para isso. Enquanto percorremos os últimos metros para chegar à escola e o ônibus enfim parar, tenho que manter o controle.

É um dia de aula normal, como sempre.

Tudo está igual.

Por favor, coração, bata mais devagar.

Sou a última a sair do ônibus. E quando desço, eu o vejo.

James está encostado na cerca do campo de lacrosse, bem em frente à parada de ônibus. Fica olhando para mim, sorrindo de maneira quase tímida, embora a atitude dele não passe essa impressão. Me lembro daquela manhã, há mais de três meses, em que me surpreendeu desta mesma forma. Depois, fomos até a festa na casa de Cyril, e ele tentou me proteger de perguntas idiotas dos nossos colegas de escola curiosos.

Desta vez, não espera que eu me aproxime: ele vem ao meu encontro. O sorriso não diminui, muito pelo contrário. Ontem, percebi o quanto ele sorriu durante o jogo com a minha família. Quase não consegui acreditar que aquele era o mesmo cara que, em dezembro, estava chorando em meus braços. É muito bom vê-lo assim.

— Oi — digo, arrumando a franja.

O vento está forte, e tenho medo de ficar descabelada. Apesar disso, James olha para mim como se eu fosse a melhor coisa que já aconteceu em sua vida.

— Bom dia.

Ele ergue a mão e coloca uma mecha rebelde do meu cabelo atrás da orelha. Está tão próximo a mim que consigo sentir seu cheiro. Tão familiar. Quente. Com um toque de mel. Um dia, tenho que perguntar que perfume ele usa.

— Vamos? — chama, apontando em direção ao portão de entrada.

Meu coração para por um segundo. Tudo me parece novo e emocionante, e nem é a primeira vez que ele vem me buscar e me acompanhar até a sala de aula.

— Vamos — respondo, me perguntando por um breve instante se posso segurar sua mão.

Não sei se já estamos nesse ponto, se devo dar esse passo e que impacto isso causaria nos outros. James decide por mim e envolve minha mão com a dele. Um formigamento se espalha dos meus dedos para o resto do corpo.

— Tudo bem por você? — pergunta.

— Tudo perfeito — digo, apertando a mão dele.

Então, seguimos para o Boyd Hall. Ao longo do caminho, não passamos por ninguém que eu conheço, mas todo mundo conhece James. E parecem interessados no fato de estarmos andando de mãos dadas. Ouço duas pessoas cochicharem e algumas cabeças se voltam para nós enquanto passamos. Por alguns minutos, me sinto insegura e enjoada. Olho para James de soslaio, e o sentimento esmaece um pouco, porque ele age como se fosse a coisa mais normal do mundo irmos para o Boyd Hall de mãos dadas.

— Aliás, queria que nós passássemos um dia juntos — murmura pouco antes de entrarmos no Boyd Hall.

Suprimo o sorriso que quer se abrir. Com um desinteresse fingido, ergo uma sobrancelha.

— Ah é?

James assente.

— Aham. No sábado que vem. Se você tiver tempo.

Finjo pensar a respeito, e James sorri.

— Você me deixou nervoso, Ruby Bell.

Não tento mais esconder o sorriso.

— Eu adoraria sair com você, James Beaufort — respondo, olhando-o nos olhos para saber que estou falando sério.

Quando entramos no salão, ele sussurra:

— Era essa resposta que eu estava esperando.

Depois da assembleia, James me acompanha até minha sala. Quando chegamos à porta, Alistair, Cyril e Wren aparecem atrás de nós, no corredor. Wren lança um olhar para nossas mãos entrelaçadas, dá meia-volta e desaparece em uma das salas de aula. Percebo que James fica tenso e, no mesmo instante, tenho o impulso de soltar sua mão, mas ele continua segurando com determinação.

— Bom dia, casal — diz Alistair, abrindo um sorrisinho para nós.

Cyril apenas dá um breve aceno de cabeça. Retribuo da mesma forma. Não esqueço o que ele me disse em dezembro e o quanto suas palavras me machucaram. A amizade dele e de James não é problema meu, o que significa que não precisamos gostar um do outro.

— Bom dia — responde James em um tom calmo e desprovido de qualquer emoção.

— Isso quer dizer que você vai parar de ser tão insuportável? — pergunta Alistair, olhando para nossas mãos.

James ergue a mão livre e mostra o dedo do meio para ele. Então, se volta para mim.

— A gente se vê mais tarde.

Não soa como uma pergunta, mas sim como uma afirmação, e eu assinto.

— Até depois — sussurra para mim, acariciando as costas da minha mão com o polegar. Meu corpo todo vibra por conta do toque suave.

— Até.

James solta minha mão e caminha em direção à sala onde ele e os amigos têm aula agora. Cyril e Alistair o seguem, e eu os observo até James olhar por cima do ombro e sorrir para mim. Eu deveria entrar na minha própria sala, mas estou paralisada.

Quando penso em como começamos, acho incrível termos chegado tão longe: entrando na escola de mãos dadas, na frente de todos os alunos de Maxton Hall.

Mas é legal.

E não só isso: é como deveria ser.

— Por todo lugar que passei hoje... — diz Lin à tarde, enquanto se senta em uma das cadeiras que organizamos em um pequeno círculo nos últimos 25 minutos. — ... o assunto era você e James.

Lanço um olhar para a porta, que continua fechada. Além de nós duas, não há mais ninguém na sala de estudos.

— Sério?

Lin assente.

— Aham. No intervalo, quando fui tomar um café, quase todo mundo no refeitório só falava disso.

Ao ouvi-la, sinto uma pontada de desconforto, mas decido que não vou me preocupar. Ficou claro para mim que agora, andando pela escola de mãos dadas com James Beaufort, posso dar adeus de vez para minha capa da invisibilidade. Afinal, tantas coisas mudaram desde o início do ano letivo que não me importo se as pessoas me conhecem ou falam de mim. Bom, eu realmente não dou a mínima.

— Aliás, estou morrendo de curiosidade — acrescenta Lin.

— Desculpa não ter falado nada. Nem eu sei direito o que aconteceu de verdade. Ontem ele foi até a minha casa e... — Abro um sorrisinho. — Foi incrível.

— Vocês conversaram? Sobre tudo?

Faço que sim.

— Conversamos. Foi bastante complicado. E acho que a gente não pode agir como se nada tivesse acontecido. Mas... — Inspiro devagar e expiro em seguida. — Apesar de tudo, tenho esperança de que a gente vai conseguir superar isso.

Entre mim e James, ainda não está tudo resolvido. Coisas demais aconteceram, e ainda temo que ele volte a me machucar. Mas ontem fiquei feliz, e quero manter esse sentimento pelo maior tempo possível.

Lin solta um suspiro.

— Você parece bem. Fico feliz por você, Ruby.

Seu tom melancólico me pega de surpresa. Então me lembro de que Lin foi ao pub com o time de lacrosse na sexta-feira para ter uma conversa séria com Cyril. Agora, estou com a consciência pesada. Aconteceram tantas coisas comigo que, no sábado, me esqueci de perguntar como tinha sido.

— E você? Tem novidades? — pergunto cautelosamente.

Lin aperta os lábios. Por um segundo, consigo ver que ela não quer falar disso, mas depois solta o ar com força.

— Sim, tenho novidades: a partir de agora, só preciso me concentrar em Oxford.

Olho para ela com carinho.

— O que aconteceu?

Ela dá de ombros.

— O Cyril falou pra eu deixar ele em paz.

Respiro fundo.

— Que merda.

— Era bem o que eu imaginava. Ele está apaixonado pela Lydia — continua a explicar. — E agora está criando ilusões com ela de novo.

— Foi isso o que ele disse? — respondo, perplexa.

Ela assente devagar.

— Deixou bem claro, na verdade.

— Sinto muito, Lin. Se eu puder fazer alguma coisa por você...

— Não precisa, mas obrigada. Acho que foi bom ele ter falado de uma vez. Caso contrário, eu acabaria ficando atrás dele em Oxford e estragando meus primeiros meses na faculdade. Acho que dei importância demais pra isso.

Coloco a mão em suas costas.

— Eu estou bem. *Sério*. Só estou aliviada por ter finalmente me livrado da incerteza.

Continuo a encarando por mais um tempo, insegura, então acaricio um pouco suas costas e me afasto.

— Na sexta, a gente pode fazer uma noite das garotas, o que acha?

Lin parece indecisa, mas se obriga a sorrir.

— Te confirmo mais tarde, pode ser?

Ficamos sentadas em silêncio por mais um tempo, uma ao lado da outra, e observamos as mesas que reunimos na parede do fundo da sala para dar espaço para nosso círculo de cadeiras.

— Acha que o pessoal vai gostar? — pergunta Lin, por fim, com um tom de entusiasmo forçado na voz.

— Claro — respondo. — Depois da agitação de sexta-feira, acho que todos nós precisamos de um dia de descanso.

Quando ela está pronta para responder, a porta se abre e Jessalyn e Kieran entram na sala.

— O que é isso? — pergunta Jessalyn, confusa, olhando ao redor.

Kieran, por outro lado, apenas murmura um "oi" e em seguida se senta em uma das cadeiras. Me pergunto se é coisa da minha cabeça ou se ele está mais pálido do que de costume. Ele evita me olhar, concentrado em procurar algo na bolsa.

Percebo que Lin olha primeiro para mim, depois para ele, e então de novo para mim, mas não sei o que fazer para que o clima entre nós não fique tão estranho.

Por sorte, neste instante, Camille e Doug também passam pela porta, surpresos por termos mudado a posição dos assentos. O último a entrar é James. Ele arqueia uma sobrancelha e olha ao redor, atravessando o círculo de cadeiras e se sentando na que está de frente para mim, um meio-sorriso estampado no rosto.

Lin pigarreia ao meu lado.

— Pra hoje, a Ruby e eu pensamos em fazer uma surpresa — começa a explicar. — Acho que vocês já sabem, mas em todo ano letivo tem um período em que de repente tudo fica mais difícil. — Um murmúrio de concordância se espalha entre o grupo. — Tenho a impressão de que estamos quase chegando nesse ponto, ainda mais depois do caos que foi a semana passada. Infelizmente, não podemos tirar um tempo de descanso por conta do baile de primavera, que já está logo ali.

— Apesar disso, a gente pensou que dava pra fazer a reunião de hoje de um jeito diferente — acrescento. — Todo mundo aqui trabalhou bastante, e o baile beneficente foi um sucesso gigantesco. Acho que pelo menos hoje nós merecemos um pouco mais de calma.

Lin se agacha e pega uma sacola debaixo da cadeira. Abre e mostra duas garrafas térmicas grandes e vários copos.

— Pensamos em celebrar a reunião de hoje com café, chá e bolo.

— Ahhhh! — exclamam Camille e Jessalyn, em um tom de voz alegre. — Que fofura...

Enquanto Lin distribui as bebidas, me levanto para pegar os sacos de papel que escondi no canto da sala, debaixo do casaco de Lin e do meu.

— Trouxe bolinhos da padaria da minha mãe — anuncio.

Quando fico no centro de nosso pequeno círculo de cadeiras e levanto a tampa, Jessa se inclina sobre a caixa no mesmo instante.

— Hummm. O cheiro está maravilhoso!

— Fiquem à vontade.

Enquanto todos se servem, James se aproxima um pouco de mim.

— Você não estava com essas coisas de manhã.

— Minha mãe trouxe na hora do almoço — digo com um sorriso. — Acabaram de sair do forno.

— Fazia um tempão que eu não comia bolinhos tão gostosos — afirma Camille, e Doug assente ao lado dela. — Onde a padaria fica? — pergunta. — Minha mãe está procurando alguém pra fazer o bolo de aniversário dela há semanas. Talvez eu possa ir lá dar uma olhada.

— Em Gormsey — respondo. — É uma padaria bem pequena, mas tudo o que tem lá é muito bom e feito com amor. Posso deixar um cartão com você.

— Seria perfeito — comenta Camille, e fico surpresa pelo quanto suas palavras soam sinceras.

Nas últimas reuniões, percebi que algo mudou nela. Tem se envolvido mais do que de costume, e não dá mais a impressão de achar tudo e todos insuportáveis. Me pergunto o motivo por trás disso.

— Foi ótima a ideia de vocês — comenta Jessa. — Semana passada foi muito estressante. Além de toda a correria com a organização para o baile, também tive uma apresentação na aula de literatura.

— E como foi? — pergunta Lin.

— Horrorosa. Perdi a linha de raciocínio e tudo perdeu o sentido.

— Aconteceu isso comigo — intervém Kieran. — Esses dias me deu um branco total. De repente, fiquei sem palavras.

— Sua apresentação era sobre o quê?

— Guerra fria. — Kieran torce a boca em um gesto mal-humorado. — E a sua?

— *Sonho de uma noite de verão*, de Shakespeare.

— Ai, coitada — diz Camille. — Odeio Shakespeare.

Jessa dá de ombros.

— O livro não foi ruim. Além disso, eu vi o filme e achei que seria um tema legal para o baile de primavera.

Fico imóvel, segurando o bolinho na frente da boca.

— Seria um tema maravilhoso — digo devagar, virando a cabeça na direção de Lin.

— É... — Parece estar refletindo. — Na festa de Dia das Bruxas, montamos uma lista com várias empresas de decoração. Uma delas tinha um tema de floresta encantada ou algo do tipo. Com árvores artificiais e holofotes, uma máquina de gelo seco e tudo o mais.

— Não é aquela decoração que tem os balanços de madeira pra tirar foto?

— Essa mesma.

— Dá pra imaginar perfeitamente — diz Jessa, e Camille suspira.

— Parece incrível. Qual seria o código de vestimenta?

— A gente podia ir vestido de elfo — sugere Doug.

Por alguns segundos, todo mundo o observa. Quem poderia imaginar que Doug, caladão desse jeito, curtiria o mundo das fadas?

— É... — pondero. Então, acrescento: — E que tal vestidos com estampa floral para as mulheres e *black-tie* com camisas de tons pastel para os homens?

Jessa assente.

— Perfeito.

Lin e eu trocamos um olhar. Será que, sem querer, acabamos encontrando o tema para nosso próximo evento?

— Como está nosso orçamento? — pergunta Kieran, com uma leve carranca. Pela primeira vez nesta tarde, ele olha para mim. — Parece que vai custar caro.

— Verdade, mas a gente não teve que pagar a empresa de decoração no baile beneficente.

James bufa com desdém. Fica claro que o assunto o atinge. Não sei por quê, mas de certa forma faz com que eu sinta uma afeição por ele.

— Com o dinheiro que o Lexington nos garantiu, temos um orçamento generoso. Deve ser o suficiente.

— Bom, eu topo — diz Camille. — O que acham?

— Vamos votar de novo pra tirar a dúvida? — sugere Lin. — Levanta o copo todo mundo que concorda com o tema *Sonho de uma noite de verão*.

Nenhum copo fica abaixado.

Quando vejo os rostos relaxados de meus colegas de equipe, um calor se apodera de mim. Não sei a razão, mas é como se esta última meia hora juntos tivesse feito a gente se unir.

James

A semana passa voando, e são os melhores dias que já passei em Maxton Hall. Ruby e eu ficamos o maior tempo possível juntos, o que não é tão fácil devido a nossos horários, embora no final tudo corra melhor do que pensávamos.

Todas as manhãs, eu a busco no ponto de ônibus e a acompanho até a sala de aula dela. Na quarta-feira, porém, ela insiste em me acompanhar até minha sala, que naquele dia fica na ala leste, o que faz com que Ruby tenha que atravessar a escola correndo para ocupar seu posto habitual na primeira aula do dia. Nossos horários livres coincidem duas vezes, e ficamos na biblioteca, onde tento me concentrar nas matérias que precisamos estudar mesmo sentindo a mão da Ruby na minha. Na quinta-feira, conseguimos nos encontrar no refeitório para almoçar, embora eu tenha a sensação de que minha presença não é nem um pouco agradável para Lin. De vez em quando, tenho medo de que ela tente furar meu olho com a colher, mas parece conseguir se conter.

Pela primeira vez desde a morte da minha mãe, sinto que há esperança. É como se um peso enorme tivesse sido tirado dos meus ombros, mas admito que seria melhor sem as fofocas e os olhares curiosos dos outros.

Meus amigos desconfiam de Ruby, e o clima anda tenso depois do que aconteceu com Wren. Alistair fez um convite para ir à casa dele na sexta à noite, em uma clara tentativa de acalmar as coisas entre todos nós. Embora eu fosse gostar de passar a noite com Ruby, sabia que preciso falar com Wren. Até porque não trocamos nem uma palavra desde sábado passado, e além de querer acabar com a nossa briga, também quero saber o que está acontecendo com a família dele. E como posso ajudar.

Para o meu azar, Frederick, irmão de Alistair, se convidou para nossa festinha e está me provocando há meia hora. Aos 22 anos, ele é o orgulho dos Ellington: está noivo, estudando em Oxford e, ao contrário de Elaine e Alistair, disposto a preservar as tradições familiares. Não o suportamos, principalmente porque seus pais o colocam em um pedestal enquanto agem como se Alistair não existisse.

— É verdade que você já está trabalhando na Beaufort? — questiona Frederick, agitando o copo meio cheio de uísque na mão.

— Aham — respondo sem olhar para ele.

Pego o celular e verifico se Ruby me mandou alguma mensagem.

JAMES! A Alice Campbell me convidou
pra ir no escritório dela em Londres!

Sinto o olhar curioso de Frederick sobre mim e, por isso, reprimo o sorriso que luta para surgir em meu rosto.

Jura?

— E como está sendo? — pergunta Frederick, que aparentemente ignorou minha indicação inequívoca de que não pretendo me submeter a seu interrogatório.

— Excelente. — Dou uma resposta padrão enquanto espero Ruby responder. — É uma grande honra.

Ouço Cyril bufar, embora tente abafar o som com a mão. Ele entendeu o verdadeiro significado — *Fecha a matraca logo, pelo amor de Deus* —, mas Frederick aparentemente não, porque volta a insistir:

— Desembucha, Beaufort!

Nesta hora, meu iPhone se ilumina. Ruby me enviou um *print* do e-mail de Alice. Logo acima, está escrito:

Aaaah!

Querida Ruby,
Nossa conversa de sábado passado no baile foi muito inspiradora.
Na próxima vez que for para Londres, adoraria te receber em meu escritório.
Atenciosamente,
Alice

Minha resposta quase se escreve sozinha.

Quando a gente vai?

De repente, Frederick dá um tapinha no meu ombro. Viro a cabeça para ele e o encaro com as sobrancelhas arqueadas. Ele percebe rapidamente que cometeu um erro e se distancia de leve. Então, pigarreia.

— Quer dizer, é que nessa sala, parece que nós dois somos os únicos que provamos nosso valor e fizemos algo com as nossas vidas. A gente precisa se manter unido. — Ele ri como se tivesse dito algo engraçado.

Nenhum de nós concorda com ele.

— Você só fala merda, Frederick — comenta Kesh em voz baixa.

Frederick bufa, indignado.

— Ignora ele, Kesh. — O tom de Alistair é monótono.

Ele sempre fica assim quando o irmão está perto. Fica frio e distante, o completo oposto do Alistair com quem passo a maior parte do tempo. Se soubesse que Frederick passaria o fim de semana em casa, ele nunca teria pensado em nos chamar, pelo contrário: teria convencido um de nós a recebê-lo.

— O que você provou, se me permite perguntar? — diz Kesh, e seu tom de voz é tão grave e calmo que um calafrio percorre minhas costas. — Você foi aceito em Oxford; parabéns. E está noivo; felicidades. Mas nada disso faz de você um superdotado, é só um fantoche covarde.

Kesh toma um gole de seu copo lentamente, sem tirar os olhos castanho-escuros de Frederick nem por um segundo.

— Se você tivesse o mínimo de educação, nunca diria algo desse tipo — responde Frederick de maneira brusca.

O irmão de Alistair tenta parecer despreocupado, mas vejo uma contração nervosa na pálpebra dele.

— Você não tem que me ensinar nada sobre educação. Diferente de você, eu sei que não devo tratar minha família como escória. O fato de você não estar do lado do seu irmão me diz tudo o que preciso saber de você, seu desgraçado…

— Caralho, Keshav, cala essa boca! — Alistair se levanta com os punhos cerrados. Está vermelho feito escarlate.

— Você tem ótimos amigos, Alistair. Nossos pais têm motivo de sobra pra se orgulhar de você — diz Frederick, tirando o celular do bolso da calça. Ele se levanta. — Se me dão licença… Minha noiva.

Nós o ouvimos atender a ligação e cumprimentar a namorada com um apelido meloso antes de sair da sala e nos deixar.

— Posso saber que merda foi essa, cara? — murmura Alistair, ainda rígido e cerrando os punhos.

— Ele estava agindo como um idiota — responde Kesh.

— E daí? Se a sua família falar besteira, eu tenho que me meter? Não, né!

— É porque minha família nunca me trataria desse jeito. Você devia estar feliz por eu sempre estar aqui pra te defender.

Alistair bufa com desdém.

— Você só me defende quando te convém. Posso cuidar de mim mesmo sozinho, seu hipócrita de merda.

Kesh estremece como se Alistair tivesse dado um soco nele. Olha rapidamente para Wren, Cyril e para mim, e então se volta para Alistair novamente. Com o cenho franzido, alterno o olhar de um para o outro, mas nem tenho a chance de tentar apaziguar a situação. Alistair logo se vira e sai pela mesma porta que Frederick se foi momentos antes.

— O que… — começa a dizer Wren, mas neste momento Keshav reage e corre atrás de Alistair. A porta se fecha atrás dele com um baque. — … foi isso?

Wren, Cyril e eu trocamos um olhar perplexo.

Então, Cyril solta um suspiro e apoia a cabeça no encosto da poltrona.

— Não tinha imaginado que essa noite seria assim. — Ele digita no celular e aumenta o volume da música na sala.

— Espero que eles não se matem — digo depois de um tempo.

Cyril balança a cabeça, sorrindo.

— Acho que não. Mas se acontecer, eu aposto no Alistair.

Mal o ouço, fico apenas olhando para a porta por onde acabaram de sair. Nunca tinha visto Alistair e Kesh brigarem desse jeito.

Quando Alistair saiu do armário, os pais começaram a tratá-lo como se tivesse uma doença altamente contagiosa. Ele passava muito tempo na casa de cada um de nós porque não suportava estar com a família. Isso nos aproximou ainda mais, especialmente Alistair e Kesh. Os pais de Kesh são abertos e amáveis, e acolheram Alistair como se fosse um filho.

— Tem alguma coisa estranha entre eles — observa Wren.

— Também percebi.

Wren ergue uma sobrancelha e, por um instante, parece que vai comentar algo, mas em seguida pensa melhor e opta por tomar um longo gole de seu uísque com Coca-Cola.

Solto um suspiro.

— Wren — chamo.

Ele me olha com cautela.

— É verdade que nas últimas semanas eu não tenho agido como um bom amigo — confesso. — Me desculpa mesmo por não ter ligado pra nada além do meu umbigo e não ter te dado apoio.

— Você tinha motivos pra focar em si mesmo — responde Wren em voz baixa. — Sua mãe morreu. Eu estraguei tudo. Desculpa.

— Eu devia ter percebido que você não estava bem.

Wren dá de ombros.

— Agora, por exemplo, seria um bom momento pra você me dizer o que está acontecendo — digo. — Na verdade, vim pra cá hoje à noite pra isso.

Wren parece hesitar. Ele me olha por cima da armação dos óculos. Então, fecha os olhos por um momento, como se tivesse que reunir coragem.

— A gente... vai se mudar.

Me inclino de leve na direção dele. Entendi errado, será?

— Como assim?

— Meus pais perderam tudo. Na semana passada, a gente encontrou um comprador pra casa. Em março, vamos nos mudar pra uma casa geminada.

Olho para Wren. As palavras se repetem em minha mente, mas não consigo entendê-las.

— Por que foi que você não falou nada? — pergunta Cyril. Ele se levanta da poltrona, vem até nós e se senta ao lado de Wren no sofá. — A gente podia ter te ajudado.

Isso me tira do meu estado de choque.

— O Cy está certo — concordo. — Tenho certeza de que teria alguma chance de manter a casa.

Cyril assente.

— Meus pais comprariam pra vocês poderem continuar morando nela sem pensar duas vezes.

Wren levanta a mão para nos acalmarmos.

— Vocês sabem como meus pais são orgulhosos. Nunca aceitariam esmolas. Sem contar que teria sido estranho se seus pais fossem proprietários da casa em que nós estivéssemos morando — diz Wren, voltando-se para Cyril, que se limita a fazer um gesto de indiferença.

— Como isso aconteceu? — quero saber.

Wren suspira e coça o queixo.

— Meu pai investiu em algumas ações. Apostou tudo numa coisa só e... perdeu.

— Porra! — exclamo.

Não sei exatamente quanto era a fortuna dos Fitzgerald, mas conheço a mansão onde moram e todas as casas de veraneio. Sei em que empresas investiram. Então, o fato de terem perdido tudo em tão pouco tempo é inimaginável para mim.

— Tem alguma coisa que a gente possa fazer? — pergunto algum tempo depois.

Wren dá de ombros.

— No momento, está tudo uma bagunça. E meu pai... ele está bem ferrado.

— Avisa se tiver novidades — digo, e Cyril murmura em concordância.

— Tem tantas coisas acontecendo que não consigo mais acompanhar as matérias da escola. E agora também preciso pensar em bolsas de estudo, se quiser ir pra Oxford. Eu... não faço ideia de como conseguir.

Wren enterra o rosto nas mãos, e Cyril e eu trocamos um olhar. Tenho certeza de que estamos pensando na mesma coisa. Se as coisas ficassem difíceis, todos nos uniríamos para ajudar. Tenho certeza de que qualquer um de nós estaria disposto a dar o dinheiro, mas o conhecemos bem o bastante para saber que ele nunca aceitaria.

— Você consegue. E nós vamos te ajudar — asseguro, batendo o ombro no de Wren.

Ele tira as mãos do rosto devagar.

— James, sobre a Ruby...

— Isso foi há muito tempo — interrompo.

Este momento não é sobre mim e Ruby, e sim sobre o peso que Wren tem carregado o tempo todo sem o melhor amigo ter percebido. Não era para as coisas serem assim entre nós.

Nossa briga não tem mais importância. Agora, tudo o que interessa para mim é que quero ajudar Wren. Embora eu não faça a menor ideia de como fazer isso.

24
Ruby

Abro a porta, empolgada. Percy está na minha frente e inclina a cabeça de leve, com um sorriso nos lábios.

— Srta. Bell, que bom te ver.

— Igualmente, Percy — respondo, seguindo-o até o carro, segurando a bolsa prateada contra mim.

A semana toda, James se recusou a me dar qualquer pista sobre o lugar aonde vamos, então tive que chutar um look. Com a ajuda de Ember, decidi usar uma roupa que serve para qualquer ocasião: vestido preto simples, sapatos de saltinho e uma bolsa de mão prateada. Prendi o cabelo e passei bastante fixador na franja para o caso de passarmos um tempo ao ar livre e o vento a balançar.

— Nós encontraremos o sr. Beaufort no local — avisa Percy ao abrir a porta para mim, me ajudando a entrar no Rolls-Royce.

Sorrindo, ergo o olhar para ele a fim de agradecer, mas me detenho. Percy está com olheira e a pele pálida, opaca. Além disso, parece que a mente dele não está no aqui e agora, e sim em outro lugar.

— Como você está, Percy? — pergunto.

— Bem, senhorita, obrigado por perguntar — responde de maneira mecânica.

Com um sorriso educado, ele fecha a porta atrás de mim e dá a volta pelo carro. A divisória não está levantada, e eu o observo, pensativa, enquanto se senta ao volante. É só impressão minha ou a quantidade de fios brancos na cabeça dele aumentou desde a morte de Cordelia Beaufort?

— Há quanto tempo você trabalha para os Beaufort? — pergunto, chegando um pouco mais para a frente.

— Há mais de 25 anos, senhorita.

Assinto devagar.

— Faz um bom tempo.

— Já dirigia para a sra. Beaufort na casa dos vinte anos.

— Como ela era?

Percy parece procurar as palavras certas.

— Destemida e corajosa. Quando ainda estava estudando na faculdade, para o desgosto dos pais, ela virou a empresa de cabeça para baixo. Mas valeu a pena. — Vejo pelo retrovisor que seus olhos ficaram apertados, como se estivesse rindo. — Sempre teve um sexto sentido para as tendências. Até mesmo quando já estava grávida de muitos meses, continuava indo trabalhar e dava conta de tudo. Nada ostentava a marca da empresa sem a aprovação dela. Ela era... — Percy faz uma pausa. — Era uma mulher fabulosa — conclui com a voz rouca.

Uma onda de empatia toma conta de mim. Parece que a sra. Beaufort era muito importante para Percy. Analisando atentamente seus olhos, diria que até mais do que isso.

— Você está mesmo bem, Percy? — sussurro.

O motorista não tem escolha a não ser pigarrear.

— Vou me recuperar em algum momento, senhorita. Só preciso de um tempo.

— Claro. Se eu puder fazer algo por você...

Não sei como ajudar Percy, mas tenho a sensação de que preciso oferecer meu apoio.

— Na verdade, tem algo que você pode fazer por mim. — Nossos olhares se encontram no retrovisor. — Por favor, cuide do James.

Fico sem fôlego de comoção.

— Vou cuidar — digo um tempinho depois. — Prometo.

***

Vinte minutos mais tarde, chegamos. Enquanto Percy estaciona, olho pela janela, através do vidro escuro do carro, para a fachada do restaurante em que paramos. O caminho que percorremos foi em direção a Pemwick; contudo, o local onde estamos não me é familiar.

Percy abre a porta e me ajuda a descer. O sol está se pondo, lançando uma luz laranja-avermelhada na construção cinza à minha frente. A placa sinuosa do *Cozinha de Ouro* agora está iluminada, e quando Percy gesticula para a entrada, meu coração começa a bater um pouco mais rápido de repente.

— O sr. Beaufort está te esperando lá dentro. Divirta-se, srta. Bell.

Agradeço Percy e sigo, nervosa, à porta. James está me esperando na entrada. Sem qualquer esforço, um sorriso se abre em meu rosto. Me sinto tão aliviada por estarmos bem novamente...

Ele está usando uma camisa preta e um terno Beaufort xadrez azul muito bem ajustado ao corpo. À direita, no bolso do paletó, dá para ver um pequeno monograma com suas iniciais.

James sorri para mim e me olha do mesmo jeito que olho para ele. Minha garganta fica seca quando me observa de cima a baixo.

— Você está lindíssima — sussurra.

Um arrepio percorre meu corpo.

— Obrigada. Você também.

Ele me oferece o braço, me conduzindo até o interior do restaurante. Está cheio, e só consigo ver uma mesa livre. Deduzo imediatamente que será a nossa, mas James passa por uma porta lateral que leva até uma escada para o andar de cima.

Quando subimos, fico sem ar: estamos em um jardim de inverno. No centro da sala, há uma árvore com lanternas de luzes coloridas pendulando nos galhos. No teto e ao longo da janela, luzes emitem um brilho quente, dando ao local uma atmosfera mágica. Há apenas uma mesa pequena e redonda no meio de tudo.

James me leva a ela e age como um cavalheiro: puxa minha cadeira e depois a empurra de leve atrás dos meus joelhos para eu me acomodar.

Enquanto se senta à minha frente, olho pela janela. A vista é arrebatadora. Ainda dá para ver os vastos campos que rodeiam Pemwick, mas tenho certeza de que a paisagem verde das colinas será coberta pela escuridão em cerca de meia hora.

Do mais absoluto nada, um garçom surge e coloca uma jarra de água na mesa antes de nos entregar o cardápio. Enquanto o folheio, levanto o olhar devagar para observar James. Me pergunto se estou tão eufórica por ser meu primeiro encontro oficial da vida ou por ser com *James*, sentado à minha frente, sorrindo por cima de sua taça.

Retribuo o sorriso.

— Esse lugar é lindo.

— Também acho. Minha mãe vinha aqui às vezes comigo e com a Lydia. Tenho muitas lembranças boas nesse jardim de inverno — responde.

Ao ouvir essas palavras, uma onda de ternura me invade, e sinto um carinho enorme por James. O fato de ele querer compartilhar esse lugar comigo me comove, justamente porque sei como a relação dele com a família é difícil.

— Obrigada por ter me trazido aqui.

Pego a mão dele sobre a mesa e a acaricio. Seu olhar fica sombrio.

— Quero mostrar pra você que passar o tempo comigo não é só um fardo. Que pode ser muito mais.

— James… — começo a responder, mas o garçom retorna à nossa mesa e anota o pedido.

Escolho um nhoque com queijo de cabra enquanto James pede uma coxa de frango recheada. Então, ficamos sozinhos outra vez, e penso em como retomar o assunto. Às vezes, queria ser boa de papo como Ember. Ela logo pensa em algo para quebrar o gelo em qualquer situação complicada.

— Aliás, acabei de criar uma conta no *Goodreads* — diz James de repente.

Presto atenção.

— É sério?

Ele assente.

— Quero retomar aquela lista. A que... A que fizemos em Oxford. — Ele pigarreia, e sinto que as lembranças daquela noite ganham vida em seus olhos. — Os livros pareceram um bom jeito de dar o primeiro passo.

— É uma ótima ideia! — exclamo. — O que tem na sua lista?

Os cantos da boca de James se contraem de maneira suspeita. Ele pega o celular e abre o aplicativo. Dá alguns toques na tela e então ergue os olhos novamente.

— Bom, já li *Death Note* — anuncia.

— Ok — digo. — O que achou?

— Foi incrível. Só teve uma coisa que me incomodou muito — comenta, o rosto sério.

— Acho que já sei o que é — respondo.

— Simplesmente... me deixou chocado. Eu quase parei de ler. — James encolhe os ombros. — Mas você estava certa.

Olho para ele de maneira inquisitiva.

— Que quem não leu *Death Note* está perdendo uma parte importante da formação como indivíduo.

Fico surpresa.

— Você ainda se lembra disso?

Ele inclina a cabeça.

— Claro que ainda me lembro. Eu me lembro de tudo, Ruby.

Engulo em seco.

— Eu também.

Há algo nos olhos azul-turquesa de James que não via há um bom tempo, e cresce em mim um desejo tão intenso e tão repentino que, mesmo limpando a garganta, tenho que recorrer ao copo de água.

— Me mostra sua lista de leituras — peço com a voz rouca.

James pisca algumas vezes, como se precisasse de um momento para se recompor. Então, me entrega o celular por cima da mesa. Analiso a lista de "lidos" e fico boquiaberta com tudo o que vejo nela: alguns mangás, mas também vários clássicos infantojuvenis, como *Harry Potter*, *Percy Jackson* e obras de John Green e Stephen Chbosky.

— Quando você leu tudo isso? — pergunto, assustada.

Ele dá de ombros.

— Principalmente à noite, quando não conseguia dormir. E nos intervalos da escola. Tentei achar algo pra me distrair, e os livros deram um bom resultado. Agora, me acostumei a ler antes de dormir.

— É um ótimo novo hábito. — Continuo olhando o perfil. — Posso colocar alguns livros na sua lista de "quero ler"?

— À vontade. Enquanto isso, vou dar uma olhada em uns blogs que comecei a seguir recentemente e ver o que estão dizendo.

Balanço a cabeça, rindo. James e os blogs. *Um dia, ele vai ter que conversar com Ember*, penso enquanto preencho sua lista cada vez mais.

— Ainda não terminou? — diz James de maneira descontraída.

— Você disse pra eu ficar à vontade.

James ri. Quando a comida chega, percebo que estamos sentados aqui, conversando, há uma hora, e não tivemos nenhum momento constrangedor em que tivemos que caçar um novo tópico pra conversa. Pelo contrário, fazia um bom tempo que a gente não conversava de um jeito tão casual. Ou talvez a gente nunca tenha feito isso antes.

***

O jantar no jardim de inverno é maravilhoso e passa rápido demais. James diz que quer que meus pais tenham uma boa impressão dele e que, por isso, me levaria para casa antes de meia-noite, e eu aceito com certa relutância. Se dependesse de mim, ficaríamos sentados sob as luzes conversando para sempre.

Antes de colocar o casaco, me aproximo da janela lateral. Embora já esteja escuro demais, a vista continua sendo linda. O céu está limpo, e consigo contemplar as estrelas.

Nunca tinha vivido uma noite tão mágica, e quero guardá-la na memória a todo custo. Então, puxo o celular e tiro uma foto. Quando vejo o resultado, tenho que admitir que não ficou muito fiel.

James fica atrás de mim, tão perto que os pelos do meu braço se arrepiam. Mas não é o bastante. Me inclino para trás até me apoiar nele. James me envolve com um braço. Ele me aperta com força, e jogo a cabeça para trás. É um momento tão belo, tão íntimo, que preciso fechar os olhos por alguns segundos. Ouço a respiração dele e a música que ressoa suavemente pelo jardim de inverno. De repente, tenho uma ideia.

— Posso tirar uma foto nossa? — pergunto baixinho.

Sei que concorda quando as mechas de seu cabelo fazem cócegas em minha bochecha. Levanto o celular e coloco na câmera frontal.

— Sorria — peço.

Olhamos para a câmera, ele com os braços ao meu redor, e a árvore com as luzinhas penduradas às nossas costas, tornando o jardim de inverno mágico.

Decido que, a partir de agora, essa imagem substituirá todas as que peguei do Instagram dele e escondi no meu notebook. Mas o pensamento desaparece quando James afunda o rosto no meu ombro. Ele respira fundo e pressiona os lábios na curva de meu pescoço. Fico sem ar e um formigamento intenso percorre todo meu corpo. Coloco a mão sobre a dele e a seguro firme enquanto sou invadida pelo desejo intenso de ficar ainda mais perto dele. Me deixo cair ainda mais para trás, quase me apertando contra ele, até ouvi-lo respirar fundo.

De repente, James não está se movendo nem mais um centímetro. Minha respiração acelera de uma vez. Quando aperto a mão dele brevemente, não precisamos mais de palavras. James me vira com um gesto impetuoso e, um segundo depois, nossos lábios se encontram.

James coloca os braços ao meu redor e me abraça. Minhas mãos descansam em seu peito, e vou descendo até tocar o abdômen, arrancando um gemido dele. Parece tão impaciente quanto eu. Neste momento, parece que não há mais barreiras entre a gente. Somos apenas nós. Como antes, mas de um jeito diferente. Tudo parece ter mais sentido. Sentir os lábios de James nos meus continua sendo tão incrível quanto a primeira vez que nos beijamos, mas ao mesmo tempo agora é familiar. Conheço o movimento que faz com a língua, a sensação de seus dentes em meu lábio inferior. Quando a mão dele desliza até minha bunda e me puxa ainda mais para perto dele, sinto sua ereção no meu quadril.

Meus joelhos ficam bambos. Me pressiono contra o corpo de James até ele quase tropeçar para trás, beijo-o com mais intensidade e me deixo levar totalmente por meus sentimentos e por esse desejo ardente em meu interior.

Mas aí ele separa os lábios dos meus. Ainda estou tão arrebatada que fico tonta. James, ofegante, apoia a testa na minha. A mão dele se afasta da minha bunda e vai para trás da minha cabeça, acariciando-a de leve.

— Temos que parar.

Preciso de alguns minutos para entender o que ele disse.

— Por quê? — sussurro.

Ele apenas balança a cabeça.

— Sr. Beaufort? — A voz do garçom soa de repente.

James não me solta. Apenas murmura algo baixinho.

— Só queria avisar que seu motorista está esperando — continua a dizer o garçom, com um desconforto evidente.

James se afasta de mim e nossas mãos se encontram de maneira automática. Como se fosse a coisa mais normal do mundo, saímos do restaurante de mãos dadas, os dois com as bochechas coradas, e nos despedimos do garçom, que não está mais olhando para a gente.

Do lado de fora, uma onda de ar frio me atinge. Percy está esperando na frente da limusine e mantém a porta aberta para nós. Agradeço e entro, James logo atrás de mim. Me sento no mesmo lugar da ida ao restaurante. James se acomoda ao meu lado.

Seu olhar está sombrio, e os lábios, tão vermelhos e inchados quanto imagino que os meus estejam. Ainda sinto uma leve pulsação em meu lábio inferior... e não só nele. Me sinto eletrizada, como se uma corrente elétrica estivesse percorrendo meu corpo inteiro. Mal consigo ficar parada de tão intensa que é a vontade de continuar de onde paramos.

As luzes das ruas de Pemwick passam por nós enquanto seguimos pela rodovia. A divisória está levantada, e olho para cima para verificar se a luzinha vermelha do interfone está acesa.

Não está.

Giro a cabeça na direção de James, que retribui meu olhar. Lábios entreabertos, e o peito sobe e desce rapidamente. O beijo fez com que ele perdesse a cabeça tanto quanto eu, isso é claro.

— James — sussurro.

Ele prende a respiração.

Me movo sem pensar. A atração que emerge de James é tanta que fica impossível continuar sentada por vinte minutos sem fazer nada.

Ele me olha, surpreso, quando me aproximo mais.

— Me beija, James — murmuro.

Ele balança a cabeça, mas logo depois segura meu rosto entre as mãos e pressiona os lábios contra os meus. Nós suspiramos ao mesmo tempo, os sons se misturando e vibrando em meu corpo. O mundo ao meu redor desvanece. Só existimos James e eu. Não há passado, não há futuro. Há apenas nós e as luzes que passam por nós esta noite.

— Senti saudade — sussurro.

Ele emite um som quase de desespero e me beija com mais fervor.

Não estou preparada para o que ele faz comigo. Nunca achei que poderia me sentir assim. Não importa quantas vezes James e eu fiquemos juntos, é sempre impressionante. A vontade vai crescendo em mim a cada beijo, um desejo insaciável dele e de sua proximidade, um sentimento que parece que nunca vai acabar.

Afundo as mãos no cabelo dele e o puxo para mim. Tudo está indo rápido demais, mas não consigo evitar. O corpo de James se pressiona com firmeza ao meu, e sinto que preciso dele. Neste segundo, preciso dele como nunca precisei de ninguém.

Estou prestes a falar quando James se afasta um pouco de mim. Me encara com os olhos enevoados, acariciando minha bochecha com uma mão antes de sua boca descer pelo meu pescoço.

— Também senti saudade — murmura perto da minha garganta. Ele lambe minha pele, e prendo a respiração. — Toda vez que te via na escola, queria fazer isso com você.

Suspiro e fecho os olhos.

— Da próxima vez, pode fazer isso sem pensar duas vezes. Eu deixo — digo entre suspiros.

Ele solta uma risada rouca.

— Bom saber.

James começa a descer, mas quero sentir sua boca na minha, então o puxo para cima e o seguro. A língua dele brinca com a minha, e com a outra mão exploro seu corpo. Por mais que ele fique lindo de terno, a roupa está no meio do caminho. Desabotoo o primeiro botão da camisa dele.

— Ruby — interrompe ele devagar.

Continuo. Quando chego no terceiro botão, ele agarra meu punho e me impede. Olho para cima e encontro olhos sombrios. James me encara, ofegante.

Eu o vejo engolir saliva.

— Você pode tirar minha roupa quando quiser. De verdade. Por mim, onde quiser. Mas… — Ele se detém e olha ao redor do carro. Depois, se volta para mim. — Queria que nossa próxima vez fosse em um lugar muito especial. E se a gente não parar agora, aí… não sei…

Sinto o calor se espalhar por minhas bochechas. Ele tem razão.

— Não pensei direito.

Minhas bochechas ainda estão quentes quando, devagar, começo a abotoar sua camisa. Mas mesmo depois de chegar ao último botão, não consigo olhar para ele.

— Ruby — murmura James, por fim.

Ajo como se quisesse arrumar a gola da camisa dele, mesmo que esteja em perfeita ordem.

— Hum?

— Ruby — repete baixinho. — Olha pra mim, por favor.

Respiro fundo e ergo o olhar. A primeira coisa que me chama a atenção é que o rosto de James está tão vermelho quanto imagino que o meu esteja. A segunda é seu olhar. É extremamente carinhoso.

— Ainda não estou pronto… Acho que a gente devia ir um passo de cada vez.

— Porque a gente tem tempo — digo quase sem voz.

— Todo o tempo do mundo — concorda James.

Assinto e solto um suspiro trêmulo. Em seguida, me recosto no banco com um suspiro e fecho os olhos. Ficamos quietos por um instante.

Algum tempo depois, James segura minha mão.

— Obrigado por ter aceitado o convite. Por ficar comigo hoje à noite — sussurra.

Aperto a mão dele.

— Foi uma noite maravilhosa.

— Também acho.

Algo em seu tom de voz faz com que me vire para ele. Os olhos estão brilhando, ousados, e o sorriso é tão insolente que, por um instante, me sinto vulnerável.

Há uma semana, achava que ele nunca mais fosse me olhar dessa forma, e muito menos que poderia vivenciar um momento como esse com ele novamente. Queria dizer muitas coisas... mas não posso. Ainda não passou tempo o bastante para isso, as feridas ainda são recentes demais. James parece sério, mas o medo de ele voltar a se afastar de mim continua presente.

Tento imaginá-lo daqui a alguns anos. Mais velho, mais maduro. Mais confiante nas decisões, sem aquele jeito imprevisível que vi no último semestre. O que vai acontecer se eu permitir que ele ocupe um posto na minha vida? Vou continuar tendo a certeza de que fomos feitos um para o outro?

Apesar de que... a quem estou tentando enganar? Para mim, ele sempre será apenas o James. Nunca conseguirei amar outra pessoa como eu o amo, dessa maneira intensa, arrebatadora, desenfreada.

— Você está pensando no quê? — sussurra de repente, deslizando os dedos na minha pele.

Que estou apaixonada por você.

Que você é o único para mim.

Que isso me assusta.

— Estava pensando que, no futuro, vamos ter que conversar mais. Sobre nossos problemas. Pra que não aconteça... algo ruim de novo — respondo, hesitante.

James me encara com intensidade. Vejo uma determinação nos olhos dele que nunca tinha visto.

— Vamos conseguir, Ruby.

Engulo em seco.

— Tem certeza?

Ele assente. Só uma vez.

— Absoluta.

Uma sensação de alívio me invade. Ouvir James falar com tanta confiança dissipa um pouco das minhas dúvidas.

Ficamos assim, sentados um ao lado do outro, olhando para nossos dedos entrelaçados. Então, James se recosta e sorri para mim.

— A melhor noite de todas — murmura, levantando nossas mãos e beijando meus dedos.

Concordo com a cabeça.

— Também acho.

De repente, seus olhos brilham.

— Vem ver a gente amanhã à tarde — propõe. — Lydia e eu. Vamos pedir sushi.

James parece tão feliz e tão nervoso ao mesmo tempo que a empolgação dele me contagia na mesma hora. Já fui na casa dele uma vez, e só tenho lembranças tristes naquele lugar. Está na hora de substituí-las por outras melhores.

— Combinado. Amanhã à tarde. Vou levar *Ben & Jerry's*.

— Perfeito. O Percy vai te buscar. — De repente, ele franze o cenho. — Aliás... — Se inclina para a frente a fim de apertar o botão do interfone. — Percy, não era pra gente já ter chegado em Gormsey?

Por alguns segundos, ouvimos apenas um farfalhar de leve. Então...

— Achei que precisavam de um pouco mais de... privacidade, senhor.

Olho para James com os olhos arregalados, e ele para mim, igualmente perplexo. Então, começo a rir. James acompanha a risada e enterra o rosto no meu pescoço.

25

Ruby

Vejo as mensagens de Lydia quando Percy entra na propriedade dos Beaufort.

> Mudança de planos!
> Nosso pai acabou de chegar em casa.
> Melhor falar pro Percy dar meia-volta.
> Ruby?

Ela me enviou a primeira há quinze minutos, e a última, há três, e também vejo três chamadas perdidas de James. Fico desesperada enquanto encaro o celular, sem saber o que fazer. Mas antes que eu tenha tempo de assimilar as coisas, Percy para o Rolls-Royce em frente à entrada da mansão.

Observo, cada vez mais preocupada, enquanto ele sai para dar a volta no carro e abrir a porta para mim. Engolindo em seco, pego a bolsa, onde guardei três potes de *Ben & Jerry's*, aceito a mão que Percy estende para mim e deixo que me ajude a sair do carro. Do lado de fora, respiro fundo o ar fresco da tarde e olho ao redor cautelosamente.

Lá em cima, em frente à porta imponente, vejo James e Lydia parados, me esperando. James está de braços cruzados, e Lydia dá um aceno fraco para mim. Me viro para Percy.

— Não sei quanto tempo vou ficar aqui. Você vai ficar mais um pouco?

Um sorrisinho aparece nos lábios do chofer.

— Estou sempre por aqui, srta. Bell. É só o sr. Beaufort me avisar que eu te levo de volta para casa.

Ele levanta o quepe de leve e volta ao veículo, imagino que para levá-lo à enorme garagem que fica ao lado da casa.

Subo os degraus da entrada às pressas.

— Oi — sussurro para eles quando ficam ao alcance da minha voz. — Acabei de ler as mensagens, há um minuto. O pai de vocês está aqui?

Eles assentem. Embora não pareça muito feliz, James me dá um breve abraço.

— E aí? — murmura na curva de meu pescoço, e todo meu corpo fica arrepiado.

Assim que nos separamos, Lydia suspira.

— Nosso pai veio pra casa porque, ao que tudo indica, quer passar a tarde com a gente.

— Então é melhor eu ir, né? — pergunto, indecisa.

Não quero dar a impressão de que vou fugir assim que as coisas ficarem complicadas. Afinal, James também aguentou uma tarde toda na companhia da minha família. Mas eles parecem tão infelizes por terem que ficar com o pai que não quero piorar a situação com a minha presença.

James me mostra um meio-sorriso.

— Queria te poupar dessa tortura.

Então Mortimer Beaufort aparece no corredor.

Quando me vê, os olhos se arregalam por uma fração de segundo.

Fico tensa.

— Falem para a convidada de vocês entrar e fechar a porta, caramba. Que modos são esses? — ressoa sua voz estrondosa.

Lydia e James arregalam os olhos e dão meia-volta.

Ficamos nos olhando por um momento. Lydia é a primeira a reagir, puxando meu braço gentilmente para que eu entre.

Fecha a porta atrás de mim e, então, fico a poucos metros de Mortimer Beaufort, que me analisa de cima a baixo.

Faço o mesmo. Ele está usando um terno azul-escuro sob medida, e o cabelo cor de areia está perfeitamente repartido e penteado para o lado com uma boa camada de gel. Desde nosso último encontro, ele ficou um pouco mais pálido, mas o olhar continua o mesmo: frio como gelo, sem um pingo de emoção. Engulo em seco com dificuldade. Parece até que comi terra.

Em seguida, me pergunto por que permito que esse homem me afete tanto. Pouco me importa o que pensa de mim; afinal, só sinto raiva, desprezo e aversão a ele, e nem um pouco de respeito.

Portanto, me endireito e olho nos olhos dele.

— Boa tarde, sr. Beaufort — cumprimento.

— Pai, você deve se lembrar da Ruby — acrescenta James.

O sr. Beaufort inclina a cabeça de leve. Então, se vira para James.

— A comida está pronta. Sua... amiga está convidada.

Ele não olha para Lydia e nem para mim antes de se virar e entrar em um cômodo do outro lado do corredor.

Ao meu lado, ouço Lydia soltar um suspiro brusco.

— Nossa, Ruby — diz. — Desculpa mesmo. A gente queria ter uma tarde tranquila, mas agora vamos ter que aguentar meu pai. E em vez de sushi, deve ter *coq au vin*. — Ela contorce o rosto em uma careta.

James me observa com insistência.

— Dá tempo de fugir.

— Seu pai já me viu.

— Tanto faz.

— Prefere que eu vá embora?

James não hesita nem por um segundo.

— Não, claro que não. Quanto antes ele se acostumar com a ideia de você ser uma de nós, melhor.

Meu corpo se enche de alegria com essas palavras. Agarro o braço de James e dou um aperto fraco.

— Não vou embora. Até porque eu gosto de *coq au vin*. — Levanto a bolsa. — E trouxe sorvete.

— Vou levar pra cozinha — diz Lydia. — Podem ir na frente.

A mão de James está na base das minhas costas quando entramos na sala de jantar. É um cômodo enorme, com pé direito alto e janelas amplas pelas quais vemos os fundos do terreno dos Beaufort. O verde-escuro das paredes combina com o estofado das cadeiras, e acima da longa mesa de madeira escura e brilhante, há um lustra imponente que poderia sem esforço competir com o do salão de baile de Maxton Hall. Um empregado se encarregou de pôr a mesa com vários jogos de talheres, porcelanas finas e taças de vinho com detalhes dourados.

Mas não são só os móveis ou a decoração que tornam esta sala de jantar diferente da que temos em casa. É o clima imponente. Tenso e impessoal, nada a ver com o ambiente caloroso e aconchegante onde cresci.

Assim como naquele dia em Londres, Mortimer Beaufort preenche toda a sala com sua presença. O comportamento reservado e a frieza no olhar garantem que não haja possibilidade de ninguém ficar nem um pouco à vontade. É surpreendente.

Nunca poderia imaginar viver sob o mesmo teto que esse homem.

Nos sentamos um após o outro: o sr. Beaufort, na ponta da mesa; James, do lado esquerdo; eu, ao lado dele; e Lydia, à nossa frente. Dois auxiliares de cozinha entram na sala e colocam alguns pratos fundos à nossa frente, com uma sopa que, pelo cheiro, parece deliciosa. Imito James e Lydia, estendendo o guardanapo de pano dobrado no colo.

— A uma noite agradável — diz o sr. Beaufort, erguendo a taça.

Antes mesmo de começar, já sei que será uma das noites mais desagradáveis da minha existência.

Passamos os dez primeiros minutos calados. Há um silêncio tão grande na sala que tenho a impressão de que, quando engulo ou coloco a taça na mesa, faço um barulho estrondoso e pouco natural. Fico pensando se tem algo que eu poderia ou deveria dizer. Mas não importa o quanto eu tente, não penso em nada.

Olho para James, que me lança um sorrisinho.

Por fim, Lydia se pronuncia.

— O baile beneficente foi ótimo, não é, Ruby? Só ouvi coisas boas sobre a festa.

Fico aliviada por ela ter escolhido um tema que domino e sobre o qual consigo conversar.

— Foi, sim. Arrecadamos mais de duzentas mil libras, o que superou muito nossas expectativas.

— Uau! — exclama Lydia. — O Lexington ficou contente?

Assinto.

— Sim, para a nossa sorte ele costuma ficar satisfeito com o nosso trabalho.

— Salvo algumas poucas exceções — murmura James.

Quando volto a cabeça para ele, está escondendo o sorriso com a taça.

Sei no que está pensando. O dia em que nos sentamos lado a lado em frente à mesa de Lexington e, de castigo, James foi colocado para trabalhar no comitê de eventos ainda está fresco na minha memória, como se tivesse sido ontem. Retribuo o sorriso.

— Bom, exceto uma única vez. Mas não teve nada a ver comigo e com a minha equipe.

— Ruby — o sr. Beaufort interrompe nossa conversa, e o sorriso some de meu rosto no mesmo instante. — Parece que você é bastante envolvida na escola.

— Sou. Estou no comitê de eventos há dois anos.

Ele assente de maneira breve. Não revela qualquer emoção.

— Nossa…

— Na verdade, a Ruby é diretora do comitê de eventos — ressalta James, sem tirar os olhos da tigela de sopa.

O pai não lhe dá atenção.

— E você quer continuar estudando?

— Vou para Oxford no outono.

O sr. Beaufort ergue o olhar, interessado, e pela primeira vez na noite, tenho a sensação de que está realmente me vendo.

Prendo a respiração. Todos os meus sentidos se recusam a falar com este homem sobre Oxford. Encaro o assunto com algo sagrado, e não quero que perca o brilho por causa de alguém que não faz ideia do que estudar naquela universidade significa para mim.

— Ah, é mesmo? Que curso você escolheu?

— Filosofia, Política e Economia — respondo.

— Um curso estável. E em qual faculdade se inscreveu?

— Na St. Hilda, senhor.

Ele assente.

— A mesma que James também entrou. Que prático.

Ignoro o comentário.

— É uma faculdade ótima. As entrevistas lá... — Paro de falar. A sra. Beaufort morreu enquanto estávamos fazendo as entrevistas. Vejo que Lydia parou a colher no meio do caminho até a boca, e agora encara o prato fixamente. — Gostei muito de tudo e mal posso esperar para começar — concluo, apressada.

Não consigo nem imaginar o quanto deve ser doloroso para James e Lydia se lembrar daqueles dias. Olho de soslaio para James, mas ele está impassível, se limitando a continuar tomando a sopa.

Só a entrada leva mais de uma hora. Durante o prato principal, Lydia e eu tentamos melhorar o clima o máximo possível, conversando sobre todo tipo de assunto, desde filmes e música até livros e blogs. Quando Lydia conta que fazia balé, até o sr. Beaufort se permite abrir um sorrisinho, que desaparece tão rápido quanto surge, então não sei se foi fruto da minha imaginação.

— Em *O Quebra-Nozes*, interpretei o papel mais secundário do mundo, mas estava orgulhosa — lembra Lydia.

Ela está cortando o elegante frango decorado com legumes assados. O cozinheiro teve tanto cuidado para dispor os pratos que sinto dificuldade em destruir sua obra de arte.

— Queria ver umas fotos, por favor.

— Não queria, não — murmura James ao meu lado. — Ela era uma das ratinhas. As fotos são horríveis.

— Por que você não conta pra Ruby que também fez aula de balé? — responde Lydia do outro lado da mesa.

Quando James a fuzila com o olhar, ela enfia um grande pedaço de frango na boca e encolhe os ombros.

— Sério? — pergunto, surpresa.

Um músculo do maxilar de James se contrai.

— Lydia fazia parecer que era muito difícil. Todo dia ficava choramingando. Eu só queria mostrar que não precisava encarar as coisas dessa forma. Afinal, todo mundo consegue dar saltos no ar.

— Aí ele fez algumas aulas experimentais — disse Lydia, rindo. — Você tinha que ter visto. Ele era terrível.

— Quanto tempo você durou? — pergunto com um sorriso.

— Três aulas. Até a Lydia me prometer que não reclamaria mais quando chegasse em casa.

— Você era um bom irmão mesmo — observo.

— Eu fazia o que podia — responde James.

— Que bom que ele só foi nessas três aulas. Senão, eu também teria largado antes e não teria continuado por mais dois anos — comenta Lydia.

— Por que você parou? — questiono.

— Falta de disciplina — responde o sr. Beaufort, como se eu tivesse feito a pergunta para ele e não para Lydia. — Em geral, minha filha só faz coisas que são fáceis para ela. E quando precisa enfrentar um desafio, dá para trás.

Um silêncio desagradável e pesado se espalha entre nós como uma nuvem escura que a qualquer momento ameaça chover.

Os lábios de Lydia se transformaram em uma linha pálida. Ao meu lado, James agarra os talheres com tanta força que os nós dos dedos ficam marcados. O único que continua comendo tranquilamente é o sr. Beaufort. Não parece nem perceber que, com aquele comentário ridículo, estragou o clima de antes.

Como pode ser tão insensível ao que acontece ao próprio entorno? Como pode saber tão pouco sobre os próprios filhos?

A Lydia de quem me tornei amiga enfrenta qualquer desafio. Tenho a sensação de que o sr. Beaufort não conhece a filha, se fala assim dela.

— Apesar de tudo, queria ver as fotos — digo, quebrando o silêncio opressivo forçando um tom de voz alegre. — Tenho certeza de que você era uma gracinha, mesmo sendo uma ratinha.

Nunca tive que fazer uma mediação entre várias pessoas, pelo menos não desse jeito, e não faço ideia de se isso funciona ou de se vai piorar ainda mais a situação. Só sei que quero acalmar James e Lydia.

— Te mostro depois do jantar — responde Lydia, com um sorriso forçado no rosto.

Ela levanta a cabeça e, por um instante, parece que vai olhar para o pai. Mas então vejo que o olhar passa por ele, se detendo no enorme retrato de família pendurado na parede, em cima da antiga chaminé. A pintura a óleo mostra todos os Beaufort, incluindo a sra. Beaufort, com o cabelo cor de cobre. Quando foi pintado, James e Lydia deviam ter por volta de seis ou sete anos no máximo.

— Bom — diz o sr. Beaufort de repente, limpando os lábios com o guardanapo de pano e se levantando. — Ainda tenho uma reunião por telefone para fazer. Boa noite. — Ele se despede com um aceno de cabeça e deixa a sala de jantar.

Desconcertada, olho para James e, depois, para Lydia, mas nenhum deles parece surpreso com a saída repentina do pai.

— Ele foi embora do nada — sussurro, encarando a porta atrás de mim, pela qual o sr. Beaufort acabou de sair.

— É normal, não liga — explica Lydia, se recostando na cadeira.

Ela acaricia a barriga com um sorriso. O fato de poder fazer isso em nossa presença, sem ter que pensar, me enche de um calor agradável e aconchegante, principalmente depois da atitude hostil do sr. Beaufort.

— Ele sempre encontra uma desculpa para sair de situações desconfortáveis — observa James, tomando um bom gole de água. — Mesmo que seja o culpado por elas. Não me lembro de quando fiquei no mesmo lugar que ele por mais de duas horas seguidas. — Ele bufa. — E nem é isso que me deixa triste.

— Duvido que ele tenha uma reunião. Nossa mãe nunca teria permitido isso — murmura Lydia.

James prende a respiração. Depois de alguns minutos, expira alto.

— Se quiser, está livre — diz, me olhando de soslaio.

Franzo o cenho.

— Como assim?

— Podemos encerrar essa noite deprimente agora e continuar semana que vem.

Lydia assente.

— É, a gente entende se você preferir ir embora.

Olho de um para outro, intrigada.

— Não vou desperdiçar essa comida deliciosa. — Aponto com o garfo para o frango meio comido, e depois para Lydia. — Além disso, não vou embora antes de ver as fotos do balé.

Lydia ri, e James balança a cabeça, sorrindo.

Me volto ao prato e tento não deixar transparecer o quanto fiquei afetada pelo encontro com Mortimer Beaufort.

O resto do jantar é muito mais descontraído, mas fico feliz quando vamos ao quarto de Lydia depois da sobremesa e fechamos a porta atrás de nós. Agora, estou sentada ao lado dela no sofá enorme e confortável, folheando um álbum de fotos antigo.

— Vocês eram muito fofos. — Suspiro e aponto para uma foto em que James e Lydia estão abraçados, as bochechas pressionadas uma contra a outra.

— Nessa foto, a gente tinha três anos. Olha esses cachos — diz Lydia, apontando para seu cabelo na foto.

— Ele não é mais assim?

Ela nega com a cabeça e coloca a mão no rabo de cavalo.

— Não. E que bom. Ter que arrumar todo dia de manhã me deixaria louca.

— Mas eram tão lindinhos... O James não tinha cachos.

Olho para ele, que está em uma das duas poltronas em frente ao sofá, folheando uma revista de viagens.

— O cabelo dele sempre foi assim — diz Lydia, me tirando de meus pensamentos.

Me inclino para a frente a fim de olhar a foto com mais atenção.

— Mas ele já tinha esse olhar sério — observo.

Lydia suspira e vira a folha. Na próxima página, aparece a foto de um mini James furioso, segurando uma casquinha vazia na mão.

— Ele tinha deixado o sorvete cair — explica Lydia, sorrindo.

— Coitado do bebê James — murmuro, sorrindo também.

Quando olho para ele, está com uma sobrancelha levantada.

— Lydia, você não precisa fingir compaixão. Ainda consigo ouvir aquela sua risada maquiavélica — diz, seco.

— Isso não é verdade!

— Ah, não? Então você não riu? — pergunta em um tom brincalhão.

— Ri, mas não tanto, e depois falei pra gente dividir meu sorvete.

— Você pegou sorvete de banana. Quem gosta de sorvete de banana, pelo amor de Deus?

— Eu não gosto — concordo.

James aponta para mim.

— Viu só?

— Vocês dois são malucos — diz Lydia, balançando a cabeça e virando a página outra vez.

Nas fotos que se seguem, os gêmeos já estão com seis ou sete anos, e agora Alistair, Wren, Cyril e Keshav aparecem com frequência.

— Que legal vocês se conhecerem há tanto tempo — digo, admirada.

— É, né? Às vezes, tenho a impressão de que somos todos irmãos.

Assinto, observando um Alistair gordinho, cujos cachos loiros dourados voam em todas as direções. Depois, meus olhos deslizam para uma versão em miniatura de James dando uma chave de braço em um mini Wren.

— Você e o Wren já conversaram? — pergunto baixinho, me virando para James.

— A gente falou sobre algumas coisas. — Ele hesita. — Tem algumas coisas acontecendo com ele agora.

— Algo ruim? — pergunta Lydia em seguida.

James encolhe os ombros.

— Prometi que não contaria nada.

Lydia franze o cenho, preocupada. Percebo que ela luta consigo mesma por alguns segundos, porque quer saber o que houve, mas, por fim, apenas balança a cabeça.

— Entendi. Mas você acha que dá pra resolver?

James assente, otimista.

— Vai passar. Afinal, nós estamos com ele.

Lydia e eu trocamos um olhar cético.

Ao mesmo tempo, fico aliviada porque ao menos, ao que tudo indica, a briga deles se resolveu. Na noite do meu aniversário, quando James e eu nos falamos por telefone, ele me contou como era importante para ele aproveitar o último ano da escola com os amigos. Queria passar o ano sem preocupações e sem pensar no que viria depois. A morte da mãe, porém, tirou sua paz, e por isso é ainda mais importante que ele possa contar com os amigos. E vice-versa.

Pouco mais tarde, me despeço de Lydia, e James me leva para casa. Aliás, é Percy quem dirige até minha casa, mas James entra no Rolls-Royce comigo. Continuamos em silêncio quando saímos do terreno dos Beaufort e seguimos em direção a Gormsey.

Embora não seja minha intenção, é como se o encontro com Mortimer Beaufort lançasse uma sombra sobre nós. Já vi aquele homem três vezes na vida, e todas terminaram com ele tentando nos separar, James e eu. Espero tanto que James não permita isso de novo... Que o que há entre nós desta vez seja mais forte do que a influência do pai...

— No que você está pensando? — pergunta James de repente. Sua voz é grave e calorosa.

Ergo a cabeça e encontro os olhos azul-turquesa. Sinto um frio na barriga.

Inspiro fundo.

— Que queria passar mais fins de semana com você.

James desce o olhar, como se não soubesse como resistir.

— Ao mesmo tempo, fico me perguntando... — Paro de falar.

James volta a me observar e aguarda.

— Se perguntando o quê? — insiste algum tempo depois.

— Fico me perguntando como isso vai continuar. Pra você — sussurro. — Estou falando da relação entre você e seu pai. Ele vai determinar como você deve viver sua vida? Você vai permitir que ele te enfie em um lugar onde você não quer ficar?

James baixa a cabeça e fixa o olhar no chão do veículo, como se houvesse algo muito interessante para descobrir ali. Ele respira fundo. Algum tempo depois, balança a cabeça devagar.

— A questão não é só ele — responde com a voz rouca. — Tudo depende da Beaufort, Ruby. Não é o trabalho da vida do meu pai que eu vou assumir. — Engulo em seco quando ele ergue o olhar e olha bem no fundo dos meus olhos. — Eu... Eu não quero decepcionar minha mãe.

Inspiro outra vez.

Não tinha pensado nisso. Naturalmente, tudo mudou com a morte da mãe. O tempo todo, achei que as coisas fossem ficar bem desde que James corresse atrás dos próprios sonhos, e não os de seu pai. Contudo, agora percebo que esse não é mais o caso. James não está na Beaufort por causa do pai. Na verdade, é a mãe que o está impedindo de sair.

— Você não vai decepcioná-la — murmuro.

— E se eu decepcionar? E se não der para evitar?

Vejo uma emoção nos olhos dele, algo que nunca tinha visto antes: medo. O sentimento provoca uma centelha que, de repente, parece preencher todo o carro.

— Estou com você — digo.

São apenas três palavras curtas, mas neste momento coloco tudo de mim naquelas poucas sílabas.

James me observa por um bom tempo. Parece entender tudo o que quero dizer com aquelas palavras. Aos poucos, o medo absoluto desaparece de seus olhos, dando lugar à confiança e à ternura com que me olhou a noite toda.

Em seguida, pega minha mão. Entrelaça os dedos nos meus e aperta suavemente.

— E eu estou com você. Não importa o que aconteça.

Me inclino para trás e apoio a cabeça em seu ombro.

Respiro com mais facilidade.

Nós vamos conseguir.

James

Já passa de uma e meia da manhã quando acordo assustado com um grande estrondo. Levanto tão depressa que o Kindle escorrega da minha cama e cai no chão, mas não me importo. Corro desesperadamente até o corredor, em direção ao quarto de Lydia. Mas, quando abro a porta, ela ainda está sentada na cama, esfregando os olhos sonolentos.

— Tudo bem? — pergunto.

Ela assente.

— O que foi isso?

— Acho que nosso pai — respondo, sentindo minha pulsação acelerar.

Não quero descer.

Não quero saber o que ele destruiu desta vez.

Porra, não quero me preocupar com ele.

Embora tudo em mim clame para que eu volte ao meu quarto, me encaminho até o andar de baixo. Ouço o barulho outra vez. Seja lá o que meu pai esteja fazendo, é na sala de jantar.

Está resmungando alguma coisa, irritado, como se estivesse repreendendo alguém. Talvez Mary ou Percy?

Pouco antes de chegar ao cômodo, viro o corpo de leve e fico à esquerda, colado na parede ao lado da porta.

— Desgraçada — gagueja meu pai. — Você não devia ter feito isso.

Franzo o cenho e me aproximo um pouco mais. Com quem é que ele está falando?

— Nunca vou te perdoar. Agora estou sozinho com os dois e faço tudo errado, e, porra, mais uma vez *a culpa é sua*! — Ele grita as últimas palavras.

Espio do meu esconderijo bem a tempo de vê-lo jogar uma garrafa cheia de uísque por sobre a mesa, no retrato de família. Fico sem ar quando a garrafa quebra, o tilintar ecoando em meus ouvidos. O líquido marrom escorre sobre minha mãe, sobre Lydia e sobre mim. As cores parecem desbotar. O rosto da mãe derrete como uma boneca de cera, gradualmente se transformando em um monstro. Um rosto grotesco que despreza meu pai e zomba dele.

Neste momento, a raiva que sinto dele e que vive adormecida acorda outra vez, fazendo circular por minhas veias uma fervura que somente ele consegue desencadear. Cerro os punhos e entro na sala para exigir explicações quando, de repente, outro barulho me detém.

Vejo daqui de trás que seus ombros se agitam. Ele tenta recuperar o fôlego várias vezes, mas depois os joelhos cedem e ele cai no chão, em meio aos cacos de vidro. Leva as mãos ao rosto e ouço novamente.

Meu pai está soluçando.

Não consigo me mover, fico paralisado ao vê-lo chorar. Penso em todas as vezes em que ele me fez chorar. Penso nas surras e nos gritos, nas humilhações que me fez passar e na frieza com que sempre me olha. Me lembro do dia do enterro, quando nos instruiu sobre como deveríamos nos comportar. De seu silêncio após a morte da minha mãe.

E percebo que não sinto de fato a satisfação que gostaria. Pelo contrário; afinal, meu pai está sofrendo. Que tipo de pessoa eu seria se me virasse e voltasse para o quarto agora?

Não é fácil para mim dar o primeiro passo, mas dou. Entro na sala de jantar, com cuidado para não pisar nos cacos de vidro resultantes de seu ataque de raiva, e paro atrás dele. Instintivamente, coloco uma mão no ombro de meu pai e aperto por um instante. O choro para abruptamente, e ele prende a respiração.

Quando decido tirar a mão, ele a agarra. Agarra de maneira quase desesperada, e eu permito. Um sentimento estranho me invade, um sentimento que há séculos não tinha pelo meu pai.

Levanto o olhar em direção ao nosso quadro. Nele, meu pai está com as mãos nos ombros de Lydia, enquanto eu estou em frente à minha mãe e ela me envolve com os dois braços. Embora a maioria das cores tenham desbotado, ainda me lembro perfeitamente de como era. Ainda me lembro perfeitamente do que é se sentir parte de uma família.

O sentimento que está nascendo em mim é apenas uma sombra do que o James naquele quadro sentia, mas me agarro a ele.

26

Lydia

Pela primeira vez na vida, tenho que comprar um vestido pela internet. Em vez de passear pela Bond Street em Londres e pelo menos dar uma olhada em cada loja, estou sentada na cama de Ruby clicando de uma loja para a outra. É divertido, principalmente porque não estou fazendo isso sozinha, mas fico empolgada só de pensar em quando poderei voltar às minhas lojas favoritas, tocar nas roupas e vê-las de perto.

Nos próximos meses, contudo, não terei essa opção. A maioria dos proprietários das lojas me conhece, e as chances de tirarem suas próprias conclusões ao olharem para minha barriga são consideravelmente altas. Então, seria apenas uma questão de tempo até que meu pai descobrisse.

Um arrepio percorre meu corpo todo só de pensar.

Não, primeiro tenho que me dedicar às compras online.

— O que acha desse? — pergunta Ruby, virando o notebook para mim.

— Parece que alguém perdeu a mão com a tesoura — digo, passando o dedo pela barra do vestido, que é bem mais comprida atrás do que na frente. — Minha mãe teria ficado furiosa com esse corte. E com a cor. E a renda no decote sem motivo algum.

— Tá bom, tá bom — diz Ruby, rindo, e fecha a guia. — Então vamos continuar vendo. Só vimos doze páginas. Tem 27.

Ela começa a rolar a lista para baixo e, juntas, observamos os vestidos, das mais diversas cores e cortes, que vão aparecendo na tela.

— Talvez eu devesse deixar pra lá e não ir ao baile — proponho algum tempo depois.

Ruby balança a cabeça sem pensar duas vezes.

— É seu último baile de primavera. Você tem que ir.

— Conforme o tempo passa, estou pensando que vai ser cada vez mais impossível encontrar um vestido que esconda essa barriga. O que vai acontecer se alguém reparar? — pergunto, apontando para a pequena curvatura que está escondida sob meu suéter *oversized*.

— Vamos encontrar um vestido. Não se preocupa. — Ruby parece mais otimista do que eu.

Embora a dra. Hearst tenha me dito que, em comparação às outras mulheres grávidas de gêmeos, minha barriga está crescendo bem devagar, para mim está enorme. Nas últimas semanas, me acostumei a carregar a mochila da escola em frente ao corpo, e estou usando todas as blusas dois tamanhos maiores do que precisaria. James as pegou do departamento de confecção sem que ninguém percebesse depois de uma reunião na Beaufort. Pela primeira vez, fico feliz por minha mãe ter desenhado nossos uniformes e por serem feitos em nosso ateliê.

Queria poder fazer o mesmo com o vestido para o baile de primavera. Já estou arrependida de ter deixado Ruby e James me convencerem a ir. E o vestido nem chega a ser o maior problema. O que mais quero é evitar encontrar Graham também fora da sala de aula.

Mas não sei se posso contar isso para Ruby, e muito menos para James. Não suportaria meu irmão me olhando com pena. Não depois da quarta-feira passada, quando um nervo das minhas costas foi comprimido e fiquei deitada na cama, indefesa, parecendo uma barata. Doía tanto que não conseguia me mexer, e tive que esperar até James ouvir meus gritos pedindo ajuda. Então, ele me ajudou a me *vestir*.

Foi humilhante, queria apagar aquela manhã inteira da minha mente. Para sempre. Se falar para ele agora que não aguentaria encontrar Graham na festa, tenho certeza de que ele me veria como alguém muito vulnerável, e não quero que isso aconteça.

— O que você acha desse? — pergunta Ruby.

Também não gostei desse vestido. É jovem demais, sem glamour, e lembra um uniforme.

— Na verdade, eu queria um vestido que não chamasse atenção.

— Nunca teria pensado que seria tão difícil encontrar um vestido para o tema *Sonho de uma noite de verão*. Já me arrependi de ter dado essa sugestão.

— É um tema bonito. E um vestido do Elie Saab seria perfeito — digo e solto um suspiro.

Ruby digita o nome no campo de buscas do navegador e solta um gritinho de admiração.

— Verdade, seria perfeito. As aplicações florais são lindas e… meu Deus, é uma fortuna!

— Bom, é. Mas esse não é o problema: pra usar um vestido desses, tem que experimentar antes, e eu simplesmente não posso.

Sem falar que seria um exagero aparecer assim no baile da escola. Reservarei o sonho de usar um Elie Saab para o meu casamento. Ou de alguém, porque é bem capaz que todos os meus amigos se casem antes de mim. Minha vida amorosa consiste principalmente em ler mensagens antigas de Graham e começar a chorar, de preferência sem que ninguém saiba.

É uma grande tragédia.

— Podemos pedir ajuda pra Ember — sugere Ruby, pensativa. — Ela sempre encontra roupas lindas na internet. — Ela me olha com cautela. — Não precisamos contar nada além do necessário.

— Você acha que ela não vai juntar dois mais dois? — pergunto, hesitante.

— Talvez. A Ember tem um bom *feeling* pra segredos — murmura Ruby. — Mas, mesmo que ela descubra, garanto que ela nunca diria nada.

Respiro fundo. Nas últimas semanas e nos últimos meses, Ruby provou ser uma boa amiga. Talvez a melhor que já tive. Não consigo imaginá-la me enganando. E se ela confia na irmã, eu também confio.

— Se você acha que a Ember consegue resolver o problema do vestido, eu ficaria feliz em contar com a ajuda dela.

O rosto de Ruby se ilumina. Então, ela se põe de pé.

— Quando o Percy e o James vêm te buscar? A gente ainda tem um tempo?

— O treino termina em meia hora — afirmo após consultar o relógio. — Eles provavelmente vão chegar aqui perto das sete e meia.

— Perfeito. — Ruby abre a porta e faz sinal para que eu a acompanhe.

Sigo-a até o corredor. O quarto de Ember é o próximo cômodo, e a porta está entreaberta. Ruby bate duas vezes.

— Ember, você está livre? A gente tem uma pequena emergência de moda.

— Claro, pode entrar — responde.

Entramos juntas no cômodo. É do mesmo tamanho que o quarto de Ruby, e foi mobiliado de um jeito parecido. Uma cama, uma escrivaninha, outra mesa menor onde há uma máquina de costura e, bem ao lado, um manequim com um vestido. Meus olhos se arregalam.

— Esse vestido é seu? — pergunto, perplexa. Eu teria corrido para observá-lo de perto, mas antes disso me lembro de manter as boas maneiras. — Oi, Ember — cumprimento, levantando uma mão.

A irmã de Ruby está sentada no chão, em frente à cama, com dois rolos e amostras de tecido. O cabelo está amarrado em um coque grande e desgrenhado, do qual se soltaram alguns fios escuros. Entre os lábios, há um marcador.

— Oi — responde entredentes e deixa as amostras de lado para poder pegar o marcador. — Qual a emergência de vocês?

— A Lydia precisa de um vestido para o baile de primavera. Ela queria que fosse um Elie Saab, mas infelizmente não vai dar dessa vez. Você consegue pensar em algum lugar onde a gente poderia encontrar um que se encaixasse no tema da festa? A gente já deu uma olhada em todas as lojas online que você me falou.

— Elie Saab seria realmente perfeito. Os vestidos dele são tão lindos... — Ember suspira. — Tenho vários salvos na minha pasta no Pinterest.

— Ou então... — digo, me aproximando do manequim. Lanço um olhar inquisitivo por cima do ombro para Ember. — Posso?

Ela assente.

— Claro.

Observo o vestido com atenção. É de um tom rosa suave, composto por uma saia de tule e um top com flores bordadas. Ao olhar mais de perto, percebo que são duas peças que Ember vai juntar com uma larga faixa de seda, agora fixadas apenas com alfinetes finos.

— Você quem fez?

Ember assente.

— É lindíssimo — digo, com sinceridade.

Ela fica levemente corada.

— Não é nada demais, na verdade eu só comprei o tule por diversão. A qualidade não é particularmente boa, mas quem não é especialista certamente não vai perceber quando eu terminar.

De repente, a voz de minha mãe ressoa em meu ouvido.

Talento. Talento puro.

Nos últimos tempos, alguns acontecimentos me fazem pensar nela. Nas situações mais esquisitas e nos lugares mais aleatórios, vejo o rosto dela ou ouço sua voz, e embora ainda seja muito doloroso, também são momentos lindos e calmantes. Como se uma parte de minha mãe ainda permanecesse comigo.

— Você tem talento de verdade, Ember. Queria saber costurar tão bem quanto você.

— Não se nasce sabendo em uma família como a sua? — pergunta ela de maneira cautelosa.

Encolho os ombros.

Ainda me lembro de que, aos treze anos, pedi para meus pais contratarem uma modista que me ensinasse a costurar. Queria fazer os esboços que havia desenhado, mas não tinha o conhecimento básico. Meu pai quis ver meus esboços e desenhos para saber se valia a pena pagar as aulas. Quando viu que eu havia desenhado roupas para mulheres jovens, me dispensou no mesmo instante com um suspiro e um gesto de desprezo.

Depois, meio que fui aprendendo a costurar por conta própria. Mas nem as saias prontas e nem as blusas conseguiram convencer meus pais de que uma coleção para mulheres representaria um avanço positivo e importante na Beaufort. E chegou uma hora em que achei deprimente demais passar horas e horas sentada em frente à máquina de costura, investindo sangue, suor e lágrimas em um vestido que ninguém jamais usaria.

— Eu sabia costurar. Agora... não mais — respondo algum tempo depois.

— Por quê?

O fato de Ember insistir de maneira tão natural é, de certa forma, legal. A maioria das pessoas se sente constrangida ao falar comigo, como se não soubesse o que poderia ou não perguntar. Por isso, falamos só sobre assuntos rasos. Ember é uma das poucas exceções: com ela, tenho a sensação de que se interessa de verdade pelo que vou falar.

— Sempre quis ter minha própria coleção na Beaufort, mas meus pais descartaram categoricamente incluir roupas femininas. Então, chegou uma hora em que eu parei de costurar.

Ember olha para mim, pensativa.

— Então você parou de desenhar?

— Não, mas... — Faço um gesto de indiferença. — Só desenho para mim, não para a Beaufort.

— Sinto muito — diz Ruby em voz baixa, ao meu lado, e Ember concorda com a cabeça. — Eu poderia soltar o famigerado "nunca desista!", mas imagino como deve ser frustrante sempre rejeitarem o que você propõe. Chegaria um momento em que eu também perderia a vontade de fazer tudo.

— Pois é.

Percebo aquelas nuvens escuras pairando sobre mim, me arrastando para um turbilhão de pensamentos sombrios dos quais levo horas para sair. Tento me concentrar em outro assunto o mais rápido possível.

— Enfim, vamos mudar de assunto! A Ruby disse que, por ser blogueira, você conhece todos os truques. — Até eu consigo perceber como minha voz soa artificial.

Ember olha para o manequim antes de se virar para mim.

— Ainda tenho muito tecido sobrando. Se quiser, posso fazer um vestido para você.

Por um instante, não digo nada.

Então, percebo que não posso pedir que ela faça um favor como esse. Nego com a cabeça devagar.

— É trabalho demais. Além disso, a festa vai ser no sábado da próxima semana.

Ember faz um gesto com a mão, como se não fosse problema.

— Que nada. Eu não teria oferecido se não desse tempo. Tenho certeza de que você pode me trazer alguns vestidos velhos seus, né? — pergunta Ember. — Vamos fazer algo lindo, você vai ver. Vai ser incrível!

— Aceita a oferta dela, Lydia — incentiva Ruby, colocando um braço em volta dos meus ombros.

Estou tão impressionada pela abertura, pelo carinho e pela disposição das duas que um nó se forma na minha garganta e meus olhos começam a arder. Pisco, inspiro e expiro profundamente. Deve ser uma questão hormonal, mas neste momento acho muito difícil manter a calma.

— Obrigada — consigo dizer, por fim.

— Ah, não agradece ainda. Meu trabalho tem um preço. Embora seja muito pequeno... — Ember avisa, com um sorriso quase diabólico no rosto.

Lanço um olhar confuso para Ruby, que não parece estar muito satisfeita.

— Ember... — alerta em um tom sério.

— Qual é, Ruby. — Virando-se para mim, acrescenta: — Queria ir pra festa com vocês.

— É uma ótima ideia! Não acha? — pergunto, me virando para Ruby, mas ela está olhando para a irmã com uma expressão ainda mais séria.

— A Lydia não acha que tem problema eu ir junto.

— Você ainda não me contou quem é o cara misterioso que você conheceu na última festa — comenta Ruby.

— O que isso tem a ver com passar uma noite das garotas maravilhosa com vocês? — responde Ember.

Ruby ergue uma sobrancelha.

— Eu vi o que você pediu pra empresa de decoração. Quero tanto ir pra esse baile das fadas. Quando é que eu vou ter outra oportunidade de ir em um evento desses? — insiste Ember.

Ruby respira fundo, segura o ar por alguns segundos e, depois, expira devagar.

— Da última vez, a gente concordou em algumas regras, e você as quebrou. Eu só fico preocupada.

— Eu não bebi nem dancei pelada em cima de uma mesa. Então acho que não dei motivo nenhum pra te preocupar.

Ruby suspira. Por um bom tempo, ela não diz nada. Parece que está repassando uma lista de prós e contras na mente.

— Vão ser as mesmas regras da última vez — anuncia, finalmente. — E dessa vez você vai seguir, ok?

O sorriso de Ember se alarga.

— *OK?* — insiste Ruby.

— Vai ser um prazer acompanhar vocês no baile de primavera, Ruby. Muito obrigada pelo convite! Foi muito gentil — responde Ember, triunfante. Vendo que a irmã não disse nada, ela bufa. — Ok, vou seguir as regras.

— Perfeito — diz Ruby, balançando a cabeça. — Então já temos um encontro a três para o baile de primavera.

Ember dá um gritinho de alegria e me cutuca de lado.

— Vai ser incrível.

Espero que ela esteja certa.

27
Lydia

O vestido que Ember fez para mim é encantador. A parte superior foi confeccionada em um tecido sutil de cor champanhe e tem manga curta. Logo abaixo do peito, acrescentou uma saia de tule igual à do vestido de Ruby, sobre a qual há pequenas flores de tecido espalhadas. O caimento é suave, e o corte esconde ao máximo minha barriga. Tenho certeza de que ela sabe da gravidez, mas, embora pareça estranho, não tenho uma sensação desagradável.

— Acho que precisamos apressar o passo — diz Ruby, olhando para o relógio na minha mesa. Ele é feito de madeira escura e tem detalhes dourador ao redor do mostrador. Meu pai me deu de presente quando fiz dez anos. Não sei porque ainda está ali. Não é muito bonito, mas não consigo me livrar dele.

— Lydia? — diz Ember em algum lugar perto de mim, me arrancando de meus pensamentos.

— Oi?

— Você está bem? — pergunta com cuidado.

Ember tem os olhos idênticos aos de Ruby: verdes e penetrantes. Às vezes, tenho a sensação de que as duas conseguem enxergar o interior das pessoas.

— Sim, tudo ótimo. — Olho para ela, resplandecente. — Acho que o James e o Percy já estão nos esperando lá embaixo há uns vinte minutos. Então agora nós temos que ir.

Ember assente, embora permaneça reflexiva.

— Obrigada mais uma vez pelo dia de beleza, Lydia — diz Ruby. — Foi muito bom depois do estresse dos preparativos.

Ela se aproxima de mim e me dá um abraço de leve.

— Vocês duas me ajudaram a ir com um vestido adequado. Era o mínimo que eu poderia fazer — respondo.

Contratei alguns profissionais para fazer o cabelo e a maquiagem de Ruby, Ember e eu. Agora, poderíamos ir para um tapete vermelho. Um que recebesse fadas. Ou o próprio Shakespeare.

Seguimos para o saguão no andar inferior, onde James e Percy nos esperam. Eles conversam, e ouço Percy rir. O som me deixa emocionada. É a primeira vez em muito tempo que os vejo conversando despreocupadamente.

James dá meia-volta e seus olhos automaticamente pousam em Ruby, iluminando-se como quase sempre ocorre quando a vê ou conversa com ela.

— Vocês estão lindas — declara enquanto Percy estende o casaco para eu vestir.

— Você sempre diz isso — observo.

Ele dá de ombros, o olhar ainda fixo em Ruby. Ela dá uma volta ao redor de si mesma e abre um sorriso largo.

— Estou me sentindo uma princesa.

— E está parecendo uma também — admite James, segurando as bochechas dela antes de se inclinar para beijá-la.

— Ainda não sei se acho eles fofos ou bregas — sussurra Ember ao meu lado.

— Fofos — respondo com naturalidade. — É bem melhor do que ver os dois tristes.

Ruby

Ontem à tarde, quando vimos as quinze árvores artificiais serem colocadas no Boyd Hall, achei que tínhamos cometido um grande erro. À luz do dia, a disposição das coisas parecia estranha, tudo era grande demais e não havia nenhum clima. Mas agora, olhando ao redor, suspiro aliviada.

O brilho suave das lanternas e das velas, as pétalas azuis e lilases que distribuímos pelo salão e a música clássica da orquestra criam um ambiente de conto de fadas em que os convidados, com vestidos élficos e ternos claros, se sentem confortáveis.

— Ruby, está tudo maravilhoso. — Lydia suspira ao meu lado.

— Está lindo mesmo — concorda Ember.

Ela aponta para o balanço de madeira pendurado em uma árvore. Na frente dele, há um fotógrafo esperando para tirar uma foto do casal que está se posicionando neste momento. A garota segura a corda decorada com flores, e o namorado atrás dela coloca a mão sobre a dela. É tão romântico!

— Depois, temos que tirar uma foto juntas, sem falta — propõe Lydia.

— Falei que valia a pena vir — comento.

Então, começo a procurar Lin com os olhos. Tenho que perguntar para ela se já falou com o pessoal do bufê para saber se está tudo certo. Mas antes de encontrá-la, James coloca a mão nas minhas costas com gentileza.

Olho para ele, curiosa.

— Sei exatamente o que você quer fazer agora. Mas seu turno começa em… — Ele olha para o relógio. — … uma hora.

— Você se lembra? — pergunto em um tom divertido.

Ele assente.

— Por enquanto você ainda pertence a mim, não aos canapés, Ruby Bell.

Então, ele me afasta de Lydia e Ember. Consigo lançar um olhar para elas por cima do ombro antes de voltar a olhar para a frente e me impedir de pisar no vestido. A princípio, acho que James quer me levar até o bar, mas depois ele vira em direção ao balanço. Outro casal está posando agora, portanto ficamos alguns passos atrás do fotógrafo.

Olho para James, sorrindo.

— Sério? Me lembro da época em que você detestava nossas festas — comento. — E agora você quer até tirar uma foto de casal como lembrança?

— Você sabe por que eu não gostava — ouço James dizer perto do meu ouvido.

A voz dele me deixa arrepiada.

— Na verdade, você adorava. Pode admitir, era tudo fachada. Na verdade, você achou o DJ da festa de volta às aulas incrível e ficou com inveja porque não conseguiu contratar pra dar uma festa na sua casa.

James bufa.

— Isso aí.

De repente, ele se inclina e, com a boca, acaricia primeiro minha bochecha e depois meu queixo. Estremeço quando beija um ponto atrás da minha orelha.

— Sério, você está maravilhosa — murmura, e sinto seu hálito quente.

Meu corpo todo estremece, e estou prestes a abrir a boca para retribuir o elogio quando me assusto com a voz do fotógrafo.

— Próximo — chama com a voz cansada. Quando vê que é a minha vez, arqueia a sobrancelha. — Ah, é você, Ruby.

O sr. Foster e eu nos conhecemos desde que comecei a organizar os eventos de Maxton Hall. Ele tira e edita as fotos oficiais dos eventos para o nosso blog, para o site oficial da escola e para a *newsletter* que Lexington envia uma vez por mês. É uma pessoa profissional, e o fato de estar disposto a tirar fotos polaroid das pessoas no balanço me faz sentir ainda mais respeito por ele.

— Boa noite, sr. Foster — respondo.

— Acho que nunca tirei uma foto sua — fala, parecendo pensar em voz alta, e em seguida gesticula para o balanço. — Pode se sentar.

— Obrigada — murmuro, me sentando enquanto James se posiciona atrás de mim, colocando uma mão na corda do balanço e a outra nas minhas costas.

Mesmo através do tecido do vestido, consigo sentir o calor que emana dele. Um formigamento percorre meu corpo todo, e me pergunto se algum dia essa empolgação que sinto ao seu lado desaparecerá. Espero que não.

— Sorriam! — pede o sr. Foster, mas não era preciso nem falar nada; meu sorriso aparece por vontade própria.

Depois de nos fotografar, ele entrega a polaroid. James sacode o papel por alguns segundos antes de olhar.

— Brega demais — comento.

Na foto, estou sentada no balanço, e James, atrás de mim. Tenho certeza de que todos os casais vão sair com a mesma pose. Mas sei que, no futuro, sempre que olhar para essa foto, vou sorrir.

— Eu gostei — diz James.

Contente, ele a guarda no bolso do paletó. Então, ergue o braço e esfrega os nós dos dedos na minha bochecha. Parece que não é um gesto consciente, faz sem pensar. Quando afasta a mão novamente, tenho vontade de segurá-la e esfregar sua palma em meu rosto.

— Vamos dançar? — pergunto.

Tenho que fazer algo para controlar o calor que a carícia desencadeou em meu corpo.

James levanta as sobrancelhas, surpreso.

— Você quer dançar?

Faço que sim e pego a mão dele. Antes de pensar melhor, puxo-o em direção à pista de dança, por entre os outros casais que já estão dançando lentamente ao som da música.

Coloco uma das mãos sobre o ombro de James e começo a me mover com ele. Desta vez, assisti a alguns vídeos com Ember e praticamos juntas, mas percebo que não preciso ficar pensando na série de passos que aprendemos. James e eu só balançamos de um lado para o outro.

— No começo do ano, eu nunca teria imaginado que estaria aqui hoje. Com você — murmura James em meu ouvido. — Eu sou tão grato...

Suas palavras me dão um arrepio quente.

— Também sou muito grata por ter você, James.

Continuamos nos movendo ao ritmo da melodia lenta que a orquestra toca. Em certo momento, deslizo a mão para cima até conseguir tocar a nuca dele. James me abraça com tanta força que entre nós dois não passaria nem uma folha. Sinto sua respiração em meu corpo. Está tão descompassada quanto a minha. Quando solto a outra mão da sua e deixo-a ao redor do pescoço dele, James respira fundo. Suas mãos se movem pela minha cintura e acariciam a lateral de meu corpo. Engulo em seco e fecho os olhos.

Então, sinto os lábios dele na linha do meu cabelo.

— James... — sussurro, abrindo os olhos devagar.

Ele se volta para mim com os olhos semicerrados. Perco o fôlego com esse olhar. Os lindos olhos, a leve pressão dos lábios.

— Ruby... — diz com a voz rouca.

Então, não aguento nem um segundo mais. Fico na ponta dos pés, e ele se inclina em minha direção.

Quando nossos lábios se encontram, é como se uma corrente elétrica corresse pelo meu corpo. Sempre acontece isso quando estou com James. Não consigo descrever, mas um simples beijo dele é o suficiente para virar meu mundo de cabeça para baixo e me fazer esquecer de tudo ao meu redor.

Com a língua, James acaricia meu lábio inferior suavemente, e abro caminho para ele. Afundo as mãos no cabelo dele e o sinto gemer em meus lábios.

— Pô, vão pra um quarto — diz uma voz ríspida ao nosso lado.

James se afasta de mim e pisca várias vezes. Então, vejo Camille por cima de seu ombro, dançando com um garoto do nosso ano. Ela revira os olhos.

— Nós somos muito malvados — murmuro, enterrando o rosto no ombro de James.

De repente, percebo que James fica tenso.

— O quê…?

Levanto a cabeça. James está olhando para um ponto atrás de mim, e dou meia-volta para seguir seu olhar.

O sr. Sutton acabou de entrar na pista de dança com uma mulher.

— Não é a nossa tutora da aula de preparação para Oxford? — pergunto.

— Philippa Winfield — acrescenta James.

Ele sempre se lembra do nome de todo mundo, mesmo das pessoas que viu somente uma vez. Acho que é um dom que se adquire no instante em que se nasce como herdeiro de uma grande empresa.

— Parecem bem próximos — observo depois que o sr. Sutton coloca o braço ao redor de Pippa.

Ela sorri. Como está de salto alto, os olhos deles estão mais ou menos na mesma altura; então, se inclina e sussurra algo no ouvido dele, fazendo-o rir. É uma risada tímida, claramente diferente da que mostra nas aulas.

— Porra! — exclama James no instante em que o sr. Sutton olha por cima de Pippa e a expressão alegre desvanece.

Não demoro muito para perceber o motivo.

Lydia.

Ela está próxima à pista e já viu todo. Lydia dá meia-volta e sai do salão pela porta dos fundos. Quero ir com ela, mas James segura minha mão com firmeza. Antes que eu tenha tempo de perguntar por que está fazendo isso, aponta com o queixo na direção para onde a irmã acabou de ir.

O sr. Sutton está correndo atrás de Lydia.

— Você acha uma boa ideia? — pergunto, hesitante.

A expressão de James é impenetrável.

— Em algum momento, vão ter que conversar. E se for agora, vão preferir ficar a sós.

Como James conhece Lydia melhor do que ninguém, confio nele.

— Não quero que ela fique mal — murmuro.

Após essas palavras, James me olha com carinho.

— Ela vai conseguir. Tenho certeza disso.

A confiança com que pronuncia as palavras e o modo como olha para mim me faz suspeitar que ele não está pensando apenas em Lydia.

Pela primeira vez desde que o conheci, parece acreditar na própria felicidade. E isso me deixa extremamente feliz.

28
Lydia

Estou arrependida de ter vindo. Devia ter confiado em meus instintos. Sabia que não seria fácil ver Graham, mas nunca imaginei que isso aconteceria.

Vê-lo com Pippa, passando o braço pela cintura dela com naturalidade, ela sorrindo e ele retribuindo o gesto, a distância entre seus rostos diminuindo... Não consigo suportar. Foi demais para mim.

E mesmo agora, no corredor vazio, sem música ou pessoas próximas, meu coração não para de bater descontroladamente. Me sinto mal, e minhas mãos ficam pegajosas. Alguns pontos flutuam diante dos meus olhos. Acho que minha pressão subiu. No mesmo instante, coloco a mão na barriga, como se com esse pequeno gesto conseguisse sentir que meus filhos estão bem.

— Lydia?

Baixo a mão e me viro.

Graham está a alguns metros de mim, com o paletó aberto, o cenho franzido e uma expressão reflexiva.

— Que foi? — pergunto de maneira agressiva.

Meu Deus, estou tão cansada de fingir para todo mundo que está tudo bem. *Nada* está bem. Muito menos agora que ele está aqui. Agora que correu atrás de mim quando pensei que sequer tinha notado minha presença. Agora que está me olhando como se soubesse como me sinto, da mesma forma que antes.

Não consigo desviar o olhar. O que se acumulou em mim cresce tanto que não consigo mais me controlar.

— Estava se divertindo?

Seu olhar fica sombrio, e ele franze a testa ainda mais.

— Nós só estávamos dançando, Lydia.

Solto um suspiro de desdém.

— O que aconteceu foi, sem dúvida, mais do que "só dançar".

Nunca brigamos, e agora entendo o porquê. É horrível, e repreendê-lo assim não ajuda a me acalmar.

— Teria sido estranho se eu recusasse o convite pra dançar. As pessoas falam pelas costas, sabe.

Começo a gargalhar.

— Então você estava quase em cima da minha tutora na pista de dança pra evitar que as pessoas fofoquem sobre seu status de relacionamento.

Digo essas palavras mais alto do que pretendo, e Graham vira a cabeça para outro lado, inquieto.

— Eu odeio isso, Graham — digo. Minha voz está, ao mesmo tempo, fria e trêmula. Ele nunca tinha me ouvido falar desse jeito. — Odeio que você não consiga trocar três palavras comigo sem entrar em pânico e desviar o olhar.

Cerro os punhos, contendo com todas as minhas forças a ardência que surge em meus olhos.

— Você acha que eu estava me divertindo? — retruca de repente.

Não consigo soltar nada além de um arquejo amargo.

Ele também cerra os punhos.

— Estou tentando fazer a coisa certa para nós dois!

— A coisa certa? — Não é possível que ele tenha acabado de dizer isso. — Você acha que não tem problema dançar com outras mulheres… debaixo do meu nariz?

— Por acaso você acha que eu *gosto* disso? De ficar longe de você, fingindo que não te conheço? — pergunta, desnorteado.

Corre a mão pelo cabelo e balança a cabeça negativamente. — Dói mais a cada porra de dia que passa.

— A culpa não é minha, isso eu te garanto! — quase grito, e então mordo o lábio. Respiro fundo e me lembro do que minha mãe me explicou por anos sobre temperança. — Não estou te ligando — acrescento em voz baixa. — Não estou participando das suas aulas. Caralho, eu não estou nem te olhando. Na sua opinião, como é que eu devo me comportar pra você não se machucar?

Ele balança a cabeça outra vez. Em seguida, vem em minha direção a passos largos e segura meu rosto entre as mãos.

Fico imóvel por alguns segundos. Depois, o afasto empurrando seus braços. Ele não pode encostar em mim, porque se o fizer, vai parecer que as coisas continuam como eram antes, e não vou aguentar nem por um segundo.

— Não podemos continuar assim, Lydia — diz, a voz rouca.

— Já te disse que estou cumprindo o combinado.

— Eu também. Mas isso não muda o fato de que nós estamos péssimos.

Percebo que minha raiva está se dissipando e que apenas a dor permanece. Uma dor que me rasga por dentro e me impede de respirar direito.

Queria não ter me soltado das mãos dele. Ao mesmo tempo, queria ter feito isso com mais força.

— Foi só uma dança — sussurra Graham.

Me limito a assentir. Queria desviar o olhar, mas não consigo. Faz muito tempo que não ficamos juntos. Tenho a sensação de que preciso aproveitar cada segundo antes que esse momento passe e eu fique sozinha novamente.

— Pra mim, nada mudou, Lydia.

Perco o fôlego.

— O quê...? O que você quer dizer?

Graham chega um pouco mais perto, mas não me toca.

— Quero dizer que você é a primeira coisa em que penso quando acordo. Todos os dias, penso em você. Quando acontece algo de bom, você é a primeira pessoa para quem quero contar. Ouço sua voz à noite, ao me deitar. Pelo amor de Deus, Lydia, eu te amo. Já te amava na primeira vez que nos falamos por telefone. Nunca vou parar de te amar, mesmo sabendo que não temos chance de continuar juntos.

Meu coração bate acelerado, como se eu tivesse acabado de correr uma maratona. Não consigo acreditar no que ele acabou de dizer.

— Eu vou mudar de escola.

Isso me tira da minha imobilidade. Balanço a cabeça.

— Não. De jeito nenhum. Você mesmo disse que Maxton Hall é a melhor coisa que poderia ter acontecido com você. Que nunca encontraria um trabalho melhor.

— Não importa. Quero me entregar de uma vez por todas pra você. Quero poder tomar um café com você, andar de mãos dadas. E quero minha melhor amiga de volta. Se pra isso eu tiver que aceitar um emprego pior, farei com prazer.

Balanço a cabeça, completamente chocada pelo rumo dos acontecimentos.

— Eu… Não é possível. Por que agora, tão de repente?

— Não é uma ideia que surgiu do nada. Desde o primeiro dia aqui, tenho pensado nisso. Todas as manhãs, me pergunto se Maxton Hall vale o preço de nós termos nos separado.

— Mas nós… — Paro de falar, incapaz de ordenar meus pensamentos.

— Foi a decisão que tomamos juntos, por isso não falei nada. Tinha medo de te pressionar. Mas agora…

As lágrimas surgem sem que eu consiga contê-las. Fecho os olhos, e todo meu corpo é abalado por um soluço silencioso. Desta vez, quando Graham me toca, não me protejo, apenas descanso a cabeça no peito dele e permito que acaricie minha bochecha.

— Desculpe não estar com você na época pra te apoiar... — sussurra.

Neste momento, mal consigo suportar a saudade que sinto dele. Nem minha consciência pesada por ainda não ter contado sobre a gravidez, nem a tristeza pela perda não só do nosso relacionamento, mas também da nossa amizade. Agarro sua camisa.

— Sinto saudade da minha mãe. E sinto saudade de você. O tempo todo — balbucio.

— Eu sei. Sinto muito mesmo... — Ele volta a acariciar meu rosto.

O toque suave me lembra do nosso primeiro encontro. Naquele tempo, não éramos nada mais que amigos que tinham se conhecido pela internet, mas ele fez a mesma coisa quando uma moça no café me confrontou a respeito das matérias de jornal que tinham sido publicadas a meu respeito. Tentei não deixar transparecer o quanto as palavras dela me afetaram, mas Graham percebeu na mesma hora e agarrou meu braço. Sussurrou no meu ouvido que ficaria tudo bem. Exatamente como agora.

A voz suave alivia minha dor, e quando desliza os polegares por minhas bochechas úmidas, garantindo que vamos superar isso e que vamos consertar tudo, mergulho, por alguns momentos, naquele sonho e na ilusão de que talvez ele esteja certo.

Mas então percebo ele se contorcer.

— Lydia — sussurra.

Me afasto dele por alguns segundos e sigo seu olhar.

No fim do corredor, a apenas cinco metros de nós, está Cyril.

Nunca o havia visto tão pálido assim. Ele olha de Graham para mim algumas vezes, uma expressão de incredulidade estampada no rosto. Então, abre a boca.

Mas seu rosto muda. Ele une as sobrancelhas, os olhos se transformam em linhas finas, e cerra tanto os dentes que os ossos de seu maxilar ficam proeminentes.

Em seguida, dá meia-volta e desaparece em direção ao Boyd Hall.

— Merda — murmuro entredentes, me afastando totalmente de Graham.

— Lydia...

Balanço a cabeça e passo os dedos pelas bochechas úmidas outra vez.

— Tenho que falar com ele. A gente se fala depois por... telefone?

O corpo de Graham parece tenso, mas, ao ouvir minhas palavras, surge nos olhos castanho-dourados uma ternura da qual estava sentindo falta há meses. É familiar, como uma lembrança desbotada que pouco a pouco vai ganhando cor e se tornando realidade.

— Eu te ligo — avisa. — Depois da festa.

— Está bem — murmuro.

Por um instante, me sinto tentada a abraçá-lo novamente, mas me lembro do rosto consternado de Cyril e me viro para ir atrás dele.

Corro atrás de Cyril o mais rápido possível. Eu o vejo pouco antes de chegar à saída do Boyd Hall.

— Cy... — chamo, ofegante, e o seguro pelo cotovelo.

Ele se vira e afasta o braço.

— Não encosta em mim.

Surpresa com a frieza da reação dele, ergo as mãos para tranquilizá-lo. Cyril nunca tinha falado assim comigo. Também desconheço completamente a maneira como me olha: com desprezo e muito desdém. Ele balança a cabeça.

— Não acredito que você fez isso, Lydia.

Franzo o cenho e olho para o rosto dele.

— Não sei se você pode se dar ao luxo de me julgar, Cy. Ou eu preciso te lembrar do tipo de gente com quem você fica?

Cyril estremece.

— Você acha mesmo que eu ficaria bravo porque você dormiu com o seu professor?

Agora eu que estremeço. Um pequeno grupo de pessoas acabou de sair do salão.

— Por quê, então? — questiono em voz baixa.

Ele emite um som desanimado e joga a cabeça para trás, olhando para cima, como se o céu fosse revelar o que deveria dizer. Depois, volta a olhar para mim e engole em seco.

— Estou bravo por estar na *friend zone* há anos e você nunca me dar uma chance.

Fico sem palavras.

— Como assim?

— Você é a mulher da minha vida, Lydia. Estou apaixonado por você há anos.

— Mas… — digo com a voz rouca. — Mas nosso lance… não foi sério.

É como se eu tivesse dado um tapa na cara dele. Cyril abre a boca, mas nenhuma palavra sai.

— Não sabia que você gostava de mim — sussurro.

Pela segunda vez, estendo a mão com cuidado e acaricio o braço dele. Ele é meu amigo, nos conhecemos desde que éramos crianças. Se soubesse que seus sentimentos por mim eram verdadeiros, nunca teria ficado com ele.

— Vai dizer que nunca percebeu nada? — pergunta com um tom de incredulidade.

Nego com a cabeça, sem ousar responder em voz alta.

— Então você não percebeu que, desde que a gente ficou, eu nunca mais saí com ninguém? Não percebeu que, depois da morte da sua mãe, fiquei à sua disposição todos os dias, de manhã até de noite, pra te consolar?

— É isso o que amigos fazem — murmuro entre as lágrimas.

— Eu não faço isso por ninguém — ressalta com amargura. — Só por você.

Fico olhando para ele, incapaz de me mover. Sinto vontade de vomitar e, ao mesmo tempo, lágrimas escorrem pelo meu rosto.

— Desculpa. Eu… não queria te machucar.

Cyril levanta a mão, hesitante, e enxuga uma lágrima de meu rosto. Então, sua expressão fica severa.

— Mas machucou.

E, com essas palavras, ele segue para o estacionamento.

29

James

A noite definitivamente não correu como eu esperava.

Na verdade, o plano era passar o maior tempo possível com Ruby — tínhamos apenas um turno de uma hora cada, e no resto do tempo estávamos livres. Queria dançar e me divertir com ela, beijá-la na frente das outras pessoas quantas vezes ela deixasse.

Mas então Lydia voltou de repente, arrasada, para o Boyd Hall. A princípio, pensamos que a conversa com Sutton tinha corrido mal ou que ele havia dito algo que a ofendeu. Só que, assim que nos contou o que havia acontecido de fato, saí atrás de Cyril.

Alistair e Keshav não faziam ideia de onde ele poderia estar, e levei séculos para encontrar Wren, que pelo menos foi capaz de me dizer que Cyril tinha corrido até o carro pouco tempo antes e voltado para casa. Pedi um taxi e pedi para Percy ficar de olho em Lydia, Ember e Ruby.

Neste momento, estou em frente à porta da casa de Cyril, tocando a campainha pela enésima vez. Do lado de fora, consigo ouvir o toque ecoando pela casa. O carro dele está atravessado na garagem, e vi uma luz no andar de cima quando entramos na propriedade.

Toco mais uma vez. E então outra. Quando ergo o dedo novamente, a porta se abre.

No mesmo instante, sou atingido por um cheiro forte de álcool. Não se passou nem uma hora do encontro com Lydia, mas

Cyril já está cambaleando. O cabelo escuro está completamente bagunçado, e os botões de cima da camisa estão desabotoados.

— É claro. Lydia mandou o cão de guarda — balbucia.

— Posso entrar? — pergunto.

Cyril abre a porta por completo, dá meia-volta e sobe a escada até o andar de cima, sem se virar para mim. As luzes da casa toda estão apagadas. Pelo visto, os pais saíram de novo.

Eu o sigo até o andar de cima, na direção do quarto dele. A janela está aberta, mas o cheiro de fumaça e álcool pesa no ar.

Cyril se senta no parapeito da janela. Consigo distinguir o brilho de uma ponta de cigarro no cinzeiro. Ele o pega, traga com força e o coloca de volta no lugar.

— Que foi? — começa a dizer sem olhar para mim. — Você veio calar minha boca?

— Vim porque estou preocupado com você — respondo, me aproximando dele, na janela.

Cyril se vira para mim com as sobrancelhas erguidas.

— E porque a Lydia está preocupada — acrescento.

Ele solta uma risada falha e dá outra tragada. Ao lado do cinzeiro, há uma garrafa de uísque com menos da metade do líquido. Me pergunto se ele bebeu tudo isso na última hora.

Nunca sequer imaginei ver Cyril neste estado.

— Sinto muito, cara.

Cyril apaga o cigarro. Então, pega a garrafa, leva-a aos lábios e joga a cabeça para trás.

— Eu não entendo — consegue dizer entredentes. Passa as costas da mão pela boca e, com um tilintar, coloca a garrafa onde estava. — Simplesmente não entendo por quê.

Não sei o que dizer. Cyril está esperando por Lydia há anos. Descobrir que sua espera foi em vão deve ter acabado com ele.

— Eu teria feito qualquer coisa por ela. Qualquer coisa — continua a falar, balançando a cabeça em negação.

Pelo visto, o movimento o deixa tonto, porque cai de leve para o lado. Eu o seguro pelo braço e o afasto do parapeito da janela.

— Eu sei — respondo.

De repente, Cyril me agarra com as duas mãos.

— Você não faz ideia de como é, James. Esperar alguma coisa por anos e ver tudo desmoronando na frente dos seus olhos.

O rosto dele está contorcido de dor. Ele cambaleia e não consegue ficar de pé. Sem pensar duas vezes, o agarro e o levo até a cama. Dou um empurrãozinho para forçá-lo a se sentar. Quando tenho certeza de que não vai mais cair para o lado, solto-o a fim de fechar a janela. Depois, fecho as cortinas cinza pesadas.

Me volto para meu amigo. Ele se curvou, o rosto enterrado nas mãos. Ver essa cena me deixa péssimo. Essa situação toda é tão estranha, e fico com pena de Cy — mas, apesar de tudo, tenho que cuidar de Lydia. Seria ela quem perderia tudo se o relacionamento com Sutton viesse à tona.

Me sento na cama, ao lado dele.

— Não conta pra ninguém, Cy — peço de maneira insistente.

Ele balança a cabeça. Então, baixa as mãos e olha para mim.

— Você acha mesmo que eu faria qualquer coisa pra prejudicar a Lydia?

Olho para ele também.

— Não, acho que não.

Cyril assente.

Então, em silêncio, fixa o olhar nas próprias mãos.

— Sempre achei que o que a gente tinha era importante pra nós dois.

— Isso não depende só de você. É claro.

Ele murmura algo e, com um gemido, cai de volta na cama.

— Vou pegar um copo de água pra você — ofereço depois de um tempo.

Cyril não responde, portanto me levanto e desço até a cozinha. Quando volto, ele está sentado novamente. Trouxe um balde para caso passe mal à noite, e meu amigo observa com uma expressão divertida.

— Bebe — digo, estendendo o copo.

Ele pega e se obriga a tomar alguns goles. Então, deixa na mesa de cabeceira.

— Posso fazer mais alguma coisa por você? — pergunto.

— Não, cara. Acho que só tenho que ficar sozinho agora.

— Beleza, então vou nessa. — Aponto com o polegar por cima do ombro.

Cyril assente de leve. E depois faz algo que não fazia há pelo menos dez anos: se levanta e me abraça. Fico surpreso, mas depois reajo, dando um tapinha nas costas dele. Ele apoia metade do peso sobre mim, e eu o apoio da melhor maneira possível.

— Vai ficar tudo bem — digo baixinho.

Cyril me solta e evita meu olhar. Fica claro que ele não acredita nem um pouco nas minhas palavras.

Ruby

É uma e meia quando James finalmente chega em casa. Ele bate fraquinho na porta do quarto de Lydia e a abre ligeiramente. Ao me ver sentada na cama ao lado da irmã, que está dormindo, um sorriso aparece nos lábios dele, e sinto um frio na barriga. Me levanto com cuidado e tento me mexer sem fazer barulho. O sorriso de James se abre ainda mais quando vê que troquei meu vestido por uma de suas camisetas e uma *legging* de Lydia.

Só quando fecho a porta silenciosamente atrás de mim é que ouso falar. Lydia estava tão exausta quando chegamos que não queria acordá-la de forma alguma.

— Você veio com ela — diz James em voz baixa.

Assinto.

— Na verdade, eu ia embora com a Ember, mas a Lydia parecia tão abatida… Não queria deixar ela sozinha, então disse pra minha mãe que ia dormir na sua casa. Você achou o Cyril?

O sorriso desaparece.

— Ele estava bem bêbado. Não sei se vai se lembrar de alguma coisa amanhã.

Isso não me tranquiliza muito.

— Eu confio no Cy — continua a dizer. — Nessas coisas, dá pra confiar nele.

Olho para ele com ceticismo, mas acabo assentindo.

— Tudo bem, então.

James dá uma olhada no corredor e se volta para mim outra vez. Pego a mão dele, puxo-a e vamos juntos para o quarto dele.

Me sento em sua cama enorme.

— A Lydia está melhor? — pergunta James enquanto tira o paletó e desata o nó da gravata.

Então, se senta ao meu lado.

— Aham — respondo, pensativa. — Acho que sim. O sr. Sutton ligou para ela, e eles conversaram um pouco.

James não parece saber o que achar disso tudo. Solta o ar bem forte e esfrega a testa.

— O que foi?

Ele solta um grunhido.

— Não quero que a Lydia acabe tendo problemas. Não sei como evitar que essa torre de cartas construída em cima de segredos desmorone de uma hora para outra.

— Isso não vai acontecer — digo com gentileza, me aproximando dele para acariciá-lo.

Sinto a necessidade de confortá-lo quando está assim, e queria poder fazer mais do que apenas acariciar sua bochecha.

James volta os olhos para mim.

— Eu faria qualquer coisa pelas pessoas que amo.

Deslizo os dedos até o pescoço dele. Envolvo minha mão em sua nuca e acaricio a ponta do cabelo com o polegar.

— Eu sei.

— Você faz parte dessas pessoas, Ruby.

Paro no meio do movimento e engulo em seco. De repente, um bolo se formou em minha garganta.

— Eu te amo — sussurra.

Há tanto sentimento em sua voz e, ao mesmo tempo, tanta dor que, por alguns breves momentos, não consigo respirar.

Mas pouco depois meu corpo reage, como que por conta própria, a essa afirmação. Me sento até ficar de joelho na cama, na mesma altura de James. Levo a boca devagar até a dele e dou um beijo de leve.

— Eu também te amo, James — sussurro, apoiando a testa na dele.

James respira forte.

— Mesmo?

Concordo com a cabeça e o beijo outra vez.

Era para ser outro beijo rápido, mas James coloca a mão atrás da minha cabeça, e o que começou como algo suave se transforma rapidamente em algo a mais. Perco o equilíbrio e caio de lado no edredom macio. James não interrompe o beijo nem por um segundo. Todas as palavras que ficam não ditas desvanecem quando James abre meu lábio com os dele. Solto um suspiro fraco.

Desta vez, quando nos afastamos, nós dois ficamos sem fôlego.

— Obrigado por ter ficado do nosso lado — murmura.

Estamos deitados de lado, um de frente para o outro. James acaricia meu corpo da cintura para cima com um toque suave, a mão sobre a curva de minhas costelas. Traça pequenos desenhos na minha pele.

Me lembro perfeitamente de como me senti quando James tocou em mim pela primeira vez: como se minha pele estivesse queimando através da roupa por onde ele passava. A mesma coisa acontece agora, com a mão deslizando por mim, e então ele para na minha coxa.

— Obrigada por me deixar ficar do lado de vocês — sussurro, tirando uma mecha loira acobreada de sua testa.

Poderia passar séculos aproveitando a sensação do cabelo dele entre meus dedos; a sensação é arrebatadora.

Ficamos em silêncio. A única coisa que dá para ouvir é nossas respirações sincronizadas. Não conseguimos nos separar. Preciso tocá-lo o tempo todo para confirmar que isso está acontecendo de verdade. Que voltamos mesmo e que essa confiança mútua, nova e constante é real.

Apesar dos meus esforços, chega uma hora em que minhas pálpebras ficam tão pesadas que não consigo mantê-las abertas. James está ao meu lado quando adormeço, uma das mãos segurando a minha, e a outra enterrada suavemente em meu cabelo.

30
Ruby

— O que você acha? — pergunta Lin na segunda-feira seguinte, empurrando a agenda para mim por cima da mesa.

Olho para as citações que escreveu em lilás. Entre os ideogramas chineses, dá para ler em belas e elaboradas letras as palavras *Mudança para Oxford*, e no espaço reservado para o dia seguinte, *Comemorar a entrada com a Ruby*. Abro um sorriso enorme. E mesmo que ainda faltem alguns meses para isso, pego o marcador dourado no estojo, folheio minha agenda até o calendário anual e anoto a mesma coisa.

— Perfeito! — sussurro no momento em que anunciam o intervalo do almoço.

Lin e eu começamos a juntar nossas coisas, mas antes que eu possa colocar a mochila nas costas, o aviso soa uma segunda vez, só que agora mais curto.

Ruby Bell, favor comparecer ao escritório do diretor Lexington imediatamente, anuncia a voz da secretária do diretor pelo alto--falante. Todos os alunos que estão na sala se voltam para mim na mesma hora.

Franzo a testa e olho para o relógio acima da porta da sala de aula. Na verdade, temos uma reunião com o diretor Lexington pouco antes do fim do intervalo de almoço. Se quer me ver agora é porque aconteceu alguma coisa.

Fico arrepiada quando penso no que pode ter acontecido.

— Quer que eu vá junto? — pergunta Lin enquanto saímos da sala.

— Não, pode ir na frente pegar a comida.

Agarro as alças da mochila com firmeza.

— Tá bom. Você já sabe o que quer? Eu posso pegar e você não tem que esperar na fila.

— Beleza. Pode ser o mesmo que você.

Lin dá um aperto leve em meu braço antes de seguirmos em direções diferentes. O trajeto até o escritório do diretor Lexington parece maior do que de costume. Quanto mais perto eu chego, piores os cenários que imagino. E quando a secretária me cumprimenta com um olhar severo, meu coração bate forte no peito de tanto nervosismo.

Respiro fundo antes de bater na porta espessa de madeira e entrar.

Queria cumprimentá-los, mas as palavras ficam presas na minha garganta.

Na frente da mesa do diretor, vejo minha mãe.

Na mesma hora, imagino que aconteceu algo ruim com meu pai, que está no hospital porque sofreu outro acidente.

— O pai está bem? — pergunto na mesma hora, correndo na direção dela.

— Seu pai está perfeitamente bem, Ruby — responde minha mãe, ainda sem levantar o olhar da grande mesa do diretor.

Confusa, olho do diretor para minha mãe.

— Sente-se, srta. Bell — pede Lexington, gesticulando para a cadeira vazia ao lado de minha mãe.

Me acomodo, hesitante.

O diretor junta as mãos sobre a mesa e então me olha por cima da armação dos óculos.

— Nada importa mais para mim do que a reputação da escola. Estamos defendendo a inteligência e a excelência nesta sede há séculos. Se alguém fizer algo que prejudique a escola, confrontarei a pessoa. E a essa altura, você já deveria saber disso, srta. Bell.

Engulo em seco.

— Diretor, achei que o baile de primavera tivesse sido um sucesso. Se alguma coisa deu errado, sinto muito, mas... — Antes que eu possa concluir a frase, o diretor abre uma pequena gaveta, pega quatro fotos impressas lá dentro e as coloca sobre a mesa.

— Neste fim de semana, um dos membros da associação de pais, muito preocupado, me enviou essas fotos — continua a falar de maneira impassível.

Ouço minha mãe suspirar e me inclino sobre a mesa. As imagens são escuras e, a princípio, não vejo nada... até me encontrar.

São fotos minhas.

Preciso de um momento para analisar a foto, mas tem que ser da festa de volta às aulas. A única vez que usei esse vestido verde foi nela.

Mas não estou sozinha. Muito perto de mim, há um homem.

O sr. Sutton.

E parece que estamos nos beijando.

Me lembro de que conversamos, mas nunca estivemos tão perto um do outro. Não faço ideia de quem tirou essas fotos, mas está claro que o objetivo delas é prejudicar a mim ou ao Sutton.

— Foi uma situação totalmente inofensiva. Eu...

— Srta. Bell, acho que você não me entendeu corretamente — interrompe Lexington. — Um membro da associação de pais me enviou as fotos, e um aluno também confirmou ter visto você e o sr. Sutton juntos.

— A gente só conversou! — protesto, indignada.

— Ruby, olha esse tom de voz — repreende minha mãe.

Quando olho para ela de soslaio, um arrepio percorre minha coluna.

Minha mãe nunca tinha me olhado desse jeito, como se estivesse extremamente decepcionada comigo. Mas antes que eu possa argumentar qualquer coisa me minha defesa, o sr. Lexington continua falando, e minha mãe desvia o olhar.

— Nos vinte anos em que estou trabalhando aqui, nunca vi algo assim, srta. Bell. Não vou permitir que a escola perca a boa reputação por conta de um relacionamento passageiro!

— Não tem relacionamento nenhum! — exclamo.

Não consigo acreditar que isso está acontecendo comigo. Tem que ser uma pegadinha.

— Eu tenho namorado — continuo dizendo às pressas. — Não... Não tenho relação nenhuma com qualquer professor. Nunca tive, eu juro.

Não posso dizer que era Lydia quem estava com o sr. Sutton. De jeito nenhum. Não depois de tudo o que ela passou e de tudo o que ainda vai acontecer. Nunca abusaria da confiança dela.

— Acho que você não percebe a gravidade dessa situação, Ruby — continua o diretor Lexington, segurando as imagens no alto. — Acho que seria melhor você se retirar da escola. A partir de agora, você e o sr. Sutton estão expulsos de Maxton Hall.

Silêncio.

É como se o mundo tivesse parado de girar. Ouço apenas um zumbido. Os segundos passam em câmera lenta. A boca do diretor continua se movendo, porém não ouço mais nada.

— O senhor não pode fazer isso — protesto, a respiração acelerada. — Eu entrei na Universidade de Oxford.

O diretor Lexington não responde, apenas pega as fotos e as coloca de volta em um envelope. É marrom, e em uma das pontas do verso reconheço o símbolo. Aperto os olhos e vejo um *B* preto e curvado.

Meu coração para por um segundo.

Não pode ser.

Eles nunca fariam isso comigo.

— Que aluno me denunciou? — pergunto, sem ar.

Agora, o diretor Lexington olha para mim quase com pena.

— Essa informação é confidencial, srta. Bell. Agora, por favor, saia de meu escritório... E quanto à sua expulsão, vamos te enviar uma carta. Tenha um bom dia.

Ele folheia uma pilha de papéis sobre a mesa e fixa o olhar no computador, sinal evidente de que já nos dispensou.

— O senhor sabe o quanto de mim eu dei por essa escola?! — explodo.

O diretor se vira para mim devagar.

— Não me faça chamar os seguranças, srta. Bell.

— Só porque eu sou bolsista e não tenho pais ricos que possam te dar dinheiro quando surge um boato sobre mim, isso não te dá o direito de me expulsar da escola sem mais, nem menos!

— Eu exijo respeito! — exclama o diretor Lexington, indignado.

— Você é um belo filho de uma...

— Ruby! — intervém minha mãe enfaticamente.

Ela agarra meu braço e me puxa para fora da cadeira.

Sem dizer uma única palavra, ela me arrasta pelo escritório até a sala de espera. Estou furiosa e não tiro os olhos de Lexington nos três metros que andamos até a saída até minha mãe fechar a porta.

Isso não aconteceu. Não pode ser verdade.

Me volto para minha mãe, balançando a cabeça.

— Dá pra acreditar? Tem que ser muito louco pra acreditar em uma história dessas! — digo.

Minha mãe só balança a cabeça e evita olhar para mim. Em vez disso, se concentra em um ponto acima do meu ombro.

— Eu sabia muito bem que aconteceria algo assim quando te deixamos vir pra essa escola horrorosa.

Estremeço, e meus olhos se arregalam.

— O... o quê?

Minha mãe faz um gesto de descrença.

— Ruby, como você pôde?

— Eu estou falando que não fiz nada! — protesto.

Se nem sequer minha própria mãe acredita em mim, não sei o que posso fazer. O desespero me invade, corre em minhas veias e me impede de respirar.

— Mãe, você tem que acreditar em mim... Eu nunca ficaria com um professor.

— Também nunca imaginei que você nos enganaria pra dormir com seu namorado, mas pelo visto as coisas mudaram nos últimos meses.

Eu a encaro boquiaberta.

Minha mãe inspira fundo e solta um suspiro.

— Agora, não tenho mais nada para te dizer, Ruby. Estou extremamente decepcionada.

Meus olhos se enchem de lágrimas. Tento falar, mas não consigo encontrar as palavras. Meu corpo parece estar anestesiado. A única coisa que está passando pela minha cabeça é uma pergunta: quem foi que tirou essas fotos?

— Mãe...

— Por favor, volta pra casa de ônibus — interrompe ela e engole em seco. — Agora, preciso falar com seu pai.

— Eu não fiz nada, mãe.

Sem me dar uma resposta, ela ajusta a alça da bolsa no ombro, dá meia-volta e desaparece no corredor.

Fico sozinha.

As palavras do diretor se repetem em minha mente sem cessar.

A partir de agora, você e o sr. Sutton estão expulsos de Maxton Hall.

Expulsos. Pouco antes do fim do segundo semestre. Antes de ter a oportunidade de fazer a prova final. Mesmo que, em casa, tenha um quadro pendurado com a versão impressa do e-mail de admissão de Oxford.

Sem o diploma, posso esquecer Oxford agora.

Tudo pelo que lutei nos últimos onze anos.

A compreensão do que acabou de acontecer me atinge com toda força. Perco o equilíbrio e tenho que me segurar na mesa da secretária, porque tudo gira ao meu redor. Só consigo sair do escritório sem desmaiar reunindo todas as minhas forças.

Grupos de alunos vêm em minha direção no corredor, todos felizes pelo intervalo do almoço, e meus pés querem me levar naturalmente para o refeitório. Mas não posso mais ir para lá.

Não posso mais me reunir com o comitê de eventos.

A partir de agora, você e o sr. Sutton estão expulsos de Maxton Hall.

Na verdade, não deveria mais estar nem neste corredor.

A partir de agora, você e o sr. Sutton estão expulsos de Maxton Hall.

Ouço uma voz familiar:

— Ruby?

Me viro com os olhos marejados. Na minha frente, vejo James. Quando percebe o quanto estou consternada, me segura pelos braços com gentileza.

— Ouvi dizer que te chamaram no escritório do diretor. O que aconteceu? — pergunta, aparentemente preocupado.

Não consigo fazer nada além de balançar a cabeça. Me expressar com palavras é difícil demais, e, além disso, se o fizer, esse pesadelo se tornará realidade. Só consigo me jogar em cima de James e abraçá-lo. Enterro o rosto no casaco dele e deixo as lágrimas correrem por alguns segundos. Até sentir o chão sólido sob meus pés novamente.

— O diretor Lexington... me expulsou da escola — consigo dizer algum tempo depois. Me afasto de James e ergo o olhar para ele. Ele seca minhas lágrimas com a mão. Parece perplexo. — Pelo visto, alguém tirou algumas fotos minhas e do sr. Sutton, e parece que a gente está se beijando nelas.

A mão de James para em minha bochecha.

— O quê?

Só consigo balançar a cabeça em negação.

James se afasta de mim e me encara com os olhos arregalados.

— O que você acabou de dizer?

— Alguém mandou para o diretor umas fotos minhas fazendo parecer que eu tenho um caso com o Sutton — sussurro novamente.

Seco os olhos com as mãos trêmulas. Algumas pessoas olham para mim enquanto passam, e reconheço um par de olhos azul-claros.

— Não pode ser — comenta James.

— Por que não? — interrompe Cyril. — Foi você que tirou as fotos, Beaufort.

Atordoada, olho de um para o outro.

— Hein? — murmuro.

James não reage. Ele está encarando Cyril. Este, por sua vez, está na nossa frente, a cabeça baixa e as mãos nos bolsos.

— Qual é. Confessa logo — diz para James.

— Do que é que você está falando, Cyril? — pergunto, cravando os dedos no braço de James.

Cyril levanta uma sobrancelha em tom de desafio.

— Pergunta pra ele, Ruby. Pergunta quem tirou as fotos.

Me volto para James, imóvel ao meu lado.

— James? — murmuro.

Quando pronuncio seu nome, ele parece acordar do transe. Se vira para mim e engole em seco.

Olho nos olhos dele.

O pânico toma conta de mim.

Não é possível.

— Quem tirou as fotos?

A respiração de James também acelera. Levanta a mão devagar, como se quisesse me tocar, mas não ousasse.

— Não é...

— Quem, James?

James abre a boca outra vez, mas não diz nada. Fecha os olhos e engole em seco. Uma vez. E depois outra.

Quando abre pela terceira vez, é como se alguém tivesse dado um soco em meu peito.

— É verdade, Ruby.

O chão sob meus pés se quebra em milhares de pedacinhos.

— Fui eu que tirei as fotos.

E eu desabo.

EPÍLOGO
Ember

Me sinto uma criminosa.

Lanço um olhar para o relógio, então ao balcão e ao atendente atrás dele, para meu cappuccino e de volta para a porta do café. E o ciclo recomeça. Mais de uma vez.

Cada minuto parece transcorrer mais devagar que o anterior. Nunca tinha me sentido uma criminosa, nem mesmo quando minha mãe me viu pegando um bolinho atrás do balcão da *Smith's Bakery* sem a permissão dela.

O peso na consciência que sinto agora não pode ser comparado a isso. Desta vez, estou fazendo algo realmente proibido.

A ansiedade não me deixa ficar quieta. Não paro de me mexer na cadeira e me pergunto se o cappuccino foi mesmo uma boa ideia. A verdade é que não costumo tomar café, mas ontem à noite dormi tão pouco que pensei que a cafeína me faria bem. Provavelmente, teria sido melhor não pedir.

Ainda faltam dez minutos.

Me pergunto como vou aguentar. Por um segundo, penso em pegar minhas coisas, me levantar e desaparecer, só para voltar em treze minutos e fingir que acabei de chegar. Mas parece uma ideia exagerada.

O nervosismo me deixa louca.

Não costumo perder a calma tão depressa por nada neste mundo. Também não costumo matar aula escondida de meus pais e nem saio com caras que não conheço bem.

Folheio distraidamente uma pilha de folhetos informativos e inscrições para programas de incentivo e bolsas de estudo. Em muitos deles, ainda há cartões colados, nos quais Ruby marcou coisas importantes em um sistema de cores que deve fazer algum sentido.

O sininho do café toca. Levanto o olhar e, de repente, tudo parece acontecer ao meu redor como se estivesse em câmera lenta.

Ele realmente veio.

Os olhos dele passam pelas pessoas do café. Por alguns segundos, ele franze o cenho, até que me encontra na mesa encostada na parede. Ergo a mão, hesitante, para cumprimentá-lo. As rugas na testa desaparecem no mesmo instante, e um sorriso surge em seus lábios.

Ele se aproxima de mim devagar. Está com uma jaqueta de couro preta com gola larga por cima de uma camiseta cinza com bolso no peito, calça jeans escura e botas robustas. Um estilo informal, mas ao mesmo tempo estiloso. Até agora, só o tinha visto de terno; estava animada para saber como se vestia nas horas vagas.

O meio-sorriso não sai de seu rosto quando se senta na cadeira à minha frente.

Meu coração dispara. Os olhos sombrios me instigam a desvendar o que há escondido neles. E, no futuro, *é isso o que farei*.

— Bom dia, Ember — diz Wren Fitzgerald.

Devagar, meus lábios esboçam um sorriso.

Agradecimentos

Quero agradecer à minha editora Stephanie Bubley, que ajudou na construção deste romance, tentando sempre elevar ao máximo o potencial das minhas histórias. Também preciso agradecer às minhas agentes, Gesa Weiß e Kristina Langenbuch Gerez, assim como a editora LYX, que tornaram essa série de livros possível e trabalharam arduamente par que chegasse nas mãos dos leitores.

Agradeço à minha revisora, Laura Janßen, pelos comentários nos capítulos da Ember, que me ajudaram muito. Agradeço também à Kim Nina Ocker, que sempre está disposta a me ouvir e a quem este livro é dedicado. Obrigada Sara Saxx e Bianca Iosivoni pelas horas de escrita compartilhadas e a motivação que veio com elas.

Ao meu marido, Christian, que sempre me apoiou para que eu pudesse guiar Ruby e James pelo caminho certo e me ajudou a percorrer essa estrada, desenvolvendo a trama, quando eu estava perdida.

E por fim, quero agradecer a todos os leitores que têm me acompanhado em Maxton Hall. Fico sempre feliz em ver seu entusiasmo por Ruby, James e as outras personagens. Nos vemos em breve no próximo livro!

**Confira nossos lançamentos,
dicas de leitura e
novidades nas nossas redes:**

Este livro, composto na fonte Fairfield,
foi impresso em papel Ivory Slim 65g/m² na gráfica Corprint.
São Paulo, junho de 2025.